John Green

Schlaft gut, ihr fiesen Gedanken

LIMITED EDITION

007897

JOHN GREEN

SCHLAFT GUT, IHR FIESEN GEDANKEN

Aus dem Englischen
von Sophie Zeitz

Carl Hanser Verlag

Die Originalausgabe erschien 2017 unter dem Titel
Turtles All The Way Down bei Dutton Books, New York.

Published by arrangement with Dutton Children's Books,
a division of Penguin Young Readers Group,
a member of Penguin Group (USA) Inc.

1. Auflage 2017

ISBN 978-3-446-25903-4

Lektorat: Saskia Heintz
Wendeumschlag: Maren von Stockhausen, Berlin,
außen: Hintergrundgrafik © Mikhaylova Liubov/Shutterstock;
innen: Illustration © Alexandra Rusitschka
Satz: Satz für Satz, Wangen im Allgäu
Druck und Bindung: CPI books GmbH, Leck
Printed in Germany

FSC
www.fsc.org
MIX
Papier aus verantwortungsvollen Quellen
FSC® C083411

Für Henry und Alice

»Der Mensch kann tun, was er will,
aber er kann nicht wollen, was er will.«
Arthur Schopenhauer

EINS

Als mir zum ersten Mal klar wurde, dass ich vielleicht Fiktion bin, verbrachte ich meine Tage an einer öffentlichen Bildungsanstalt namens White River High im Norden von Indianapolis, wo ich von fremden Kräften, die so übermächtig waren, dass ich sie nicht ansatzweise identifizieren konnte, dazu gezwungen wurde, jeden Tag zu einer bestimmten Uhrzeit Mittag zu essen, nämlich zwischen 12 Uhr 37 und 13 Uhr 14. Hätten mir diese Kräfte eine andere Mittagspause zugeteilt oder hätten die Tischgenossen, die mein Schicksal mitbestimmten, an jenem Septembertag ein anderes Thema gewählt, hätte ich womöglich ein anderes Ende gefunden – oder zumindest eine andere Mitte. Doch ich war gerade dabei herauszufinden, dass dein Leben nicht deine Geschichte ist, sondern eine Geschichte über dich.

Natürlich tust du so, als wärst du der Erzähler. Das musst du. *Ich beschließe in diesem Moment, zum Mittagessen zu gehen,* denkst du, wenn um 12 Uhr 37 das monotone Schrillen von oben klingt. Dabei entscheidet eigentlich die Glocke. Du hältst dich für den Künstler, aber du bist die Leinwand.

In der Cafeteria riefen Hunderte von Stimmen durcheinander, Sprache zu reinem Klang vermischt wie Wasser, das über Felsen rauscht. Und als ich unter den Leuchtstoffröhren saß, die ihr aggressives künstliches Licht über uns auskippten, dachte ich darüber nach, wie wir uns alle für die Hauptfigur in unserer eigenen Heldensaga hielten, obwohl wir im Grunde identische Organismen waren, die einen fensterlosen, nach Schmalz und Desinfektionsmittel riechenden Raum besiedelten.

Ich aß ein Weißbrotsandwich mit Erdnussbutter und Honig und trank ein koffeinhaltiges Erfrischungsgetränk namens Dr Pepper. Ehrlich gesagt ekelte mich der Vorgang des Zerkauens von pflanzlichen und tierischen Produkten und ihr anschließender Abtransport durch die Speiseröhre in den Verdauungstrakt so sehr, dass ich beim Essen krampfhaft versuchte, nicht ans Essen zu denken, was auch eine Art war, daran zu denken.

Mir gegenüber saß Mychal Turner und schrieb in seinen Kollegblock. Unsere Mittagsrunde war wie ein Broadway-Theaterstück, das schon sehr lange lief: Hin und wieder änderte sich die Besetzung, aber die Rollen änderten sich nie. Mychal war der Künstlertyp. Er unterhielt sich mit Daisy Ramirez, die seit der Grundschule meine beste Freundin und Beschützerin spielte, aber wegen des Lärms konnte ich ihrem Gespräch nicht folgen.

Welche Rolle spielte ich in diesem Stück? Ich war die ewige Nebendarstellerin. Die Freundin von Daisy, die Tochter von Ms. Holmes. Ich war der Sidekick.

Ich spürte, wie mein Magen das Sandwich zu verarbeiten begann, und trotz des Lärmpegels konnte ich *hören*, wie er verdaute, wie sich die Bakterien schmatzend durch den Erdnussbutterschleim fraßen – die Schüler in mir, die in meiner inneren Cafeteria aßen. Ich schauderte.

»Du warst doch mal mit ihm im Ferienlager, oder?«, fragte mich Daisy.

»Mit wem?«

»Mit Davis Pickett.«

»Mhm«, sagte ich. »Warum?«

»Hast du nicht zugehört?«, fragte Daisy.

Doch, ich habe zugehört, dachte ich. *Ich habe der Kakophonie meines Verdauungstrakts zugehört.* Ich wusste natürlich schon lange, dass ich der Wirt einer riesigen Menge parasitärer Organismen war, aber ich wurde nicht gerne daran erinnert. An der Anzahl der Zellen gemessen besteht der Mensch zu über 50 Prozent aus Bakterien, was bedeutet, dass die Hälfte der Zellen, die zu uns gehören, gar nicht unsere sind. Mein Mikrobiom zum Beispiel setzt sich aus tausendmal mehr Mikroorganismen zusammen, als es Menschen auf der Erde gibt, und ich bilde mir häufig ein, ich kann *spüren,* wie sie in und auf mir leben, sich fortpflanzen und sterben. Ich wischte mir die schweißnassen Hände an den Jeans ab und versuchte, kontrolliert zu atmen. Zugegebenermaßen leide ich unter einer Angststörung, aber ich finde es nicht irrational, wenn einem die Vorstellung zu schaffen macht, eine mit Haut überzogene Bazillenkolonie zu sein.

Mychal sagte: »Sein Vater sollte wegen Korruption oder so was verhaftet werden, aber in der Nacht, als sie ihn verhaften wollten, ist er abgetaucht. Auf seinen Kopf sind 100 000 Dollar ausgesetzt.«

»Und du *kennst* den Jungen«, sagte Daisy.

»Ich *kannte* ihn mal«, stellte ich fest.

Ich beobachtete Daisy, die ihre Gabel in die mit grünen Bohnen belegte rechteckige Schulpizza rammte und mich dabei immer wieder ansah, mit aufgerissenen Augen, als wollte sie sagen: *Und?* Ich wusste, dass sie eine Reaktion von mir erwartete, aber ich wusste nicht, welche, weil mein Magen einfach nicht zu brodeln aufhörte, was mich tief drinnen zu der Sorge zwang, dass ich mir vielleicht eine Parasiteninfektion zugezogen hatte.

Halb hörte ich, wie Mychal Daisy von seinem neuen Kunstprojekt erzählte, für das er vorhatte, mit Photoshop die Gesichter von hundert Leuten namens Mychal übereinanderzulegen, und das Durchschnittsgesicht, das herauskam, wäre ein neuer – der einhunderterste – Mychal, was eine interessante Idee war, und ich wollte zuhören, aber es war so laut in der Cafeteria, und ich wurde den Gedanken einfach nicht los, dass mit dem Gleichgewicht der Bakterien in meinem Inneren etwas nicht stimmte.

Übermäßige Abdominalgeräusche sind ein untypisches, aber kein abwegiges Symptom einer Infektion mit dem Bakterium *Clostridium difficile*, das tödlich sein kann. Ich nahm mein Smartphone heraus, gab den Begriff »Mikrobiom« in die Suchmaschine ein und las zum wiederholten Mal den Wikipedia-Artikel über die Abermilliarden von Keimen, die sich in diesem Moment in mir aufhielten. Dann gab ich *C. difficile* ein und suchte nach dem Absatz, in dem stand, dass die meisten *C.-difficile*-Ansteckungen im Krankenhaus erfolgten. Ich scrollte weiter zur Liste der Symptome, von denen ich kein einziges hatte, außer den Abdominalgeräuschen, wobei ich bei früheren Internetrecherchen auf den Fall einer Patientin gestoßen war, die nur mit Abdominalschmerzen und Fieber in die Cleveland Clinic kam und kurze Zeit später an *C. difficile* starb. Ich redete mir ein, dass ich kein Fieber hatte, aber dann dachte ich: *Noch nicht.*

In der Cafeteria, wo sich immer noch ein schrumpfender Teil meines Bewusstseins befand, sagte Daisy gerade zu Mychal, sein Projekt sollte sich nicht mit dem Durchschnitt von Leuten namens Mychal beschäftigen, sondern lieber mit dem Durchschnitt von unschuldig verurteilten Häftlingen, die später entlastet wurden. »Das wäre außerdem einfacher, weil Verbrecherfotos alle aus demselben Winkel gemacht werden«, erklärte sie, »und dann geht es nicht bloß um Namen, sondern um Masseninhaftierung, Rassismus und die Klassengesellschaft.« Und Mychal sagte: »Du bist ein Genie, Daisy«, und Daisy sagte: »Du klingst überrascht«, und ich dachte die ganze Zeit über die Frage nach, ob die Tatsache, dass mehr als die Hälfte der Zellen in meinem Körper nicht meine sind, die Definition von »ich« als Singular-Pronomen nicht infrage stellt, ganz zu schweigen vom »Ich« als Lenker meines Schicksals. Und so fiel ich immer tiefer in die sich um sich selbst drehende Gedankenspirale, bis ich ganz aus der Cafeteria der White River High verschwand und an einem abstrakten Ort landete, den nur richtig verrückte Leute besuchen dürfen.

Seit ich klein war, habe ich die Angewohnheit, mir den rechten Daumennagel in die Kuppe des rechten Mittelfingers zu bohren, sodass mein Fingerabdruck inzwischen eine Schwiele hat. Nach all den Jahren lässt sich die Hautstelle mühelos aufkratzen, weswegen ich immer ein Pflaster darüber klebe, damit sich die Wunde nicht entzündet. Aber manchmal fange ich an, mir einzubilden, dass die Wunde vielleicht schon entzündet ist und dass ich sie unbedingt reinigen muss, und der einzige Weg, die Wunde zu reinigen, ist, sie wieder zu öffnen und das Blut herauszudrücken, falls welches kommt. Und wenn der Gedanke erst mal aufkeimt, dass ich die Stelle wieder aufkratzen muss, kann ich es buchstäblich nicht nicht tun. Es tut mir leid, wenn ich hier die doppelte Verneinung verwende, aber es handelt sich wirklich um eine doppelt verneinte Situation, eine Zwangslage, deren einziger Ausweg die Verneinung der Verneinung ist. Jedenfalls fing ich in diesem Moment an, den

Schmerz des Daumennagels in meiner Fingerkuppe herbeizusehnen, und ich wusste, dass Widerstand mehr oder weniger zwecklos war, also zog ich mir unter dem Cafeteria-Tisch das Pflaster vom Finger und bohrte den Daumennagel in die schwielige Haut, bis ich spürte, wie die Wunde wieder aufriss.

»Holmesy«, sagte Daisy. Ich sah zu ihr auf. »Die Mittagspause ist fast vorbei, und du hast kein Wort zu meiner Frisur gesagt.« Sie schüttelte ihr grellrot-fast-pink gesträhntes Haar. Ach ja. Sie hatte sich die Haare gefärbt.

Ich schwamm aus meiner Tiefe empor und sagte: »Cool.«

»Ja, oder? Die Message ist: ›Ladies und Gentlemen und alle, die sich nicht festlegen wollen, Daisy Ramirez ist hier, um Herzen zu brechen, aber sie würde niemals ein Versprechen brechen.« Daisys selbst gewähltes Motto war: »Brich Herzen, keine Versprechen.« Sie drohte sogar, es sich, wenn sie 18 war, auf den Knöchel tätowieren zu lassen. Dann wandte sie sich wieder an Mychal und ich an meine Gedanken. Das Brodeln in meinem Magen war wenn überhaupt lauter geworden. Ich hatte das Gefühl, ich musste mich vielleicht übergeben. Für jemand, der eine Phobie vor Körperflüssigkeiten hat, erbrach ich mich ziemlich häufig.

»Holmesy, alles klar bei dir?«, fragte Daisy.

Ich nickte. Manchmal fragte ich mich, warum sie mich mochte oder wenigstens ertrug. Warum mich irgendwer ertrug. Ich fand mich selber unerträglich.

Ich spürte, wie sich die Schweißdrüsen auf meiner Stirn in Gang setzten, und wenn ich einmal zu schwitzen anfing, war alles zu spät. Ich schwitzte stundenlang, nicht nur im Gesicht und unter den Achseln. Ich schwitzte am Hals. Ich schwitzte an den Brüsten. Ich schwitzte an den Waden. Vielleicht hatte ich doch Fieber.

Unter dem Tisch steckte ich das alte Pflaster ein und nahm, ohne hinsehen zu müssen, ein neues heraus, packte es aus, dann warf ich einen kurzen Blick nach unten, um es mir um den Finger zu kleben. In der Zwischenzeit atmete ich durch die Nase ein und durch den Mund aus, wie Dr. Karen Singh, meine Therapeutin, es mir gezeigt hatte, das Ausatmen, als wollte ich eine Kerze zum Flackern bringen, aber nicht löschen. »Denk an die brennende Kerze, Aza, die in deinem Atem flackert, aber nicht ausgeht, niemals ausgeht.« Ich versuchte es, aber die Gedankenspirale zog sich immer enger zusammen. Ich hatte Dr. Singhs Stimme im Ohr, die mich ermahnte, das Telefon nicht herauszunehmen, nicht immer dieselben Fragen einzugeben, aber ich nahm das Telefon trotzdem heraus und las den Wikipedia-Artikel über das »menschliche Mikrobiom« zum hundertsten Mal.

Wenn man der Spirale hineinfolgt, hört sie nie mehr auf. Sie wird nur immer enger, ohne Ende.

Ich versiegelte das letzte Viertel meines Sandwichs in der wiederverschließbaren Tüte, stand auf und warf es in den überquellenden Mülleimer. Hinter mir fragte eine Stimme: »Wie viel Sorgen muss ich mir machen, weil du den ganzen Tag keine zwei Worte am Stück gesagt hast?«

»Gedankenspirale«, murmelte ich. Daisy kannte mich, seit ich sechs war – lange genug, um Bescheid zu wissen.

»Dachte ich mir. Tut mir leid, Holmesy. Lass uns heute Nachmittag abhängen.« Im selben Moment kam ein Mädchen namens Molly auf uns zu und sagte grinsend: »Hey, Daisy, nur zu deiner Info, deine Faschingshaarfarbe färbt auf dein T-Shirt ab.«

Daisy sah auf ihre Schultern, wo ihr gestreiftes Top stellenweise pink war. Einen Sekundenbruchteil runzelte sie die Stirn, dann drückte sie den Rücken durch. »Ja, das soll so sein, Molly. In Paris sind Flecken-T-Shirts der letzte Schrei.« Sie wandte Molly den Rücken zu und sagte zu mir: »Wir gehen zu dir und sehen *Star Wars: Rebels*.« Daisy war ein Riesen-Star-Wars-Fan – nicht nur von den Spielfilmen, auch von den Büchern, den Zeichentrickfilmen und der Kinderserie, bei der alle Figuren aus Lego waren. Sie schrieb sogar Fanfiction über Chewbaccas Liebesleben. »Und wir verbessern deine Laune, bis du wieder in der Lage bist, drei oder sogar vier Wörter am Stück zu sagen. Klingt das gut?«

»Klingt gut.«

»Und später fährst du mich zur Arbeit. Tut mir leid, aber ich brauche jemand, der ein Auto hat.«

»Okay.« Ich wollte mehr sagen, aber die Gedanken stürzten über mich herein, ungewollt und ungebeten. Wäre ich Herr meiner selbst, hätte ich längst aufgehört, über mein Mikrobiom nachzudenken. Ich hätte Daisy gesagt, wie sehr mir ihre Idee für Mychals Kunstprojekt gefiel, und ich hätte ihr erzählt, dass ich mich gut an Davis Pickett erinnerte, dass ich mich erinnerte, wie es war, als ich elf war und immer eine undefinierbare Angst mit mir herumtrug. Ich hätte ihr gesagt, ich erinnerte mich, wie Davis und ich im Ferienlager nebeneinander auf dem Steg lagen, mit dem Rücken auf den rohen Holzplanken, und die Beine baumeln ließen, während wir zusammen in den wolkenlosen Sommerhimmel blickten. Ich hätte ihr gesagt, dass Davis und ich nie viel geredet oder uns angesehen hatten, aber das war egal, weil wir zusammen denselben Himmel sahen, was viel intimer ist, als einander in die Augen zu sehen. In die Augen kann man jedem sehen. Aber jemand zu finden, der dieselbe Welt sieht, ist ziemlich selten.

ZWEI

Die Angst hatte ich inzwischen weitgehend ausgeschwitzt, aber als ich von der Cafeteria zu Geschichte ging, schaffte ich es nicht, den Impuls zu unterdrücken, mein Telefon rauszuholen und mir noch mal die Horrorstory durchzulesen, die der Wikipedia-Artikel über das »Mikrobiom« für mich darstellte. Als ich lesend durch den Flur ging, rief mich meine Mutter durch die offene Klassentür. Sie saß an ihrem Metallschreibtisch und las ein Buch. Mom unterrichtete Mathematik, aber ihre große Liebe galt der Literatur.

»Keine Handys auf dem Schulflur, Aza!« Ich steckte mein Telefon ein und ging zu ihr. Die Mittagspause war in genau vier Minuten zu Ende, die perfekte Länge für ein Mom-Gespräch. Sie sah von ihrem Buch auf und schien etwas in meinem Blick zu entdecken. »Alles in Ordnung?«

»Ja«, sagte ich.

»Du fühlst dich nicht unwohl?«, fragte sie. Dr. Singh hatte meiner Mutter irgendwann erklärt, es sei kontraproduktiv, mich zu fragen, ob ich mich unwohl fühlte, und seitdem formulierte sie die Frage indirekt.

»Mir geht's gut.«

»Und du nimmst deine Medikamente.« Wieder keine direkte Frage.

»Ja«, antwortete ich, was mehr oder weniger stimmte. In der neunten Klasse hatte ich eine Art Zusammenbruch gehabt, und seitdem sollte ich täglich eine runde weiße Tablette nehmen. Im Durchschnitt nahm ich sie drei Mal die Woche.

»Du siehst …«

Verschwitzt aus, dachte sie, ich wusste es.

»Wer entscheidet eigentlich, wann es klingelt?«, fragte ich. »Ich meine, die Schulglocke?«

»Weißt du was? Ich habe keine Ahnung. Ich schätze, irgendjemand von der Verwaltung bestimmt das.«

»Und warum ist die Mittagspause ausgerechnet 37 Minuten lang statt 50? Oder 22? Oder sonst was?«

»In deinem Gehirn scheint viel vorzugehen«, sagte Mom.

»Ich finde es einfach komisch, dass jemand, den ich gar nicht kenne, solche Dinge für mich entscheidet, und ich muss mein Leben danach ausrichten. Ich meine, ich lebe nach dem Stundenplan von jemand anderem. Und ich weiß nicht mal, von wem.«

»Tja, in dieser Hinsicht und manchen anderen ähneln amerikanische Highschools wirklich einem Gefängnis.«

Ich sah sie erschrocken an. »O Gott, Mom, du hast so recht. Die Metalldetektoren. Die Betonwände.«

»Beide sind überfüllt und schlecht ausgestattet«, sagte Mom. »Und in beiden bestimmt die Glocke, wann man sich in einen anderen Raum zu begeben hat.«

»Und du kannst dir nicht aussuchen, wann es Mittagessen gibt«, sagte ich. »Und in Gefängnissen gibt es sadistische, korrupte Wärter, genau wie die Lehrer bei uns.«

Sie sah mich streng an, aber dann musste sie lachen. »Kommst du nach der Schule nach Hause?«

»Ja, aber später fahre ich Daisy zur Arbeit.«

Mom nickte. »Wenn ich manchmal die Zeit vermisse, als du klein warst, muss ich nur an Chuck E. Cheese denken.«

Chuck E. Cheese, wo Daisy arbeitete, war ein Indoor-Spielplatz, der sich eigentlich nur durch die Lautstärke und den Pizzageruch von einer Spielothek unterschied.

»Sie verdient sich Geld fürs College.«

Meine Mutter sah wieder in ihr Buch. »Wenn wir in Europa leben würden, wäre das Studium nicht so teuer.« Ich wusste, was jetzt kam. Moms Bildungskostentirade. »In Brasilien gibt es kostenlose Universitäten. In den meisten europäischen Ländern. In China. Nur hier knöpfen sie einem *25 000 Dollar pro Jahr* für ein mittelmäßiges College ab. Ich habe erst vor ein paar Jahren meinen eigenen Studienkredit abgezahlt, und jetzt müssen wir bald den Kredit für dein Studium aufnehmen.«

»Ich bin erst in der Elften. Wir haben noch jede Menge Zeit, um im Lotto zu gewinnen. Und wenn das nicht klappt, verkaufe ich Crystal Meth, um mein Studium zu finanzieren.«

Sie lächelte nur matt. Sie machte sich wirklich Sorgen, wie sie meine Ausbildung bezahlen sollte. »Und du bist dir sicher, dass bei dir alles in Ordnung ist?«, fragte sie.

Ich nickte, als von oben die Schulglocke klingelte und mich zu Geschichte schickte.

Als ich nach der Schule auf den Parkplatz kam, saß Daisy schon auf dem Beifahrersitz. Sie hatte das Flecken-T-Shirt gegen ihr rotes Chuck-E.-Cheese-Polohemd ausgetauscht, hatte den Rucksack auf dem Schoß und trank ihre Schulmilch. Daisy war der einzige Mensch auf der Welt, dem ich einen Schlüssel zu Harold anvertraute. Nicht einmal Mom hatte ihren eigenen Harold-Schlüssel, nur Daisy und ich.

»Bitte nimm in Harold keine milchigen Flüssigkeiten zu dir«, sagte ich.

»Milch ist nicht milchig«, gab sie zurück.

»Gelogen«, sagte ich und fuhr zum Haupteingang, wo ich wartete, bis Daisy ihre Milch weggeworfen hatte.

Vielleicht hast du auch schon mal geliebt. Ich meine wahre Liebe, die Art von Liebe, die meine Großmutter meinte, wenn sie den Ersten Brief des Apostels Paulus an die Korinther zitierte, die Art von Liebe, die gütig und geduldig ist, die nicht neidet oder prahlt, die alles erträgt und alles glaubt und alles übersteht. Ich werfe nicht gern mit dem L-Wort um mich; es ist zu edel und zu kostbar, um es durch übermäßigen Gebrauch abzunutzen. Man kann ein gutes Leben führen, ohne die wahre Liebe zu kennen, Liebe von der Korinther-Sorte, doch ich war gesegnet, denn ich hatte die wahre Liebe in Harold gefunden.

Harold war ein 16 Jahre alter Toyota Corolla, dessen Lackfarbe sich Mystic Teal Mica nannte und dessen Motor rhythmisch klopfte, der Puls seines unbefleckten Stahlherzen. Harold war der Wagen meines Vaters gewesen – Dad hatte ihm auch den Namen gegeben. Mom hatte Harold nie verkauft, und so stand er acht Jahre lang bei uns in der Garage – bis ich mit 16 den Führerschein machte.

Nach der langen Zeit Harolds Motor wieder zum Laufen zu bringen kostete mich mein gesamtes Vermögen von 400 Dollar, das ich mir im Laufe meines Lebens zusammengespart hatte – Taschengeld, gehamsterte Münzen, wenn ich für Mom beim Eckladen war, Ferienjobs bei Subway, Weihnachtsgeschenke von Großeltern –, und so war Harold der Höhepunkt meines Seins, zumindest in finanzieller Hinsicht. Und ich liebte ihn. Häufig träumte ich von ihm. Er hatte einen geräumigen Kofferraum, ein extragroßes weißes Lenkrad, und seine Rückbank war mit sandfarbenem Leder bezogen. Er beschleunigte mit der sanften Gelassenheit eines buddhistischen Zen-Meisters, der weiß, dass nichts wirklich Eile hat; das Quietschen seiner Bremsen war Romantic Metal in meinen Ohren, und ich liebte ihn.

Aber Harold hatte kein Bluetooth, nicht einmal einen CD-Player, und wenn man mit Harold zusammen war, hatte man drei Möglichkeiten: erstens, Stille, zweitens, Radio, oder drittens, die B-Seite von Dads Missy-Elliott-Kassette, dem wunderbaren Album *So Addictive*, die ich – weil der Kassettenrekorder sie nicht mehr ausspuckte – schon Hunderte Male in meinem Leben gehört hatte.

Doch am Ende war Harolds unvollkommene Audioanlage der letzte Ton in der Melodie der Zufälle, die mein Leben verändern sollte.

Auf der Suche nach dem Song einer besonders brillanten und besonders unterschätzten Boyband gingen Daisy und ich die Radiosender durch, bis wir bei den Nachrichten hängen blieben. »*... der in Indianapolis ansässigen Baufirma Pickett Engineering mit weltweit über 10 000 Mitarbeitern hat heute ...*« Ich wollte schon weitersuchen, aber Daisy schob meine Hand weg.

»Das meinte ich«, rief sie, als die Meldung weiterlief. »*... 100 000 Dollar Belohnung für sachdienliche Hinweise, die zum Verbleib des Vorstandsvorsitzenden Russell Pickett führen. Pickett, der in der*

Nacht vor einer polizeilichen Hausdurchsuchung im Zusammenhang mit Betrugs- und Korruptionsermittlungen spurlos verschwand, wurde zuletzt am achten September auf seinem Anwesen am White River gesehen. Die Polizei bittet jeden, der über Informationen zu Russell Picketts derzeitigem Aufenthaltsort verfügt, sich beim Indianapolis Police Department zu melden.«

»100 000 Dollar«, wiederholte Daisy. »Und du *kennst* den Typen.«

»Kannte«, wandte ich ein. Zwei Sommer, nach der fünften und nach der sechsten Klasse, hatten Davis und ich im Trauerkloßcamp verbracht, wie wir Camp Spero nannten, das Feriendorf in Brown County für Kinder mit toten Eltern.

Ein paarmal hatten Davis und ich uns auch während des Schuljahrs gesehen, weil er von uns aus nur ein Stück den Fluss runter wohnte, wenn auch am anderen Ufer. Mom und ich wohnten auf der Seite, die manchmal unter Wasser stand. Die Picketts wohnte auf der Seite mit den hohen Ufermauern, die das Hochwasser in unsere Richtung drückten.

»Wahrscheinlich erinnert er sich nicht mal an mich.«

»Jeder erinnert sich an dich, Holmesy«, sagte sie.

»Das ist nicht …«

»Rein objektiv. Ich meine nicht, dass du besonders toll oder großzügig oder herzlich oder sonst was bist. Ich meine, dass du objektiv *unvergesslich* bist.«

»Ich habe ihn seit Jahren nicht gesehen«, sagte ich. Aber natürlich vergisst man Besuche bei Spielkameraden nicht, die eine Villa mit Golfplatz und einen Swimmingpool mit Insel und fünf Wasserrutschen hatten. Unter meinen persönlichen Bekannten war Davis das, was einer richtigen Berühmtheit am nächsten kam.

»100 000 Dollar«, wiederholte Daisy. Wir waren auf dem Autobahnring um Indianapolis. »Ich setze für 8 Dollar 40 die Stunde Kaugummiautomaten in Gang, und da warten hundert Riesen auf uns.«

»Ich würde nicht sagen, sie *warten auf uns*. Außerdem muss ich heute Abend ein Kapitel über die Wirkung der Pocken auf die Ureinwohner lesen, ich habe also keine Zeit, den Fall des flüchtigen Milliardärs zu lösen.« Zärtlich erhöhte ich Harolds Tempo auf die Mindestgeschwindigkeit. Ich fuhr nie schneller als erlaubt. Dafür liebte ich ihn viel zu sehr.

»Na ja, du kennst ihn besser als ich, und um die unfehlbaren Jungs der weltbesten Popgruppe zu zitieren: ›You're the One‹«, was so ein Super-Kitsch-Song war, den eigentlich nur kleine Mädchen liebten, aber ich liebte ihn auch.

»Ich würde dir gern widersprechen, aber der Song ist großartig.«

»You're. The. One. You're the one that I choose. The one I'll never lose. You're my forever. My stars. My sky. My air. It's you.«

Wir lachten, und ich wechselte den Sender und dachte, das Thema wäre durch, aber dann begann Daisy, mir vom Display ihres Telefons den Bericht aus dem *Indianapolis Star* vorzulesen. »›Russell Pickett, der umstrittene Vorstandsvorsitzende und Gründer von Pickett Engineering, war nicht zu Hause, als das FBI am Freitagmorgen mit einem Durchsuchungsbefehl vor der Tür stand, und wurde seither auch nicht mehr gesehen. Picketts Rechtsanwalt Simon Morris erklärt, er habe keine Informationen zu Picketts Verbleib, und FBI-Einsatzleiter Dwight Allen sagte bei der heutigen Pressekonferenz, auf Picketts Bankkonten und Kreditkarten habe es seit dem Vorabend der Hausdurchsuchung keine Bewegungen gegeben.‹ Bla bla bla … ›Allen bestätigte außerdem, dass

Picketts Grundstück bis auf die Kamera am Eingang nicht videoüberwacht sei. Im Ermittlungsbericht, der dem *Star* in Kopie vorliegt, heißt es, zum letzten Mal sei Pickett am Donnerstagabend von seinen Söhnen Davis und Noah Pickett gesehen worden.‹ Bla bla bla … ›das Anwesen nördlich der 38. Straße … mehrere laufende Gerichtsverfahren … unterstützt den Zoo‹, bla bla bla … ›sachdienliche Hinweise an die Polizei‹, bla bla bla … Warte, wie kann es sein, dass es da keine Überwachungskameras gibt? Was für ein Milliardär hat keine Überwachungskameras?«

»Ein Milliardär, der nicht will, dass seine miesen Machenschaften ans Licht kommen«, sagte ich. Beim Rest der Fahrt wälzte ich die Geschichte immer wieder in meinem Kopf. Irgendwas stimmte nicht, ich wusste es, aber ich kam einfach nicht darauf, was es war, bis ich plötzlich das Bild eines grünen Kojoten mit weißen Augen vor mir sah. »Warte, da war noch eine Kamera. Keine Überwachungskamera, eine Wildkamera mit Bewegungsmelder, die Davis und sein Bruder im Wäldchen am Fluss aufgestellt hatten. Sie hatte Nachtsicht, und sie hat alles aufgenommen, was vorbeilief, Rehe, Kojoten und so weiter.«

»Holmesy«, rief Daisy. »Wir haben eine Spur.«

»Wegen der Kamera am Tor konnte er nicht einfach rausfahren«, sagte ich weiter. »Also muss er entweder über seine eigene Mauer geklettert sein, oder er ist durch den Wald zum Fluss marschiert und von dort verschwunden, stimmt's?«

»Ja …«

»Und vielleicht hat er dabei die Wildkamera ausgelöst. Ich meine, es ist schon ein paar Jahre her, dass ich dort war. Vielleicht gibt es sie gar nicht mehr.«

»Vielleicht doch!«, rief Daisy.

»Ja. Vielleicht doch.«

»Fahr hier raus«, sagte sie plötzlich, und ich reagierte. Ich wusste, dass es die falsche Ausfahrt war, aber ich nahm sie trotzdem, und ohne dass Daisy noch etwas sagen musste, ordnete ich mich in die rechte Spur ein, um zurück in die Stadt zu fahren, zurück nach Hause. Zurück zur Pickett-Villa.

Daisy hielt sich das Telefon ans Ohr. »Hallo, Eric, Daisy hier. Pass auf, es tut mir wirklich leid, aber ich glaube, ich habe Darmgrippe. Könnten Noroviren sein.«

»…«

»Ja, mache ich. Tut mir echt leid.« Sie legte auf, steckte das Telefon ein und sagte: »Man muss das Wort Durchfall nur *andeuten*, und sie wollen auf keinen Fall, dass man kommt, weil sie solche Angst vor einer Epidemie haben. Gut, okay, wir machen das. Hast du dein Kanu noch?«

DREI

Vor ein paar Jahren waren meine Mutter und ich manchmal den White River hinuntergepaddelt, bei den Picketts vorbei, bis zu dem Park hinter dem Kunstmuseum. Dort hatten wir das Kanu auf den Sand gezogen und einen Spaziergang gemacht, bevor wir den Rückweg gegen den trägen Strom antraten. Aber ich war seit Jahren nicht im Fluss gewesen. Ich mag den White River theoretisch betrachtet – die Blaureiher, die Gänse, die Hirsche und das ganze Zeug –, aber das Wasser selbst stinkt wie menschliche Exkremente. Das heißt, nicht *wie* Exkremente, sondern *nach* Exkrementen, weil bei starkem Regen die Abflussrohre überlaufen und sich die kollektive Kloake von Indianapolis so gut wie ungefiltert in den Fluss ergießt.

Ich hielt in unserer Einfahrt. Stieg aus, ging zur Garage, bückte mich, schob die Finger unter das Tor, fummelte am Riegel und stemmte es hoch. Dann stieg ich wieder ein und fuhr Harold hinein, während Daisy mir erklärte, dass wir bald reich seien.

Die Garagentorübung brachte mich ins Schwitzen, und als wir drin waren, ging ich erst mal in mein Zimmer, drehte die Klimaanlage am Fenster auf, setzte mich im Schneidersitz aufs Bett und ließ mir die kalte Luft gegen den Rücken blasen. Mein Zimmer war unordentlich. Überall lag Wäsche herum, und der Schreibtisch und ein Teil des Bodens verschwanden unter einem Wust von

Papieren – Arbeitsblättern, alten Prüfungen, Collegeprospekten, die meine Mutter angeschleppt hatte. Daisy blieb in der Tür stehen.

»Hast du irgendwelche Klamotten, die mir passen?«, fragte sie. »Ich habe das Gefühl, weder meine Chuck-E.-Cheese-Uniform noch mein pink geflecktes T-Shirt sind das passende Outfit für die Begegnung mit einem Milliardär, und was anderes habe ich im Moment leider nicht dabei.«

Daisy hatte ungefähr Moms Größe, also beschlossen wir, uns in ihrem Kleiderschrank umzusehen, und während wir nach Moms unmomlichster Jeans-und-T-Shirt-Kombination stöberten, redete Daisy. Daisy redete gern. »Ich habe eine Theorie über Uniformen. Ich glaube, sie sind extra so gemacht, dass sie den Träger entpersonifizieren, also, dass ich nicht mehr Daisy Ramirez, der Mensch, bin, sondern das Ding, das den Leuten Pizza bringt und Eintrittskarten gegen Plastikdinosaurier eintauscht. Es ist, als wäre die Uniform dazu da, den Träger *zu unterschlagen.*«

»Mhm«, sagte ich.

»Verdammte systematische Unterdrückung«, murmelte sie, und dann zog sie eine scheußliche lila Bluse aus dem Kleiderschrank. »Deine Mutter zieht sich an wie eine Mathelehrerin.«

»Meine Mutter ist Mathelehrerin.«

»Das ist keine Entschuldigung.«

»Vielleicht ein Kleid?« Ich hielt ein wadenlanges schwarzes Kleid mit rosa Paisley-Muster hoch. Es war grauenhaft.

»Ich glaube, ich bleibe lieber bei der Uniform«, sagte Daisy.

»Mhm.«

Draußen hörte ich Moms Wagen, und obwohl sie nichts dagegen haben würde, wenn wir uns Kleider von ihr ausliehen, wurde ich starr vor Schreck. Daisy sah es und nahm mich am Arm. Wir schlichen durch den Garten, bevor Mom das Haus betrat, und bahnten uns den Weg durch das Geißblattgestrüpp am Zaun entlang.

Wie sich rausstellte, hatten wir das Kanu noch. Es lag kopfüber am Ufer und war voller toter Spinnen. Daisy drehte es um und fand die Paddel und zwei ehemals orangene Schwimmwesten unter dem Efeu. Sie wischte das Kanu mit bloßen Händen aus, warf Paddel und Schwimmwesten hinein und zog das Boot in Richtung Wasser. Daisy war klein und sah nicht sehr sportlich aus, aber sie war sehr stark.

»Der White River ist so widerlich«, stellte ich fest.

»Holmesy, du bist irrational. Hilf mir mit dem Ding.«

Ich nahm das Ende des Kanus. »Er besteht zu 50 Prozent aus Urin, und das ist die bessere Hälfte.«

»You're the One«, erinnerte sie mich, dann schob sie das Kanu die Böschung hinunter und ließ es zu Wasser. Sie sprang auf eine kleine matschige Sandbank, band sich die Kinder-Schwimmweste um den Hals und stieg vorne ein.

Ich folgte ihr, setzte mich auf den hinteren Sitz und nahm das Paddel, um uns vom Ufer abzustoßen. Es war lange her, seit ich das letzte Mal ein Kanu gesteuert hatte, aber das Wasser war nicht tief, und der Fluss war so breit, dass ich nicht viel zu tun hatte. Daisy sah sich nach mir um und lächelte mit geschlossenem Mund. Auf dem Fluss fühlte ich mich wieder klein.

Als Kinder hatten Daisy und ich immer am Fluss gespielt, wenn das Wasser niedrig stand. Wir hatten ein Spiel erfunden, das wir »Flusskinder« nannten – wir stellten uns vor, dass wir allein am Fluss lebten. Wir mussten Nahrung suchen und uns vor den Erwachsenen verstecken, weil sie uns ins Waisenhaus stecken wollten. Ich erinnerte mich, dass Daisy einmal einen Weberknecht nach mir geworfen hatte, weil sie wusste, dass ich Weberknechte hasste, und ich war schreiend und mit wedelnden Armen davongerannt, aber eigentlich hatte ich keine richtige Angst gehabt, weil früher alle Gefühle irgendwie spielerisch waren, als würde ich sie nur ausprobieren, statt ihnen ausgeliefert zu sein. Das wahre Grauen ist nicht, Angst zu haben; es ist, keine andere Wahl zu haben.

»Wusstest du, dass der White River der einzige Grund ist, warum Indianapolis überhaupt existiert?«, fragte Daisy. Sie drehte sich im Kanu zu mir um. »Indiana war gerade Bundesstaat geworden, und sie wollten eine neue Stadt als Hauptstadt bauen, aber sie konnten sich nicht einigen, wo die Hauptstadt sein sollte. Der naheliegende Kompromiss war, sie in der Mitte anzulegen. Also nehmen die Leute sich die Landkarte ihres neuen Staats vor, und da sehen sie den Fluss genau in der Mitte und beschließen, zack – perfekter Ort für unsere Hauptstadt, weil es das Jahr 1819 ist oder so, und da braucht man für eine richtige Stadt Wasser, wegen der Schifffahrt und so weiter.

Also verkünden sie: Wir haben eine neue Stadt! An einem Fluss! Und weil wir so schlau sind, nennen wir sie Indiana-*polis*! Und erst als sie ihr Vorhaben rumposaunt haben, fällt ihnen auf, dass der White River ungefähr 20 Zentimeter tief ist und man nicht mal mit dem Kajak darauf herumfahren kann, geschweige denn mit einem Dampfer. Eine Zeit lang war Indianapolis die größte Stadt der Welt ohne schiffbares Gewässer.«

»Woher weißt du so was?«, fragte ich.

»Mein Vater ist voll der Geschichts-Nerd.« Im gleichen Moment klingelte ihr Telefon. »Hoppla, wenn man vom Teufel spricht.« Sie hielt sich das Telefon ans Ohr. »Hallo, Papa … äh, ja, klar … Nein, macht ihm nichts aus … Cool, ja, ich bin um sechs zu Hause.« Sie steckte das Telefon wieder ein, drehte sich zu mir und blinzelte in der Sonne. »Er hat gefragt, ob ich die Schicht wechseln und auf Elena aufpassen kann, weil Mom Überstunden machen muss. Ich musste nicht mal schwindeln, warum ich noch nicht bei der Arbeit bin, *und* mein Dad denkt, ich bin eine liebe Schwester. Alles läuft wie geschmiert, Holmesy. Das Glück braut sich zusammen. Wir leben den amerikanischen Traum, und der ist natürlich, vom Unglück anderer zu profitieren.«

Ich lachte, und mein Lachen klang grotesk laut auf dem verlassenen Fluss. Auf einem im Wasser liegenden Baumstamm in Ufernähe starrte eine Weichschildkröte zu uns herüber und ließ sich ins Wasser gleiten. Der Fluss war mit Schildkröten verlaust.

Nach der ersten Biegung passierten wir eine flache Insel, die aus Millionen weißen Kieseln bestand. Auf einem ausgebleichten Autoreifen stand ein Blaureiher, und als er uns sah, breitete er die Flügel aus und flog davon, mehr Pterodaktylus als Vogel. Die Insel zwang uns in einen schmalen Kanal an der Ostseite des Flusses, und wir glitten unter Ahornbäumen dahin, die ihre Äste sonnenhungrig weit hinaus über das Wasser streckten.

Die meisten Bäume waren voll belaubt, und manche hatten rötliche Stellen, die ersten Vorboten des Herbsts. Aber dann kamen wir unter einem toten Baum vorbei, kahl und doch aufrecht, und ich sah durch sein Astwerk hinauf in das wolkenlose Blau, das von den Zweigen in Myriaden von unregelmäßigen Vielecken zersplittert war.

Ich habe das Telefon meines Vaters aufbewahrt. Es liegt mit seinem Ladekabel beim Ersatzreifen in Harolds Kofferraum. Auf dem

Telefon sind lauter Fotos von kahlen Ästen, die den Himmel zerteilen, genau wie der Blick, der sich mir hier unter dem Ahorn bot. Ich habe mich immer gefragt, was er darin sah, in dem zersplitterten Himmel.

Es war wirklich ein wunderschöner Tag – goldener Sonnenschein, der mit angenehmer Wärme auf uns herabschien. Ich bin nicht viel draußen, also mache ich mir selten Gedanken über das Wetter, aber in Indianapolis hat man im Jahr vielleicht acht bis zehn richtig schöne Tage, und das hier war eindeutig einer davon. Ich musste nicht viel steuern, als sich der Fluss nach Westen bog. Das Wasser glitzerte in der Sonne. Ein Brautentenpaar bemerkte uns und flog davon, mit hektisch flatternden Flügeln.

Irgendwann erreichten wir die Stelle, die wir als Kinder Pirateninsel getauft hatten. Es war eine richtige Insel, keine Kiesbank wie die, die wir vorher passiert hatten. Auf der Pirateninsel wucherte Geißblatt, und die Stämme der hohen Bäume waren krumm wegen der jährlichen Frühjahrsflut. Weil auch aus der Landwirtschaft so viel Abwasser im Fluss landete, wuchsen überall Kulturpflanzen: Tomatensträucher und Sojabohnen, die von der vorbeifließenden Jauche reichlich gedüngt wurden.

Ich steuerte einen mit Algen überzogenen Strand an, und wir gingen von Bord, um uns umzusehen. Irgendwie hatte der Fluss Daisy und mich schweigsam gemacht, und wir schlenderten, jeder in seine Gedanken vertieft, in verschiedene Richtungen.

Ich hatte meinen elften Geburtstag auf der Insel gefeiert. Mom hatte eine Schatzkarte gemalt, und nachdem wir bei uns zu Hause Kuchen gegessen hatten, waren Daisy, Mom und ich mit dem Kanu zur Pirateninsel gepaddelt. Wir hatten Spaten dabei und buddelten am Fuß eines Baums eine kleine Kiste voller goldener Schokoladentaler aus. Davis kam auch vorbei, mit seinem kleineren Bruder Noah. Ich erinnerte mich gut an das Gefühl, wie mein Spaten auf die Plastikkiste stieß und wie ich die Einbildung zuließ, ich hätte einen echten Schatz gefunden, obwohl ich genau wusste, dass es nicht so war. Ich war so gut darin, ein Kind zu sein, und so grottenschlecht darin, was immer ich jetzt war.

Ich ging einmal um die ganze Insel, bis ich Daisy wiederfand, die auf einem glatten Baumstamm saß, den irgendein Hochwasser angespült hatte. Ich setzte mich neben sie und starrte in die kleine Wasserlache zu unseren Füßen, in der es von Flusskrebsen wimmelte. Die Pfütze schrumpfte offenbar. Der Sommer war ungewöhnlich trocken gewesen und heiß.

»Erinnerst du dich an deinen Geburtstag, den wir hier gefeiert haben?«, fragte sie.

»Mhm.« Irgendwann hatte Davis den kleinen Plastik-Iron-Man verloren, den er immer bei sich trug. Er hatte ihn schon so lange, dass die Bemalung abgegangen war; es war nur noch ein roter Torso mit gelben Armen und Beinen. Ich erinnerte mich, dass Davis völlig außer sich gewesen war, aber dann hatte meine Mutter das Figürchen wiedergefunden.

»Alles klar, Holmesy?«

»Mhm.«

»Kannst du noch was anderes sagen außer mhm?«

»Mhm«, sagte ich und lächelte ein bisschen.

Wir saßen noch eine Weile da, dann standen wir auf, ohne noch was zu sagen, und wateten durch das knietiefe Wasser zum anderen Ufer. Warum es mir nichts ausmachte, durch das Schmutzwasser zu waten, während ich vor ein paar Stunden nicht mal das

Gluckern meines eigenen Magens ertragen hatte? Ich wünschte, ich wüsste es.

Ein Maschendrahtzaun hielt die großen Steine zusammen, die die Flutmauer bildeten, und ich kletterte hinauf und reichte Daisy die Hand, um ihr hochzuhelfen. Dann stiegen wir die Böschung hinauf und fanden uns in einem Ahorn- und Platanenwäldchen wieder. Im Hintergrund sah ich die gepflegten Rasenflächen des Pickett'schen Golfplatzes, und dahinter erhob sich eine Villa aus Glas und Stahl, die irgendeine berühmte Architektin gebaut hatte.

Wir tappten eine Weile herum, während ich versuchte, mich zu orientieren, und dann hörte ich Daisy flüstern: *»Holmesy.«* Ich bahnte mir den Weg durchs Unterholz in ihre Richtung. Sie hatte die Wildkamera gefunden, an einem Baum, hüfthoch über dem Boden. Man sah nur einen schwarzen Kreis von etwa drei Zentimetern Durchmesser – ein Ding, das einem im Wald nie aufgefallen wäre, es sei denn, man wusste, wonach man suchte. Ich holte mein Smartphone heraus und verband mich mit der Wildkamera, die nicht passwortgeschützt war. Sekunden später konnte ich mir die Fotos auf meinem Display ansehen. Die ersten beiden hatte die Kamera von uns gemacht, und ich löschte sie. Dann klickte ich mich durch ein Dutzend Fotos von letzter Woche – Rehe, Kojoten, Waschbären, Opossums, alle entweder bei Tag in Farbe oder als grüne Silhouette mit weißen Augen in der Nacht.

»Ich will dir keinen Schreck einjagen, aber da hinten ist ein Golfwagen, der ungefähr in unsere Richtung kommt«, sagte Daisy leise. Ich blickte auf. Der Golfwagen war ein gutes Stück entfernt. Ich wischte mich durch weitere Fotos, bis ich den neunten September erreichte, und ja, dort, im grünen Schatten sah ich den Rücken eines untersetzten Mannes in einem quer gestreiften Nachthemd. Die Zeitleiste zeigte 1:01:03. Ich machte ein Bildschirmfoto.

»Der Typ hat uns eindeutig gesehen«, sagte Daisy nervös.

Ich blickte auf und murmelte: »Ich beeil mich.« Ich wollte mir nur noch das letzte Foto davor ansehen, aber aus irgendeinem Grund dauerte das Laden ewig. Ich hörte, wie Daisy die Flucht ergriff, aber ich blieb, wo ich war, und wartete auf das Foto. Es war ungewohnt, dass ich diejenige war, die Ruhe bewahrte, während mit Daisy die Nerven durchgingen. Aber die Dinge, die andere Leute nervös machten, haben mich nie geschockt. Ich fürchtete mich nicht vor Männern in Golfwagen, vor Horrorfilmen oder Achterbahnen. Ich wusste selbst nicht genau, wovor ich Angst hatte, aber jedenfalls nicht davor. Endlich baute sich das Bild Pixelreihe für Pixelreihe auf. Kojote. Ich hob den Kopf, sah, dass der Mann im Golfwagen mich ansah, und rannte los.

Ich lief durch das Wäldchen zum Fluss zurück und stolperte die Böschung hinunter, wo Daisy über dem umgedrehten Kanu stand und gerade mit einem großen spitzen Stein ausholte.

»Was zum Teufel machst du da?«, fragte ich.

»Wer immer das war, er hat dich gesehen«, sagte sie. »Ich sorge für deine Ausrede.«

»Was?«

»Uns bleibt nur die Option Jungfrau in Nöten, Holmesy.« Und dann schmetterte sie mit aller Kraft den Stein auf den Bauch des Kanus, sodass die grüne Farbe absplitterte und die Glasfaserschicht darunter zum Vorschein kam. Sie drehte das Kanu um. Es lief sofort mit Wasser voll. »So, und jetzt verstecke ich mich, und du redest mit dem Typen aus dem Golfwagen.«

»Was? Nein. Auf keinen Fall.«

»Eine Jungfrau in Nöten hat keine Gefährtin.«

»Auf. Keinen. Fall.«

Im gleichen Moment rief von der Flutmauer eine Stimme herunter. »Alles in Ordnung da unten?« Auf der Böschung stand ein hagerer alter Mann mit tiefen Furchen im Gesicht. Er trug einen schwarzen Anzug und ein weißes Hemd.

»Unser Kanu«, erklärte Daisy, »es hat ein Leck. Wir sind Freunde von Davis Pickett. Wohnt er nicht hier?«

»Ich bin Lyle«, sagte der Mann. »Wachdienst. Ich kann euch nach Hause bringen.«

VIER

Lyle lud uns in den Golfwagen und fuhr auf einem schmalen asphaltierten Weg um den Golfplatz herum, vorbei an einem stattlichen Holzhaus, vor dem ein Schild mit der Aufschrift THE LODGE stand.

Ich war seit Jahren nicht hier gewesen. Das Anwesen war noch majestätischer geworden. Die Sandgruben auf dem Golfplatz waren frisch geharkt. Der Weg, auf dem wir fuhren, hatte weder Risse noch Buckel und wurde von neu gepflanzten Ahornbäumen gesäumt. Aber vor allem war da der endlose Rasen, unkrautfrei, frisch gemäht zum Karomuster. Bei den Picketts war alles still, steril und endlos – wie eine neu errichtete Siedlung, bevor Menschen einziehen. Genau mein Ding. Daisy brach eine ziemlich platte Unterhaltung vom Zaun. »Sie sind also der Chef vom Wachdienst?«

»Ich *bin* der Wachdienst«, sagte Lyle.

»Seit wann arbeiten Sie für Mr. Pickett?«

»Lange genug, um zu wissen, dass ihr nicht mit Davis befreundet seid«, antwortete er.

Daisy, der die Fähigkeit, Peinlichkeit zu empfinden, völlig abging, ließ sich nicht entmutigen. »Holmesy ist mit ihm befreundet. Waren Sie hier, als Mr. Pickett verschwand?«

»Mr. Pickett hat nach Einbruch der Dunkelheit kein Personal auf dem Anwesen.«

»Wie viele Angestellte gibt es denn hier?«

Lyle hielt den Golfwagen an. »Ich kann euch nur wünschen, dass Davis euch kennt, denn falls nicht, bringe ich euch persönlich zum Revier und lasse euch wegen Hausfriedensbruch einsperren.«

Als wir um eine Ecke bogen, lag vor uns die Poollandschaft, an die ich mich aus meiner Kindheit erinnerte, eine schimmernde blaue Fläche mit Insel, auch wenn sich auf der Insel heute eine geodätische Glaskuppel erhob. Die Wasserrutschen waren auch noch da, fünf ineinander verschlungene Röhren, die allerdings trockengelegt waren.

Auf einer gepflasterten Fläche am Poolrand stand ein Dutzend Teakliegen, die mit Polstern und frischen Handtüchern bestückt waren. Wir fuhren um den Pool herum zu einem weiteren gepflasterten Stück, und dort lag Davis Pickett auf einer Liege. Er trug seine Schuluniform und hielt sein Buch hoch, um beim Lesen nicht von der Sonne geblendet zu werden.

Als er uns hörte, setzte er sich auf und sah sich um. Seine Beine waren dünn und sonnenverbrannt mit knubbeligen Knien. Er hatte eine Brille mit Kunststoffgestell auf und eine Basketballkappe der Indiana Pacers.

»Aza Holmes?«

Er stand auf. Die Sonne stand in seinem Rücken, sodass ich sein Gesicht kaum sah. Ich stieg aus dem Golfwagen und ging ihm entgegen.

»Hi«, sagte ich. Ich wusste nicht, ob ich ihn zur Begrüßung umarmen sollte, und er schien es auch nicht zu wissen, also standen wir unbeholfen voreinander, ohne uns zu berühren, was ehrlich gesagt meine bevorzugte Form der Begrüßung ist.

»Welchem Umstand verdanke ich das Vergnügen?«, fragte er. Sein Ton war flach, neutral, undurchdringlich.

Daisy folgte mir und schüttelte ihm kräftig die Hand. »Daisy Ramirez, Holmesys beste Freundin. Wir kennen uns von ihrem elften Geburtstag. Unser Kanu hat ein Leck.«

»Wir sind gegen einen Stein gepaddelt und auf der Pirateninsel gestrandet«, sagte ich.

»Kennst du diese Mädchen?«, fragte Lyle.

»Ja, ich kenne sie. Danke, Lyle. Kann ich euch was anbieten? Wasser? Dr Pepper?«

»Dr Pepper?«, fragte ich überrascht.

»Hast du nicht immer Dr Pepper getrunken?«

Ich blinzelte sprachlos, dann sagte ich: »Mhm. Ich hätte gern ein Dr Pepper.«

»Lyle, bringst du uns drei Dr Pepper?«

»Klar, Boss«, antwortete Lyle und tuckerte mit dem Golfwagen davon.

Daisy warf mir einen Blick zu, der so viel sagte wie: *Ich habe dir doch gesagt, dass er sich an dich erinnert,* und dann schlenderte sie ein Stück davon. Davis schien es nicht zu bemerken. Da war etwas niedlich Schüchternes an seinem Blick, wie er mich ansah und wieder wegsah, die braunen Augen durch seine Brille übergroß. Die Augen, die Nase, der Mund – alles schien ihm ein bisschen zu groß zu sein, als wären die Teile schon erwachsen, aber das Gesicht war immer noch ein Kind.

»Ich weiß nicht, was ich sagen soll«, sagte er. »Ich bin … nicht gut in Small Talk.«

»Sag einfach, was du denkst«, antwortete ich. »Das ist etwas, was ich nie tue.«

Er lächelte ein bisschen und zuckte die Schultern. »Na gut. Ich denke: *Ich hoffe, sie ist nicht wegen der Belohnung hier.*«

»Welche Belohnung?«, fragte ich wenig überzeugend.

Davis setzte sich auf einen der Teakstühle, und ich setzte mich ihm gegenüber. Er beugte sich vor, knochige Ellbogen auf knochigen Knien. »Ich habe vor zwei Wochen an dich gedacht«, sagte er. »Als er verschwunden ist und ich ständig seinen Namen in den Nachrichten hörte, seinen vollen Namen – Russell Davis Pickett. Und ich dachte dauernd, das ist mein Name. Es war so seltsam, die Nachrichtensprecher sagen zu hören: ›Russell Davis Pickett ist verschwunden.‹ Dabei war ich hier.«

»Deswegen hast du an mich gedacht?«

»Ja, ich weiß auch nicht. Ich erinnere mich, wie du mal zu mir gesagt hast – als ich dich nach deinem Namen fragte … Du hast erzählt, deine Mom hat dich Aza genannt, weil sie wollte, dass du deinen eigenen Namen hast, einen Klang, der nur dir gehört.«

»Es war mein Vater, aber ja.« Ich konnte mich gut daran erinnern, wie Dad mit mir über meinen Namen gesprochen hatte. *Er umfasst das ganze Alphabet, weil wir wollten, dass du weißt, dass du alles sein kannst.* »Dein Vater dagegen …«, sagte ich.

»Eben. Er hat mich zum Junior gemacht. Er hat mich darauf reduziert, dass ich sein Junior bin.«

»Aber du bist nicht dein Name«, sagte ich.

»Doch, bin ich. Ich kann nicht nicht Davis Pickett sein. Ich kann nicht nicht der Sohn meines Vaters sein.«

»Kann sein«, sagte ich.

»Und ich kann nicht kein Waisenkind sein.«

»Tut mir leid.«

Er sah mich mit müden Augen an. »Viele Freunde haben sich

in den letzten Tagen bei mir gemeldet, und ich bin nicht blöd. Ich weiß, warum. Aber ich weiß nicht, wo mein Vater ist.«

»Ehrlich gesagt ...«, begann ich, aber ich unterbrach mich, als ein Schatten über uns fiel. Ich drehte mich um. Daisy stand hinter mir.

»Ehrlich gesagt«, beendete sie meinen Satz, »haben wir Radio gehört, und in den Nachrichten haben sie von deinem Vater berichtet, und dann hat Holmesy mir erzählt, dass sie, als ihr klein wart, in dich verknallt war.«

»Daisy«, stotterte ich.

»Und da habe ich gesagt, komm, wir besuchen ihn, ich wette, er ist deine große Liebe. Also haben wir den Schiffbruch vorgetäuscht, und dann hast du dich erinnert, dass Aza gerne Dr Pepper trinkt, und das muss DIE GROSSE LIEBE sein. Genau wie in Shakespeares *Sturm*. Deshalb verschwinde ich jetzt, und ihr könnt glücklich weiterleben bis an euer Lebensende.« Und dann war der Schatten weg, und stattdessen fiel goldenes Sonnenlicht auf uns.

»Ist das ... ihr Ernst?«, fragte Davis.

»Na ja«, sagte ich. »Ich finde nicht, dass es genauso ist wie in Shakespeares *Sturm*.« Aber ich brachte es nicht übers Herz, ihm die ganze Wahrheit zu sagen. Außerdem war es nicht ganz gelogen. »Ich meine, wir waren Kinder.«

Nach einer Minute sagte er: »Du siehst fast gar nicht mehr wie dieselbe Person aus.«

»Was?«

»Früher warst du so ein kleiner sehniger Blitz, und jetzt bist du ...«

»Was?«

»Anders. Erwachsen.« Mein Magen brodelte, und ich wusste nicht, warum. Ich verstand meinen Körper einfach nicht – hatte ich Angst, oder war ich aufgeregt? Davis sah an mir vorbei zu dem Wäldchen am Flussufer.

»Das mit deinem Vater tut mir echt leid«, sagte ich.

Er zuckte die Achseln. »Mein Vater ist ein Riesenarsch. Er hat sich aus dem Staub gemacht, bevor er verhaftet wurde, weil er ein Feigling ist.« Ich wusste nicht, was ich sagen sollte. So wie manche Leute über Väter sprachen, konnte man fast froh sein, wenn man keinen hatte. »Ich weiß wirklich nicht, wo er ist, Aza. Und falls irgendjemand was weiß, wird er nichts sagen, weil mein Vater ihm viel mehr Geld geben kann als die Belohnung. Mal ehrlich, 100 000 Dollar? 100 000 Dollar sind Peanuts für ihn.« Ich starrte ihn an. »Tut mir leid«, sagte er. »Das klingt vielleicht großkotzig.«

»Vielleicht?«

»Okay, bestimmt«, sagte er. »Aber ich meine … er kommt damit durch. Er kommt immer mit allem durch.«

Ich wollte gerade antworten, als Daisy zurückkam. Sie hatte einen Mann im Schlepptau, einen großen, breitschultrigen Kerl in farblich aufeinander abgestimmtem Polohemd und Khakishorts. »Wir lernen ein Tuatara kennen«, rief Daisy aufgeregt.

Davis stand auf. »Aza, das ist Malik Moore, unser Zoologe.« Er sagte »unser Zoologe«, als wäre es das Normalste der Welt, als hätten alle, die es zu etwas gebracht hatten, einen hauseigenen Zoologen.

Also stand ich auch auf und schüttelte Malik die Hand. »Ich kümmere mich um das Tuatara«, erklärte er. Alle schienen anzunehmen, dass ich wüsste, was zum Teufel ein Tuatara war. Malik ging zum Rand des Pools, hob eine unter den Fliesen versteckte Klappe an und drückte einen Knopf. Im nächsten Moment schob sich ein Lochblechsteg aus dem Poolrand in Richtung der Insel.

Daisy packte meinen Arm und flüsterte: »Träum ich?«, während der Zoologe uns mit einer theatralischen Handbewegung aufforderte, über die Brücke zu gehen.

Malik folgte uns über den Steg zu der Glaskuppel auf der Insel. An der Tür zückte er eine Plastikkarte. Die Tür öffnete sich mit einem Zischen. Kaum hatten wir die Kuppel betreten, umgab mich tropisches Klima, das mindestens 15 Grad wärmer und 15-mal feuchter war als das Klima draußen.

Daisy und ich blieben am Eingang stehen, während sich Malik in die Botanik stürzte und nach einer Weile mit einem Tier zurückkam, das wie eine große Eidechse aussah. Es war vielleicht einen halben Meter lang und zehn Zentimeter hoch und hatte seinen drachenartigen Schwanz um Maliks Arm gewickelt.

»Ihr könnt sie streicheln«, erklärte Malik, was Daisy sofort tat, aber ich sah die Kratzer auf Maliks Hand und schloss daraus, dass das Ding nicht immer gern gestreichelt wurde, weswegen ich, als er es mir hinhielt, sagte: »Ich stehe nicht so auf Echsen.«

Dann erklärte er mir in aller Ausführlichkeit, dass Tua (so hieß das Tuatara) im engeren Sinn keine Echse war, sondern eine genetisch eigenständige Art, die es schon im Mesozoikum vor 200 Millionen Jahren gab, im Grunde genommen also ein lebender Dinosaurier, und dass Tuataras 150 Jahre alt werden konnten und dass es sich um die einzige verbleibende Spezies der Ordnung Sphenodontia handelte, dass sie in ihrer Heimat Neuseeland bedroht seien und dass er seine Doktorarbeit über die molekulare Evolutionsgeschwindigkeit der Tuataras geschrieben habe und so weiter und so fort, bis die Tür wieder aufging und Lyle sagte: »Die Dr Peppers, Boss.« Ich nahm meine Dose entgegen und reichte eine an Davis und die andere an Daisy weiter.

»Willst du sie wirklich nicht streicheln?«, fragte Malik.

»Ich stehe auch nicht so auf Dinosaurier«, sagte ich.

»Holmesy hat fast alle gängigen Phobien«, erklärte Daisy, während sie Tua kraulte. »Aber wir müssen langsam los. Ich werde als Babysitter gebraucht.«

»Ich fahre euch heim«, bot Davis an.

Davis sagte, er müsse noch mal ins Haus, und ich wollte draußen warten, aber Daisy gab mir einen Schubs, sodass ich ungeplant neben ihm herlief.

Die Haustür war eine massive Glasscheibe, mindestens drei Meter hoch, durch die wir in eine riesige Marmorhalle traten. Links von uns lag Noah Pickett auf einer Couch und spielte auf einem riesigen Bildschirm ein Weltraumkriegsspiel. »Noah«, sagte Davis. »Erinnerst du dich an Aza Holmes?«

»Was geht«, murmelte er, ohne von seinem Spiel aufzusehen.

Davis lief eine schwebende Marmortreppe hinauf und ließ mich mit Noah allein – dachte ich, bis mir eine Frau, die ich nicht gesehen hatte, zurief: »Das ist ein echter Picasso.« Sie war ganz weiß angezogen und stand in einer strahlend weißen Küche, wo sie Beeren klein schnitt.

»Oh, wow«, sagte ich, als ich ihrem Blick zu dem Bild folgte, das sie meinte. Ein Mann aus geschwungenen Linien auf einem Pferd aus geschwungenen Linien.

»Es ist, als würde man in einem Museum arbeiten«, bemerkte sie. Als ich sie ansah, dachte ich daran, was Daisy über Uniformen gesagt hatte.

»Ja, es ist wirklich ein tolles Haus«, antwortete ich.

»Sie haben auch einen Rauschenberg«, fuhr sie fort. »Im ersten

Stock.« Ich nickte, auch wenn ich keine Ahnung hatte, was ein Rauschenberg war. Mychal kannte sich in solchen Dingen besser aus. »Geh ruhig hoch und sieh ihn dir an.« Sie zeigte zur Treppe, und so stieg ich hinauf, aber ich blieb nicht lange vor der Collage aus recyceltem Schrott stehen, der am oberen Ende der Treppe an der Wand hing. Stattdessen warf ich einen Blick in die erste offene Tür, die ich sah. Es schien Davis' Zimmer zu sein, so makellos sauber, dass auf dem Teppich noch die Linien des Staubsaugers zu sehen waren. Ein Doppelbett mit einem Haufen Kissen und einer dunkelblauen Decke. Ein Teleskop in der Ecke vor der Fensterwand, das zum Himmel gerichtet war. Familienfotos auf dem Schreibtisch – alle vor Jahren aufgenommen, als er klein war. Gerahmte Konzertplakate an der Wand – die Beatles, Thelonious Monk, Otis Redding, Leonard Cohen, Billie Holiday. Ein Bücherregal voller gebundener Ausgaben mit einem ganzen Fach voller Comics in Plastikhüllen. Und auf dem Nachttisch neben einem Stapel Bücher Iron Man.

Ich nahm ihn in die Hand und betrachtete ihn von allen Seiten. Ein Bein hatte einen Riss, sodass man den Hohlraum sah, aber Arme und Beine ließen sich immer noch drehen.

»Vorsicht«, sagte er hinter mir. »Das ist das Wertvollste, was ich besitze.«

Ich legte den Iron Man wieder hin und drehte mich um. »Tut mir leid.«

»Iron Man und ich haben viel zusammen erlebt.«

»Ich muss dir was sagen«, entgegnete ich. »Ich fand Iron Man immer irgendwie bescheuert.«

Davis grinste. »War schön mit dir, Aza, aber das war's dann wohl mit unserer Freundschaft.« Ich lachte und folgte ihm die Treppe hinunter. »Rosa, kannst du bleiben, bis ich wieder da bin?«

»Ja, natürlich«, sagte Rosa. »Ich habe euch Chili Chicken und Salat zum Abendessen in den Kühlschrank gestellt.«

»Danke«, sagte Davis. »Noah, Kumpel, ich bin in 20 Minuten zurück, cool?«

»Cool«, brummte Noah, immer noch im Weltraum.

Als wir auf Davis' Cadillac Escalade zugingen, an dem Daisy lehnte, fragte ich: »War das eure Köchin?«

»Sie ist unsre Haushälterin. Seit ich auf der Welt bin. Sie ist das, was wir statt Eltern haben, schätze ich.«

»Aber sie wohnt nicht bei euch?«

»Nein, sie geht jeden Tag um sechs. Das unterscheidet sie wohl von Eltern.« Davis schloss den SUV auf. Daisy ging zum Rücksitz und schob mich nach vorn. Als ich um die Motorhaube herumlief, bemerkte ich Lyle, der neben seinem Golfwagen stand. Er unterhielt sich mit einem Mann, der das erste Herbstlaub vom Kies kehrte, aber er ließ uns nicht aus den Augen.

»Ich fahre die beiden nur schnell heim«, rief Davis ihm zu.

»Fahr vorsichtig, Boss«, gab Lyle zurück.

Als die Türen zu waren, sagte Davis: »Immer beobachten mich alle. Das kann einem ganz schön auf die Nerven gehen.«

»Tut mir leid«, sagte ich.

Davis machte den Mund auf, um etwas zu sagen, dann schloss er ihn wieder, aber einen Moment später sagte er doch: »Erinnert ihr euch an das Gefühl, als man sich früher in der Schule manchmal eingebildet hat, alle starren einen an und reden heimlich über einen? Es ist genau das Gefühl, nur dass sie mich wirklich anstarren und wirklich über mich reden.«

»Vielleicht denken sie, du weißt, wo dein Vater ist«, sagte Daisy.

»Ich weiß es aber nicht. Und ich will es auch gar nicht wissen.« Er sprach beherrscht, mit kontrollierter Stimme.

»Warum nicht?«, fragte Daisy.

Ich beobachtete Davis, als er antwortete, und ich sah ein Zucken in seinem Gesicht, das nicht ganz verschwand. »Im Moment ist das Beste, was mein Vater für mich und Noah tun kann, wegzubleiben. Außerdem hat er sich sowieso nie richtig um uns gekümmert.«

Obwohl uns nur der Fluss trennte, dauerte die Fahrt von ihm zu mir zehn Minuten mit lauter Abzweigungen, weil es in der ganzen Gegend nur eine Brücke gab. Wir redeten nicht viel, nur hin und wieder sagte ich ihm, wo es langging. Als wir vor unserem Haus hielten, bat ich Davis um sein Telefon und tippte meine Nummer ein. Daisy stieg aus, ohne sich zu verabschieden, und ich wollte es genauso machen, doch als ich ihm das Telefon zurückgab, nahm Davis meine rechte Hand und drehte sie mit der Handfläche nach oben. »Daran erinnere ich mich«, sagte er. Ich folgte seinem Blick zu dem Pflaster an meinem Finger. Dann zog ich die Hand weg und schloss sie zur Faust.

»Tut es weh?«, fragte er.

Aus irgendeinem Grund wollte ich ihm eine ehrliche Antwort geben. »Ob es weh tut, ist egal.«

»Das ist ein ziemlich gutes Lebensmotto«, sagte er.

Ich lächelte. »Na ja, ich weiß nicht. Okay, ich muss los.«

Kurz bevor ich die Tür schloss, sagte er noch: »Schön, dich zu sehen, Aza.«

»Ja«, sagte ich. »Dich auch.«

FÜNF

Als ich Daisy in Harolds warmer Umarmung nach Hause fuhr, hörte sie nicht damit auf, wie verknallt ich angeblich war. »Holmesy, du strahlst. Du glühst. Du leuchtest.«

»Tue ich nicht.«

»Tust du doch.«

»Im Ernst, ich weiß nicht mal, ob ich ihn süß finde.«

»Er ist irgendwo im Mittelfeld, und bei Jungs ist das Mittelfeld groß«, erklärte sie. »Also, er sieht gut genug aus, dass ich mich überzeugen lassen könnte. Das Problem bei Jungs ist, dass 99 Prozent ganz okay sind. Wenn du sie einmal waschen und ordentlich anziehen könntest und ihnen beibringen, gerade zu stehen, dir zuzuhören und nichts Blödes zu sagen, dann wären die meisten völlig akzeptabel.«

»Ich bin gerade echt nicht auf der Suche.« Ich weiß, dass viele das sagen, obwohl sie heimlich auf der Suche sind, aber ich meinte es ernst. Auch wenn es Jungs gab, die ich attraktiv fand, und wenn ich nichts Grundsätzliches gegen Beziehungen einzuwenden hatte, war der praktische Teil der Angelegenheit einfach nicht mit meinen Stärken und Schwächen vereinbar. Bestandteile typischer romantischer Beziehungen, die bei mir Ängste auslösten, waren zum Beispiel: 1. küssen; 2. das Richtige sagen zu müssen, um niemanden zu verletzen; 3. noch mehr Falsches zu sagen, um mich dafür zu entschuldigen; 4. im Kino Händchen halten zu müssen, obwohl beide schwitzende Hände haben und sich der Schweiß zu vermischen beginnt; und 5. die Frage: »Woran denkst du gerade?«, in der Hoffnung, man sagt so was wie: »An dich, Liebling«, aber in Wirklichkeit denkt man daran, dass Kühe nicht leben könnten, wenn sie nicht so viele Bakterien im Darm hätten, und ob das bedeutet, dass Kühe eigentlich keine eigenständige Lebensform sind. Aber so was kann man nicht laut sagen, und man steht vor der Wahl, ob man lügen oder ernsthaft gestört wirken will.

»Aber ich bin auf der Suche«, gab Daisy zurück. »Und ich würde mir unseren milliardenschweren Waisenknaben selber angeln, wenn er nicht bloß Augen für dich hätte. Apropos, ich hab noch eine interessante unwesentliche Neuigkeit für dich: Rate mal, wer Picketts Milliarden erbt, falls der Alte abkratzt.«

»Hm, Davis und Noah?«

»Falsch«, sagte Daisy. »Rate noch mal.«

»Der Zoologe?«

»Falsch.«

»Sag schon.«

»Rate.«

»Na gut. Du.«

»Leider nein, und das ist ungerecht. Ich bin die geborene Milliardärin, nur ohne die Milliarden. Bei mir steckt die Seele einer Privatjet-Besitzerin im Körper eines armen Mädchens, das auf öffentliche Verkehrsmittel angewiesen ist. Was für eine Tragödie. Nein, nicht ich. Nicht Davis. Nicht der Zoologe. Das Tuatara.«

»Warte mal, was?«

»Das Tua-tata-tara, Holmesy. Malik hat gesagt, ich kann es

überprüfen, und das habe ich getan. Hör zu.« Sie hielt ihr Smartphone hoch. »Ein Artikel aus dem *Indianapolis Star* von letztem Jahr. ›Russell Pickett, Milliardär, Vorstandsvorsitzender und Gründer von Pickett Engineering, hat bei der Verleihung des Indianapolis Prize gestern Abend vor der örtlichen High Society eine Bombe platzen lassen. Er gab bekannt, dass er sein gesamtes Vermögen seinem Hausreptil Tua vermache. Pickett bezeichnet das Tuatara, das über 150 Jahre alt werden kann, als »magisches Tier«. Er hat eine Stiftung gegründet, die mit der Erforschung und der bestmöglichen Pflege seiner Tuatara-Dame betraut ist. »Wenn wir Tuas Geheimnisse ergründen«, sagte Pickett, »finden wir den Schlüssel zur einem längeren Leben und einem besseren Verständnis der Evolution.« Auf die Frage unseres Korrespondenten, ob er wirklich vorhabe, sein gesamtes Vermögen einer Stiftung zu hinterlassen, von der nur ein einziges Tier profitiert, bestätigte Pickett: »Mein Reichtum kommt Tua, und nur Tua, zugute – bis zu ihrem Tod. Danach kümmert sich die Stiftung um die Tuataras auf der ganzen Welt.« Ein Repräsentant von Pickett Engineering erklärte, Picketts private Entscheidungen hätten keinen Einfluss auf die Führung der Firma.‹ Es gibt wohl keine krassere Art, deine Kinder in die Wüste zu schicken, als deinen unermesslichen Reichtum einer Eidechse zu vermachen.«

»Tua ist keine Echse, schon vergessen?«

»Holmesy, eines Tages bekommst du den Nobelpreis in Haarspalterei, und dann bin ich so stolz auf dich.«

»Danke.« Ich parkte Harold vor Daisys Wohnblock. »Das heißt, falls Davis' Vater stirbt, kriegen er und sein Bruder *nichts*? Muss man seinen Kindern nicht wenigstens das Studium bezahlen, oder so was?«

»Keine Ahnung«, sagte sie. »Aber ich schätze, es bedeutet, wenn Davis wüsste, wo sein Vater ist, würde er den Mund aufmachen.«

»Mhm«, sagte ich. »Aber irgendjemand muss wissen, wo er ist. Pickett konnte die Sache nicht allein durchziehen, oder? Man kann ja nicht einfach spurlos verschwinden.«

»Stimmt, aber es gibt jede Menge möglicher Komplizen. Pickett Engineering hat Tausende von Mitarbeitern. Und wer weiß, wie viele Angestellte er noch zu Hause hat. Ich meine, wenn sie sogar einen *Zoologen* haben!«

»Mich würde es fertigmachen, den ganzen Tag so viele Leute um mich zu haben. Leute, die nicht zur Familie gehören, aber ständig in deiner Privatsphäre herumwuseln.«

»Du hast recht, Holmesy. Übereifriges Personal ist eine schwere Bürde.« Ich lachte, und Daisy klatschte in die Hände und sagte: »Okay. Meine Aufgaben sind: Testament überprüfen. Untersuchungsbericht einsehen. Deine Aufgabe ist: Verknall dich in Davis, was schon so gut wie erledigt ist. Danke fürs Heimfahren. Jetzt muss ich so tun, als wäre ich die aufopferungsvolle große Schwester.« Sie nahm ihren Rucksack, stieg aus und donnerte Harolds kostbare, empfindliche Tür hinter sich zu.

Als ich nach Hause kam, sah ich mit meiner Mutter fern, aber ich musste die ganze Zeit daran denken, wie Davis meine Hand genommen und meine Fingerspitze angesehen hatte.

Ich habe manchmal diese Gedanken, die, wie Dr. Singh sagt, offiziell »intrusive Gedanken« heißen, und als ich das Wort zum ersten Mal hörte, musste ich an invasives Unkraut denken, was mir gut gefällt, weil diese Gedanken auch wie Unkraut aus einem fernen Land in meiner Biosphäre einfallen, wo sie sich unkontrolliert ausbreiten können.

Anscheinend hat jeder solche Gedanken – zum Beispiel, wenn man auf einer Brücke steht und aus heiterem Himmel daran denkt, dass man einfach springen könnte. Die meisten Menschen denken einfach: *Huch, das war ein seltsamer Gedanke*, und dann denken sie an etwas anderes. Aber bei manchen Menschen breitet sich der Gedanke aus, bis er alles andere verdrängt und man nur noch diesen einen Gedanken hat, an den man ständig denken oder den man ständig verdrängen muss.

Du siehst mit deiner Mutter fern – eine Serie mit zeitreisenden Ermittlern –, und du denkst an einen Jungen, der deine Hand gehalten hat, und du siehst deine Hand an, und plötzlich denkst du: *Zieh besser das Pflaster ab und sieh nach, ob die Wunde entzündet ist.*

Eigentlich willst du es gar nicht; der Gedanke ist Unkraut. Jeder hat solche Gedanken. Aber du kannst dein Unkraut nicht rausreißen und auch nicht ignorieren. Nachdem du ein paar Sitzungen kognitive Verhaltenstherapie hinter dir hast, sagst du zu dir: *Ich bin nicht meine Gedanken*, obwohl dir insgeheim nicht ganz klar ist, was dann noch von dir übrig wäre. Dann sagst du dir, du musst nur das kleine x in der Ecke des Gedankens anklicken, um ihn verschwinden zu lassen. Und vielleicht klappt das für einen Moment; du bist wieder zu Hause und sitzt mit deiner Mom auf dem Sofa, aber dann sagt dein Hirn plötzlich: *Aber warte mal. Was ist, wenn dein Finger wirklich entzündet ist? Wäre es nicht besser nachzusehen? Die Schulcafeteria war vielleicht nicht der sauberste Ort, um die Wunde noch mal aufzumachen. Außerdem bist du durch den verseuchten Fluss gewatet.*

Jetzt bist du nervös, weil du genau dieses Gedanken-Rodeo schon tausendmal erlebt hast, und auch, weil du dir die Gedanken, die angeblich deine sind, lieber selbst aussuchen würdest. Aber der Fluss war wirklich schmutzig. Ist Flusswasser in deine Wunde gekommen? Könnte gut sein. *Zieh das Pflaster ab*. Du redest dir ein, du hast aufgepasst, dass kein Wasser an deine Hand kommt. *Aber was ist, wenn du etwas angefasst hast, das vorher mit dem Wasser in Berührung war?* Und du sagst dir, die Wunde ist sicher nicht entzündet, aber die Lücke, die du mit »sicher nicht« gelassen hast, lässt den Gedanken sofort herein: *Sieh einfach nach, ob sie entzündet ist; sieh kurz nach, dann können wir uns alle beruhigen*. Und dann, na gut, okay, du sagst, du gehst aufs Klo, und im Bad ziehst du das Pflaster ab und siehst, dass kein Blut da ist, aber vielleicht ein bisschen Feuchtigkeit auf dem Pflastervlies. Du hältst das Pflaster ins gelbe Licht im Bad, und ja, es sieht eindeutig nach Feuchtigkeit aus.

Es könnte natürlich Schweiß sein, aber vielleicht ist es auch Flusswasser oder schlimmer noch Wundwasser, ein sicheres Zeichen einer Infektion. Also holst du das Desinfektionsmittel aus dem Medizinschrank und tröpfelst etwas davon auf deine Fingerspitze, die höllisch brennt. Dann wäschst du dir gründlich die Hände, singst das Lied vom ABC, um sicherzugehen, dass du deine Hände volle 20 Sekunden lang eingeseift hast, wie es das Gesundheitsamt vorschreibt, und anschließend trocknest du dir die Hände sorgfältig mit einem frischen Handtuch ab. Dann bohrst du den Daumennagel so tief in die Hornhaut, dass die Wunde zu bluten anfängt, drückst das Blut aus, solange welches kommt, und tupfst die Wunde mit einem Kosmetiktuch trocken. Du nimmst ein Pflaster aus der Hosentasche, wo du einen unendlichen Vorrat davon hast, und klebst es sorgfältig auf die Wunde. Am Ende gehst du ins Wohnzimmer zurück, setzt dich aufs Sofa, um fernzusehen, und nach wenigen oder nach vielen Minuten, je nachdem, spürst du, wie der Spannungsdruck nachlässt und die Erleichterung einsetzt, dass du den Einflüsterungen aus der Tiefe nachgegeben hast.

Und dann vergehen zwei oder fünf oder 600 Minuten, bis du dich fragst: *Warte, ist der ganze Eiter draußen? War da überhaupt Eiter, oder war da nur Schweiß? Aber wenn da Eiter war, vielleicht sollte ich die Wunde noch einmal säubern.*

Und so verengt sich die Spirale endlos.

SECHS

Am nächsten Tag nach der Schule schloss ich mich dem Strom der Schüler auf den überfüllten Fluren an und bahnte mir den Weg zu Harold. Ich musste das Pflaster wechseln, was ein paar Minuten dauerte, aber ich wartete sowieso lieber, bis die Stoßzeit auf dem Parkplatz vorbei war, bevor ich mich auf den Heimweg machte. Um Zeit totzuschlagen, schrieb ich eine SMS an Daisy, ob wir uns später bei Applebee's treffen sollten, unserem Stammlokal.

Sie antwortete wenige Minuten später. Ich arbeite bis 8. Danach?

Ich: Soll ich dich abholen?

Sie: Dad hat mich von der Schule abgeholt.
Er fährt mich. Hat Davis sich gemeldet?

Ich: Nein, soll ich ihm eine Nachricht schicken?

Sie: AUF KEINEN FALL.

Sie: Warte 24–30 Stunden. Unbedingt.
Du stehst auf ihn, aber du stalkst ihn nicht.

Ich: Ok. Wusste nicht, dass es so streng geregelt ist.

Sie: Ist es. Wir sind fast bei Chuckie, ich muss los. Erstes Highlight: auslosen, wer das Chuckie-Kostüm anziehen muss. Drück mir die Daumen.

Harold und ich machten uns auf den Heimweg, aber dann kam mir der Gedanke, dass ich eigentlich überallhin fahren konnte. Na ja, nicht *überallhin*, aber fast überallhin. Wenn ich wollte, konnte ich bis nach Ohio fahren oder nach Kentucky, und ich wäre immer noch vor der Sperrstunde wieder daheim. Dank Harold lagen mir Hunderte Quadratkilometer des amerikanischen Mittelwestens zu Füßen. Also folgte ich, statt nach Hause zu fahren, der Meridian Street nach Norden, bis ich den Autobahnring erreichte. Ich drehte die Musik lauter, und im Radio lief ein Song, der mir gefiel, »Can't Stop Thinking About You«. Die Bässe schepperten in Harolds alten Lautsprechern, und der Text war dumm und albern und genau das, was ich brauchte.

Manchmal hat man im Radio einen traumhaften Lauf und findet immer, wenn Werbung kommt, den nächsten Sender, auf dem ein Lied kommt, das man liebt, aber fast vergessen hatte, einen Song, den man sich nie gewünscht hätte, aber der genau in diesem Moment perfekt zum Mitsingen ist. Und so fuhr ich mit einer dieser unverhofften wunderbaren Playlists ohne Ziel dahin. Ich folgte der Autobahn nach Osten, nach Süden, nach Westen, nach Norden und wieder nach Osten, bis ich zu der Ausfahrt kam, wo ich angefangen hatte.

Die Reise rund um Indianapolis hatte wahrscheinlich für sieben

Dollar Benzin verbraucht, und ich hatte ein schlechtes Gewissen wegen der Umweltverschmutzung, aber nachdem ich die Stadt umkreist hatte, fühlte ich mich tausendmal besser.

Als ich zu Hause in der Einfahrt parkte, um die Garage zu öffnen, hatte ich mehrere Nachrichten von Daisy.

Hab das kurze Streichholz gezogen, also muss ich das blöde Chuckie-Kostüm anziehen.

Bis später, falls ich es überlebe.

Wenn ich sterbe, weine jeden Tag an meinem Grab, bis ein Keim aus der Erde sprießt, und dann gieße ihn mit deinen Tränen, bis er wächst und ein wunderschöner Baum wird, dessen Wurzeln mich umfangen.

Ich muss jetzt los, und ich darf das Telefon nicht mitnehmen. VERGISS MICH NICHT, HOLMESY!

Update: Hab's überlebt. Ich lass mich nach der Schicht zu Applebee's fahren. Bis gleich.

Meine Mutter saß mit hochgelegten Füßen auf dem Sofa und korrigierte Klassenarbeiten. Als ich mich neben sie setzte, sagte sie, ohne aufzublicken: »Ein Lyle von der Firma Pickett hat heute dein Kanu vorbeigebracht, es ist repariert. Er sagt, du und Daisy wärt auf dem White River paddeln gewesen und auf Grund gelaufen.«

»Ach, ja.«

»Du und Daisy«, sagte sie. »Paddeln auf dem White River.«

»Mhm«, sagte ich.

Endlich sah sie mich an. »Klingt wie etwas, was euch nur einfallen würde, wenn ihr vorhättet, zum Beispiel bei Davis Pickett zu stranden.«

Ich zuckte die Schultern.

»Hat es funktioniert?«

Ich zuckte wieder die Schultern, aber sie sah mich so lange an, bis ich aufgab und antwortete: »Ich habe an ihn gedacht. War eine gute Entschuldigung, nach ihm zu sehen.«

»Wie geht es ihm ohne seinen Vater?«

»Ich glaube ganz gut«, sagte ich. »Die meisten Leute scheinen ihre Väter nicht besonders zu mögen.«

Sie lehnte sich an mich, Schulter an Schulter. Wir dachten beide an meinen Vater, aber wir waren nicht gut darin, über ihn zu sprechen. »Ich frage mich, ob du mit deinem Vater aneinandergeraten wärst.«

Ich schwieg.

»Er hätte dich verstanden, das steht fest. Er hat deine Warums immer besser beantworten können als ich. Aber er hat sich ständig Sorgen gemacht, und damit konnte er einem ziemlich auf die Nerven gehen. Mir jedenfalls.«

»Du machst dir auch ständig Sorgen«, entgegnete ich.

»Vielleicht. Hauptsächlich um dich.«

»Mich stört es nicht, wenn Leute sich Sorgen machen«, sagte ich. »Sorgen sind die angemessene Reaktion auf das Leben. Das Leben ist besorgniserregend.«

»Du klingst wie er.« Sie lächelte. »Ich kann immer noch nicht glauben, dass er uns verlassen hat.« Bei ihr klang es, als hätte er damals eine Entscheidung getroffen. Als hätte er an jenem Tag den Rasen gemäht und gedacht: *Ich glaube, ich falle jetzt mal tot um.*

Am Abend kochte ich Makkaroni-Auflauf mit Dosengemüse und frischem Cheddar, und beim Essen sahen wir eine Realityshow über ganz normale Leute, die versuchen müssen, in der Wildnis zu überleben. Als Mom und ich das Geschirr spülten, klingelte endlich das Telefon – Daisy, die Bescheid sagte, dass sie bei Applebee's war –, also versprach ich Mom, vor Mitternacht zurück zu sein, und fuhr mit Harold los, der, wie immer, die allerbeste Gesellschaft war.

Applebee's war eine mittelmäßige Restaurantkette mit »amerikanischer Küche«, was bedeutete, dass alles mit Käse überbacken war. Letztes Jahr hatte ein Pfadfinder bei uns an der Tür geklingelt, der meine Mutter dazu überredet hatte, ein dickes Couponheft zu kaufen, um seine Gruppe zu unterstützen. Wie sich rausstellte, enthielt das Heft unter anderem 60 Applebee's-Coupons mit dem Angebot »2 Burger für $ 11«. Daisy und ich waren immer noch dabei, die Coupons abzuarbeiten.

Daisy saß in einer der Nischen, statt des Chuckie-Polohemds trug sie ein türkises Top mit U-Boot-Ausschnitt und starrte konzentriert auf ihr Telefon. Sie hatte keinen Computer, also machte sie alles mit dem Smartphone, von E-Mails bis zu Fanfiction, die sie schrieb. Sie konnte schneller auf dem Handy tippen als ich auf dem Keyboard.

»Hast du schon mal ein Schwanzbild bekommen?«, begrüßte sie mich.

»Äh … ich habe schon mal eins gesehen«, antwortete ich und rutschte ihr gegenüber auf die Bank.

»Dass du schon mal eins gesehen hast, ist klar, Holmesy. Ich habe nicht gefragt, ob du eine Nonne aus dem 17. Jahrhundert bist. Ich meine, hast du selber schon mal ungefragt ein kontextfreies Schwanzbild geschickt bekommen. Ein Schwanzbild als Visitenkarte sozusagen.«

»Nicht, dass ich wüsste«, sagte ich.

»Sieh dir das an.« Sie hielt mir ihr Telefon hin.

»Mhm, das ist ein Penis.« Ich kniff die Augen zusammen und drehte das Bild leicht gegen den Uhrzeigersinn.

»Richtig, aber können wir kurz darüber reden?«

»Können wir bitte nicht darüber reden?« Ich hielt das Telefon unter den Tisch, als Holly, die Kellnerin, auftauchte. Holly bediente uns meistens, aber sie war kein Mitglied im Daisy-und-Holmesy-Fanclub, möglicherweise, weil wir nur wegen der Coupons herkamen und wenig Trinkgeld-Spielraum hatten.

Wie immer ergriff Daisy das Wort. »Holly, hast du schon mal ein …«

»Nein«, unterbrach ich sie. »Nein, nein, nein.« Ich sah Holly an. »Für mich bitte nur ein Wasser, nichts zu essen, aber um Viertel vor zehn hätte ich gern einen Veggie-Burger ohne alles zum Mitnehmen. Mit Pommes.«

»Und du nimmst den Blazin' Texan Burger?«, fragte Holly Daisy mürrisch.

»Und ein Glas Rotwein, bitte.«

Holly verzog keine Miene.

»Na gut. Wasser.«

»Ich nehme an, ihr habt einen Coupon?«, fragte Holly.

»Zufälligerweise ja«, antwortete ich und schob ihr den Coupon hin.

Holly war kaum verschwunden, als Daisy wieder bei ihrem Thema war. »Ich meine, wie soll ich auf Fanmail mit einem semierigierten Penis reagieren? Denkt der Typ, er macht mich damit *neugierig*?«

»Wahrscheinlich denkt er, ihr heiratet am Ende. Dass du ihn dank des Fotos im richtigen Leben kennenlernen willst, und dann verliebt ihr euch, und eines Tages erzählt ihr euren Kindern, dass alles mit einem Penis-Selfie angefangen hat.«

»Jedenfalls ein merkwürdiger Kommentar zu meinen Geschichten. Ich meine, was ist das für ein Gedankengang: ›Reys und Chewbaccas romantisches Abenteuer auf der Suche nach dem berühmten Geduldstrank im Wrack des Tulgah-Raumschiffs auf Endor hat mir echt gut gefallen; als kleines Dankeschön schicke ich der Autorin ein Foto von meinem Schwanz.‹ Wie kommt der Typ von A nach B, Holmesy?«

»Jungs sind eklig«, sagte ich. »Alle sind eklig. Die Menschen und ihre ekligen Körper. Mir wird schlecht, wenn ich nur daran denke.«

»Wahrscheinlich irgendein Loser-Kylo-Stan«, murmelte sie. Ich verstand kein Wort von ihrem Fanfiction-Fachjargon.

»Können wir *bitte* das Thema wechseln?«

»Na gut. In meiner Pause bei Chuck E. Cheese habe ich mich zur Expertin für Testamentsangelegenheiten weitergebildet. Pass auf: Eigentlich kann man einem nichtmenschlichen Lebewesen überhaupt kein Geld hinterlassen, wenn man stirbt, aber man kann sein ganzes Geld einer Körperschaft hinterlassen, die zum Nutzen eines Tiers existiert. Was im Grunde heißt, der Staat Indiana betrachtet Tiere nicht als Personen, aber er betrachtet Körperschaften als Personen. Picketts ganzes Geld würde also an eine Gesellschaft gehen, die zum Nutzen des Tuataras existiert. Außerdem habe ich rausgefunden, dass man seinen Kindern nichts hinterlassen muss. Egal, wie reich man ist – kein Dach über dem Kopf, kein Geld für die Ausbildung, nichts.«

»Und was passiert, wenn ihr Vater ins Gefängnis geht?«

»Dann würden seine Kinder einen Vormund bekommen. Vielleicht die Haushälterin oder einen Verwandten, und der Vormund bekäme Geld, um die Ausgaben für die Kinder zu decken. Falls sich die Kopfgeldjagd nicht auszahlt, sattele ich vielleicht auf die Vormundschaft von Milliardärskindern um. Okay, und du fängst an, Hintergrunddaten zu dem Fall und der Familie zu sammeln. Ich besorge uns den Untersuchungsbericht und mache meine Hausaufgaben in Mathe, weil ein Tag leider nur 24 Stunden hat, und ich musste zu viele davon bei Chuck E. Cheese vergeuden.«

»Wie willst du an den Untersuchungsbericht kommen?«

»Ach, du weißt schon«, sagte sie. »Tricks.«

Zufälligerweise war ich mit Davis Pickett auf Facebook befreundet, und obwohl seine Seite einer längst verlassenen Geisterstadt glich, lieferte sie mir einen Nutzernamen – dallgoodman –, der mich zu einem Instagram-Account führte.

Bei Instagram postete er keine Fotos, sondern nur Zitate in Schreibmaschinenschrift auf einem weich gezeichneten Hintergrund, der aussah wie zerknittertes Papier. Das erste Zitat, vor zwei Jahren, war von Charlotte Brontë: »Ich sorge für mich selbst. Je einsamer, je freundloser, je unabhängiger ich bin, desto mehr respektiere ich mich.«

Das jüngste Zitat war: »Wer den Tod nicht fürchtet, stirbt nur einmal«, was ich möglicherweise als versteckten Hinweis auf seinen Vater verstand, aber ich konnte ihn nicht entschlüsseln. (Nebenbei bemerkt, wer den Tod fürchtet, stirbt auch nur einmal, aber egal.)

Beim Durchlesen der Zitate fiel mir auf, dass ein paar Leute Davis' Posts regelmäßig liketen, darunter eine anniebellcheers, die hauptsächlich Cheerleading-Fotos postete. Aber als ich ein Jahr zurückging, fand ich eine Reihe von Fotos von ihr und Davis mit einer Menge Herz-Emojis.

Offenbar hatte die Beziehung im Sommer nach der neunten Klasse angefangen und mehrere Monate gehalten. Ihr Instagram-Profil hatte einen Link zu einem Twitter-Account, über das sie bis heute einem Nutzer namens nkogneato folgte, was Davis' Twitter-Name sein musste – ich erkannte es daran, dass er ein Foto von der Arschbombe seines Bruders in den Pool gepostet hatte.

Der Benutzername nkogneato führte mich wiederum zu einem YouTube-Profil – der Benutzer schien vor allem auf Basketball-Highlights und diese ewig langen Videos von Leuten beim Videospielen zu stehen – und schließlich, nachdem ich viele Seiten mit Suchergebnissen durchgegangen war, zu einem Blog.

Zuerst war ich mir nicht sicher, ob es wirklich Davis' Blog war. Jeder Post begann mit einem Zitat, und dann kam ein kurzer Eintrag, der allerdings nie konkret genug war, um ihn eindeutig zuzuordnen, so wie dieser:

»Irgendwann kommt ein Punkt im Leben, an dem die Schönheit
der Welt genug ist. Man muss sie nicht mehr fotografieren,
malen oder sich auch nur einprägen.
Sie ist genug.«
Toni Morrison

Gestern Nacht lag ich auf dem gefrorenen Boden und sah hinauf in den klaren Himmel, der nur ein bisschen von den Lichtern der Stadt und dem Nebel meines Atems verschmutzt war – kein Teleskop, nur ich und der weite Himmel –, und ich dachte darüber nach, dass Himmel ein Singular-Wort ist, als wäre er ein Gegenstand. Dabei ist der Himmel kein Gegenstand. Der Himmel ist alles. Und gestern war er genug.

Ich wusste nicht genau, ob er es wirklich war, bis ich bemerkte, dass viele der Zitate seines Instagram-Accounts auch in dem Blog vorkamen, darunter auch das von Charlotte Brontë:

»Ich sorge für mich selbst. Je einsamer, je freundloser, je unabhängiger ich bin, desto mehr respektiere ich mich.«

Am Ende, als wir nicht weitergehen wollten, setzten wir uns auf eine Bank mit Blick auf den Fluss, dessen Wasserstand niedrig war, und sie sagte zu mir, dass Schönheit vor allem eine Frage der Achtsamkeit sei. »Der Fluss ist schön, weil du ihn ansiehst«, sagte sie.

Ein weiterer Eintrag war von November letzten Jahres, etwa zu der Zeit, als er und anniebellcheers aufgehört hatten, einander auf Twitter zu antworten:

»Nur scheinbar hat ein Ding eine Farbe, nur scheinbar ist es bitter oder süß; in Wirklichkeit gibt es nur Atome und leeren Raum.«
Demokrit

Wenn die Beobachtung nicht zur Wahrheit passt, wem vertraust du – deinen Sinnen oder der Wahrheit? Die Griechen hatten nicht einmal ein Wort für blau. Die Farbe existierte nicht. Ohne Wort konnten sie sie nicht sehen.
Ich denke ständig an sie. Mir wird flau, wenn ich sie sehe. Aber ist es Liebe, oder ist es nur etwas, für das mir das Wort fehlt?

Als ich das nächste Zitat las, zuckte ich zusammen:

»Die beste Waffe gegen Stress ist unsere Fähigkeit,
einen Gedanken dem anderen vorzuziehen.«
William James

Ich weiß nicht, über welche Superkräfte William James verfügte, aber ich kann mir meine Gedanken genauso wenig aussuchen wie meinen Vornamen.

So, wie er über Gedanken sprach, erlebte ich sie auch – nicht als Option, sondern als Schicksal. Nicht als Wahl meines Bewusstseins, sondern als dessen Widerlegung.

Als ich klein war und meiner Mutter von meinen Unkraut-Gedanken erzählte, sagte sie nur: »Grübel einfach nicht so viel, Aza.« Aber Davis verstand es. Wir haben keine Wahl. Das ist ja das Problem.

Das andere, das an Davis' Online-Präsenz interessant war, war die Tatsache, dass sie an dem Tag endete, nachdem sein Vater verschwand. Mehr als zwei Jahre lang hatte er fast täglich auf seinem Blog gepostet, bis er an dem Nachmittag, nachdem sein Vater abgetaucht war, schrieb:

»Schlaft gut, ihr Idioten.«

J. D. Salinger

Ich glaube, das ist der Abschied, Freunde, wobei: Man verabschiedet sich nicht, wenn man nicht vorhat, sich wiederzusehen.

Ich konnte ihn verstehen. Wahrscheinlich fingen die Leute an rumzuschnüffeln – ich meine, wenn ich seinen Geheimblog finden konnte, schätze ich, dass das FBI ebenfalls dazu in der Lage war. Aber ich fragte mich, ob Davis sich wirklich ganz aus dem Internet zurückgezogen hatte oder ob er sich nur an noch ferneren Gestaden versteckte.

Allerdings gelang es mir nicht, seine Fährte wiederaufzunehmen. Stattdessen blieb ich bei der Suche nach seinen Benutzernamen und Varianten stecken, und am Ende lernte ich lauter Leute kennen, die nicht *mein* Davis Pickett waren – den 53-jährigen Fernfahrer Dave Pickett aus Wisconsin; den Davis Pickett, der an ALS starb, nachdem er jahrelang kurze Blog-Einträge per Augensteuerung verfasst hatte; einen Twitter-Nutzer namens Dallgoodman, dessen Blog aus ätzenden Drohungen gegen Kongressmitglieder bestand. Ich fand einen Reddit-Account mit Kommentaren zur Basketballmannschaft der Butler University, wahrscheinlich Davis', aber auch da stand seit dem Verschwinden von Pickett Senior nichts Neues mehr.

»Ich bin nahe dran«, sagte Daisy plötzlich. »Ganz nahe. Wenn ich im Leben doch auch so gut wäre wie im Internet.« Ich blickte auf, kehrte auf die sensorische Ebene von Applebee's zurück. Daisy tippte in ihr Telefon, Wasserglas in der Hand. Alles war grell und laut. An der Bar feuerten die Leute irgendein Sportereignis im

Fernsehen an. »Was hast du?«, fragte sie, als sie das Wasserglas abstellte.

»Also, Davis hatte eine Freundin, aber sie sind seit ungefähr November nicht mehr zusammen. Er hat einen Blog, aber er schreibt keine Updates mehr, seit sein Vater weg ist. Ich weiß nicht. In seinem Blog wirkt er … irgendwie süß.«

»Schön, dass deine Internetrecherche ermittelt hat, dass du ihn süß findest, Holmesy. Ich habe dich echt lieb, aber wir suchen hier nach Informationen zu unserem *Fall*.«

Also suchte ich weiter. Der *Indianapolis Star* schrieb einiges über Russell Pickett, einerseits weil seine Firma einer der größten Arbeitgeber in Indianapolis war, andererseits, weil er ständig verklagt wurde. Mehrere Prozesse liefen wegen irgendeines Megaimmobiliendeals in der Innenstadt. Außerdem hatten ihn sowohl seine ehemalige Chefassistentin als auch die Marketingleiterin von Pickett Engineering wegen sexueller Belästigung angezeigt; sein Gärtner verklagte ihn wegen Verstoßes gegen das Gesetz zur Gleichstellung behinderter Menschen; die Liste riss nicht ab.

In allen Artikeln wurde derselbe Anwalt zitiert – Simon Morris. Morris' Website beschrieb seine Kanzlei als »kleines feines Büro mit Rundum-Sorglos-Paket für Hochvermögende«.

»Kann ich mein Telefon an deinem Computer aufladen, BTW?« Daisy benutzte Netzjargonabkürzungen wie BTW nicht nur beim Simsen, sondern auch beim Sprechen, was dem Zweck der Vereinfachung diametral entgegenstand, wie ich ihr gern erklärt hätte, aber sie war offensichtlich mit etwas anderem beschäftigt. Ohne den Blick vom Display zu nehmen, zog sie ein USB-Kabel aus der Tasche und reichte mir das eine Ende. Ich steckte es ein, und sie murmelte: »So ist es besser, danke. Ich bin ganz nah dran.«

Holly brachte mir meine Tüte mit dem Essen. Ich griff in die Plastikschachtel und nahm eine Handvoll Pommes heraus, bevor ich mich wieder auf die Nachforschungen konzentrierte. Irgendwann stolperte ich über eine Website, die Glassdoor hieß, wo derzeitige und frühere Angestellte anonyme Kommentare über die Firma posten konnten. Meinungen über Russell Pickett lauteten unter anderem:

»Der Chef ist vollkommen durchgeknallt.«

»Russell Pickett ist ein Größenwahnsinniger ersten Ranges.«

»Ich sage nicht, dass die Vorgesetzten bei Pickett uns auffordern, das Gesetz zu brechen, aber wir hören häufig von Vorgesetzten Aussagen, die mit dem Satz beginnen: ›Ich fordere Sie nicht auf, das Gesetz zu brechen, aber …‹«

Die Sorte Mensch war Pickett also. Und auch wenn er sich in allen Zivilprozessen außergerichtlich geeinigt hatte, lief immer noch das strafrechtliche Ermittlungsverfahren gegen ihn. Soweit ich verstand, hatte seine Firma eine Reihe von Beamten geschmiert, um an den Auftrag zu kommen, ein besseres Hochwasserüberlaufsystem für die Kanalisation der Stadt Indianapolis zu bauen.

Vor 15 Jahren hatte die Stadt viel Geld bereitgestellt, um den White River zu reinigen, indem mehr Überlaufbecken gebaut wurden, das Tunnelsystem unter der Stadt erweitert und ein Bach namens Pogue's Run umgeleitet wurde. Ziel war es, innerhalb eines Jahrzehnts dafür zu sorgen, dass nicht mehr bei jedem Starkregen das ganze Abwasser in den White River lief. Pickett Engineering hatte den Zuschlag bekommen, aber sie hatten die Arbeit nie fertiggestellt, und die Kosten waren aus dem Ruder gelaufen, sodass die Stadt Picketts Firma den Auftrag schließlich entzogen und die Fertigstellung öffentlich ausgeschrieben hatte.

Und dann hatte Pickett Engineering, obwohl sie schon beim ersten Versuch gepfuscht hatten, auch den neuen Auftrag erhalten – offenbar waren Schmiergelder in die Taschen der beteiligten Beamten geflossen. Zwei Abteilungsleiter waren bereits verhaftet worden, und anscheinend waren sie geständig. Gegen Pickett selbst war noch keine Anklage erhoben worden, wobei ein Zeitungskommentar drei Tage vor Picketts Verschwinden die Behörden deswegen kritisierte: »Dem *Indianapolis Star* liegen genug Beweise vor, um Russell Pickett vor Gericht zu bringen – warum handeln die Behörden nicht?«

»Sooooooo, das war's. Okay. Warte. Warte. Ich muss nur noch die Zip runterladen, ja, und entpacken, und … o ja, ja und noch mal ja.« Daisy sah mich grinsend an. Ihre Vorderzähne waren ein bisschen schief, sie drehten sich zueinander, was ihr peinlich war, deswegen lächelte sie selten mit offenem Mund. Aber jetzt konnte ich sogar ihr Zahnfleisch sehen. »Darf ich es so machen wie am Ende von *Scooby-Doo* und dir genau erklären, wie ich es gemacht habe?«

Ich nickte.

»Also. Der erste Artikel im *Indianapolis Star* über Picketts Verschwinden bezieht sich auf den Untersuchungsbericht, der der Zeitung vorliegt. Der Artikel wurde verfasst von Sandra Oliveros unter Mithilfe von Adam Bitterley, was ein echt bitterer Nachname ist, aber egal, er ist die zweite Geige, wahrscheinlich Volontär, und eine schnelle Google-Suche ergibt, dass er erst vor Kurzem mit dem Studium an der Indiana University fertig geworden ist.

Also habe ich einfach einen E-Mail-Account mit einer Adresse eröffnet, die fast genauso aussieht wie die von Sandra Oliveros, und habe Bitterley eine E-Mail geschickt, in der ich ihn um den Untersuchungsbericht bitte. Und er hat geantwortet: ›Geht nicht, ich habe ihn nicht auf meinem Computer zu Hause.‹ Ich habe zurückgeschrieben, dann soll er sofort in die Redaktion fahren und ihn mir besorgen. Und er meint: ›Aber es ist Freitagabend.‹ Und ich: ›Ich weiß, dass Freitagabend ist, aber das ist den Nachrichten egal; mach deinen Job, oder ich finde jemand anderes, der ihn macht.‹ Und dann ist der arme Kerl in die verdammte Redaktion gefahren und hat mir den Scan des verdammten Berichts gemailt.«

»O Gott.«

»Willkommen in der Zukunft, Holmesy. Es geht nicht mehr darum, Computer zu hacken. Es geht darum, menschliche Seelen zu hacken. Ich habe dir die Datei geschickt.« Manchmal dachte ich, Daisy war nur mit mir befreundet, weil sie einen Zeugen brauchte.

Während die Datei geladen wurde, wanderte mein Blick zum Fenster und durch die Jalousien hinaus auf den Parkplatz. Eine Straßenlaterne strahlte so hell in unsere Richtung, dass alles andere im Dunkeln verschwand.

Ich versuchte, einen Gedanken abzuschütteln, aber als ich die Datei öffnete und den Untersuchungsbericht überflog, machte sich der Gedanke selbstständig.

»Was ist?«, fragte Daisy.

»Nichts«, sagte ich und versuchte wieder, den Gedanken zu verscheuchen. Aber es ging nicht. »Wir kriegen doch keinen Ärger, oder? Ich meine, wenn er am Montag zur Arbeit geht, fragt er dann nicht seine Vorgesetzte, wofür sie den Bericht gebraucht hat. Und dann fragt sie: ›Welchen Bericht?‹ Kriegt er dann keinen Ärger? Ich meine, was ist, wenn er gefeuert wird?«

Daisy verdrehte die Augen, aber ich war in der Spirale, und dann begann ich, mir Sorgen zu machen, dass Bitterley einen Weg finden würde, Daisy auf die Schliche zu kommen, dass er sie verhaften lassen würde, und vielleicht auch mich, weil ich wahrscheinlich eine Komplizin war. Wir spielten hier nur ein albernes Spiel, aber es wanderten ständig Leute wegen Kleinigkeiten in den Knast. Ich sah schon die Schlagzeile vor mir – Hackerinnen stalken Milliardärssohn.

»Er wird uns finden«, sagte ich nach einer Weile.

»Wer?«

»Der Typ«, sagte ich. »Bitterley.«

»Nein, wird er nicht. Ich bin über das öffentliche Wifi bei Applebee's im Internet und benutze eine IP-Adresse, laut der ich in Belo Horizonte in Brasilien sitze. Und falls er mich findet, sage ich, du hattest keine Ahnung, was ich vorhabe, und ich gehe für dich ins Gefängnis, und aus lauter Dankbarkeit lässt du dir mein Gesicht auf den Oberarm tätowieren. Es wird toll.«

»Daisy, im Ernst.«

»Ich meine es ernst. Mit meinem Gesicht wäre dein magerer Bizeps viel schöner. Außerdem wird Bitterley nicht gefeuert. Er findet uns nicht. Im schlimmsten Fall lernt er eine Lektion über Phishing mit minimalen Auswirkungen für ihn und das Unternehmen, für das er arbeitet. Beruhig dich, ja? Ich muss mich einer extrem wichtigen Auseinandersetzung mit einem Fremden im Internet widmen, der infrage stellt, ob Chewbacca eine Person ist.«

Holly kam mit der Rechnung, der Wink mit dem Zaunpfahl, dass wir schon viel zu lange ihren Tisch besetzten. Ich bezahlte mit der Bankkarte meiner Mutter – Daisy hatte nie Geld, und solange ich nur Einser schrieb, erlaubte mir Mom, 25 Dollar die Woche auszugeben. Unter dem Tisch rieb ich mit dem Daumen über die Hornhaut an meinem Finger. Ich redete mir ein, dass Daisy wahrscheinlich recht hatte, dass wahrscheinlich alles gut ging. Wahrscheinlich.

Daisy blickte nicht von ihrem Telefon auf, aber sie sagte: »Wirklich, Holmesy. Ich passe auf, dass nichts passiert. Versprochen.«

»Es liegt nicht in deiner Macht, das ist es ja«, erwiderte ich. »Du kannst das Leben nicht beeinflussen.«

»Doch, kann ich«, murmelte sie, immer noch mit ihrem Telefon beschäftigt. »O Mann, jetzt behauptet er, was ich schreibe, wäre Sodomie.«

»Was?«

»Weil Chewbacca und Rey in meiner Geschichte ein Paar sind. Er meint, ihre Beziehung sei – ich zitiere – ›kriminell‹, weil es um artübergreifende Liebe gehe. Nicht mal um *Sex* – ich zensiere mich für die Teenager da draußen –, nur um *Liebe*.«

»Aber Chewbacca ist kein Mensch«, sagte ich.

»Die Frage ist auch nicht, ob Chewie ein *Mensch* ist, Holmesy; die Frage ist, ob er eine Person ist.« Sie war laut geworden. Daisy nahm *Star Wars* ziemlich ernst. »Natürlich ist er eine Person. Warum sollte er keine Person sein? Chewie hatte einen Körper, eine Seele und Gefühle, und er sprach eine Sprache. Er war erwachsen, und wenn er und Rey in heißer, haariger, empathischer Liebe vereint waren, dann sollten wir Gott danken, dass zwei willige, erkenntnisfähige Erwachsene zueinandergefunden haben in dieser kaputten dunklen Galaxie.«

So oft konnte ich mich nicht vor meinen Ängsten retten, aber manchmal musste ich nur Daisy zuhören, und alles war wieder gut. Sie rückte etwas in mir zurecht, und dann hatte ich nicht mehr das Gefühl, von einem Strudel oder einer enger werdenden Spirale mitgerissen zu werden. Ich brauchte keine Metaphern. Ich war wieder in mir selbst. »Heißt das, er ist eine Person, weil er erkenntnisfähig ist?«

»Keiner regt sich auf, wenn männliche Menschen mit weiblichen Twi'leks rummachen! Weil *Männer* natürlich freie Wahl haben, wen sie flachlegen. Aber wenn eine menschliche Frau sich in einen Wookiee verliebt, Gott bewahre. Ich weiß ja, dass ich hier nur die Trolle füttere, Holmesy, aber ich dulde so was nicht.«

»Ich meine nur, Babys sind auch nicht erkenntnisfähig, aber ein Baby ist trotzdem eine Person.«

»Keiner sagt was über Babys, Holmesy. Hier geht es um einen Erwachsenen, der zufälligerweise ein Mensch ist und sich in einen anderen Erwachsenen verliebt, der zufälligerweise ein Wookiee ist.«

»Spricht Rey überhaupt Wookiee?«

»Weißt du, es ist schon ätzend, dass du nie meine Geschichten liest, aber noch ätzender ist, dass du überhaupt keine Chewie-Fanfiction liest. Denn sonst wüsstest du, dass Wookiee keine Sprache, sondern eine Spezies war. Es gab mindestens drei Wookiee-Sprachen. Rey hat von Wookiees, die nach Jakku kamen, Shyriiwook gelernt, aber meistens brauchte sie es nicht, weil fast alle Wookiees Basic sprachen.«

Ich lachte. »Und warum redest du in der Vergangenheit?«

»Weil das alles vor langer Zeit in einer weit, weit entfernten Galaxis geschah, Holmesy. Man redet immer in der Vergangenheit, wenn man von *Star Wars* redet, Blödie.«

»Warte mal, können Menschen Shyri… die Wookiee-Sprache lernen?«

Als Antwort gab Daisy eine ziemlich passable Chewbacca-Imitation ab, dann übersetzte sie: »Ich habe dich gerade gefragt, ob du deine Pommes allein isst.« Ich schob ihr die Schachtel hin, und sie nahm sich eine Handvoll und gab mit halb vollem Mund ein weiteres Chewbacca-Geräusch von sich.

»Und was hieß das?«, fragte ich.

»Es ist über 24 Stunden her; Zeit, Davis zu simsen.«

»Wookiees können simsen?«

»*Konnten* simsen«, berichtigte sie mich.

SIEBEN

Am Montagmorgen fuhr ich Mom zur Schule, weil ihr Auto in der Werkstatt war. Meine Mittelfingerkuppe brannte von dem Desinfektionsmittel, das ich, kurz bevor ich das Haus verließ, aufgetragen hatte, und ich drückte auf das Pflaster, was den Schmerz gleichzeitig schlimmer und besser machte. Ich hatte Davis am Wochenende nicht gesimst. Ich dachte ständig an ihn, aber nach dem Abend bei Applebee's war ich nervös geworden, weil ich dachte, vielleicht war inzwischen zu viel Zeit vergangen, und Daisy war nicht da, um mir in den Hintern zu treten, weil sie das ganze Wochenende arbeitete.

Anscheinend hatte Mom das Pflasterdrücken bemerkt, denn sie sagte: »Du gehst morgen zu Frau Dr. Singh, oder?«

»Mhm.«

»Wie läuft es mit den Medikamenten?«

»Ganz gut, schätze ich«, was nicht ganz der Wahrheit entsprach. Erstens war ich nicht überzeugt, dass die runde weiße Tablette irgendwas bewirkte, wenn ich sie nahm, und zweitens nahm ich sie nicht so oft, wie ich sie eigentlich nehmen sollte. Einerseits vergaß ich sie manchmal, und andererseits hatte ich eine Art Widerwillen, eine heimliche Angst, dass eine Pille zu nehmen, um ich selbst zu werden, falsch war.

»Bist du noch da?«, fragte Mom.

»Ja«, sagte ich. Ein gerade noch ausreichender Teil von mir saß hinter Harolds Lenkrad, hörte Moms Stimme und folgte dem ausgetretenen Pfad zur Schule.

»Sei bitte ehrlich zu Frau Dr. Singh, in Ordnung? Du musst nicht leiden.« Was ich für ein grundsätzliches Missverständnis des menschlichen Dilemmas hielt, aber egal.

Ich parkte auf dem Schülerparkplatz, verabschiedete mich von Mom und stellte mich in die Schlange vor den Metalldetektoren. Sobald ich offiziell für unbewaffnet erklärt worden war, schloss ich mich dem Strom der Körper an, die die Flure füllten wie Blutkörperchen die Venen.

Als ich meinen Spind erreichte, hatte ich noch ein paar Minuten, und ich nutzte die Zeit, um Adam Bitterley zu googeln, den Journalisten den Daisy gephisht hatte. Heute Morgen war ein neuer Artikel von ihm erschienen, über ein Bücherverbot seitens der Schulbehörde, woraus ich schloss, dass er nicht gefeuert worden war. Daisy hatte recht gehabt – es passierte gar nichts.

Ich wollte mich gerade auf den Weg zum Klassenraum machen, als Mychal auf mich zujoggte und mich auf eine Bank zog. »Wie geht's dir, Aza?«

»Gut«, sagte ich. Ich dachte daran, wie ein Teil von dir an einem Ort sein kann, während die wichtigsten Teile von dir an einem anderen Ort sind, an einem Ort, den man mit den Sinnen nicht erreichen kann. Wie ich zum Beispiel den ganzen Weg zur Schule gefahren war, ohne wirklich im Auto zu sein. Ich versuchte, Mychal anzusehen, versuchte den Lärm auf dem Flur zu hören, aber ich war nicht da, nicht wirklich, nicht mit dem Inneren.

»Also«, begann er, »hör zu, ich will unseren Freundeskreis nicht durcheinanderbringen oder so was, weil wir echt gut sind und so, aber, das ist jetzt peinlich, aber meinst du vielleicht, und du kannst wirklich Nein sagen …« Er verlor den Faden, und ich ahnte, worauf er hinauswollte.

»Ich glaube, ich bin im Moment nicht bereit für eine Beziehung«, sagte ich. »Ich bin irgendwie …«

Er unterbrach mich. »Jetzt wird es noch peinlicher. Eigentlich wollte ich fragen, ob du meinst, ob Daisy vielleicht mal mit mir ausgeht, oder ob das abartig wäre. Ich meine, du bist echt toll, Aza …«

Zwar kannte ich Mychal gut genug, um nicht sofort vor Scham zu sterben, aber es fehlte nicht viel. »Ja«, sagte ich. »Ja. Tolle Idee. Du solltest Daisy fragen, nicht mich. Aber ja. Auf jeden Fall, geh mit ihr aus. Ist das peinlich. Echt peinlich. Geh mit Daisy zum Essen. Ich stehe jetzt auf und beende dieses Gespräch mit dem letzten Rest Würde, den ich noch habe.«

»Tut mir leid«, sagte Mychal, als ich aufstand und den geordneten Rückzug antrat. »Ich meine, du bist echt hübsch, Aza. Daran liegt es nicht.«

»Schon gut«, sagte ich. »Hör auf. Sag nichts mehr. War eindeutig meine Schuld. Ich … ich gehe jetzt. Frag Daisy.« Gnädigerweise klingelte es in diesem Moment, und ich konnte in Richtung der Biologieräume verschwinden. Die Lehrerin war noch nicht da, und alle redeten durcheinander. Ich rutschte auf meinen Platz und schrieb eine Nachricht an Daisy.

Ich: Ich dachte, Mychal wollte ein Date mit mir,
und hab versucht, ihm freundlich einen Korb
zu geben, dabei wollte er gar kein Date mit mir.

Er wollte mich fragen, ob ich glaube, ob DU ein Date mit ihm willst. Peinlichkeits-Rating: MAX. Sag Ja. Er ist süß.

Sie: O Gott. Panik. Er sieht aus wie ein Riesenbaby.

Ich: Was?

Sie: Er sieht aus wie ein Riesenbaby. Das hat Molly Krauss mal gesagt, und jetzt kann ich ihn nicht mehr anders sehen. Ich kann kein Date mit einem Riesenbaby haben.

Ich: Wegen des rasierten Schädels?

Sie: Wegen allem, Holmesy. Weil er aussieht wie ein riesiges Baby.

Ich: Finde ich nicht.

Sie: Wenn du ihn das nächste Mal siehst, schau ihn dir an und sag mir, er sieht nicht aus wie ein Riesenbaby. Er sieht aus, als hätten Drake und Beyoncé ein riesiges Baby zusammen.

Ich: Das wäre ein scharfes Riesenbaby.

Sie: Der Satz wird gespeichert, falls ich dich je erpressen muss. BTW HAST DU DEN UNTERSUCHUNGSBERICHT GELESEN?

Ich: Nur flüchtig. Du?

Sie: Ja, obwohl ich gestern UND vorgestern arbeiten und den Laden schließen musste UND Matheformeln gelernt habe, die aussehen wie Sanskrit, UND gefühlt zwölf Mal das Chuckie-Kostüm anhatte. Ich hab zwar nichts gefunden, aber wenigstens hab ichs gelesen. Obwohl es superlangweilig ist. Ich bin die heimliche Heldin dieser Ermittlung.

Ich: Nicht heimlich. Ich lese den Bericht heute, muss aufhören, Ms. Park sieht mich komisch an.

In Bio begann ich den Vermisstenreport zu lesen, wann immer sich Ms. Park zur Tafel drehte.

Das Dokument hatte nicht viele Seiten, und im Lauf des Schultags kam ich ganz durch. Die VP (vermisste Person) war 53, männlich, hatte graues Haar, blaue Augen, auf dem rechten Schulterblatt die Tätowierung des Spruchs *Nolite te bastardes carborundorum* (was anscheinend »Lass dich von den Bastarden nicht runterziehen« hieß), am Unterbauch drei kleine Narben von einer Gallenblasen-OP, war 1,83 Meter groß, rund 100 Kilo schwer und trug, als er zuletzt gesehen wurde, was er immer zum Schlafen trug, ein quer gestreiftes blauweißes Nachthemd mit hellblauen Boxershorts.

Sein Verschwinden wurde um 5 Uhr 35 morgens bemerkt, als das FBI im Zuge einer Korruptionsermittlung das Haus durchsuchte.

Ansonsten enthielt der Bericht vor allem »Zeugenaussagen« von Zeugen, die nichts gesehen hatten. In der Nacht war außer Noah und Davis niemand da gewesen. Die Überwachungskamera am Tor zeigte, wie um 17 Uhr 40 zwei Gärtner das Anwesen verließen. Malik, der Zoologe, fuhr um 17 Uhr 52, Lyle um 18 Uhr 02 und Rosa um 18 Uhr 04. Wie Lyle gesagt hatte, hatte Pickett offenbar tatsächlich kein Personal im Haus.

Auf einer Seite war Davis' Aussage zusammengefasst:

Rosa ließ Pizza für uns da. Noah und ich aßen beim Videospielen. Dad kam ein paar Minuten runter und aß seine Pizza bei uns auf dem Sofa, dann ging er wieder hoch. Nichts daran war ungewöhnlich. Meistens sehe ich meinen Vater nur ein paar Minuten am Abend – oder gar nicht. Er wirkte nicht nervös. Es war ein ganz normaler Tag. Als Noah und ich mit dem Essen fertig waren, stellten wir unsere Teller in die Spüle. Ich half ihm ein bisschen bei den Hausaufgaben, dann las ich auf dem Sofa einen Text für die Schule, und er spielte noch ein Videospiel. Gegen 22 Uhr ging ich hoch in mein Zimmer, machte noch ein paar Hausaufgaben und sah mir mit dem Teleskop ein paar Sterne an – Vega und Epsilon Lyrae. Gegen 23 Uhr ging ich ins Bett. Auch im Nachhinein fällt mir nichts ein, was an dem Tag seltsam war.
[Der Zeuge erklärt, er habe auch durch das Teleskop keine ungewöhnlichen Beobachtungen gemacht, wobei er einwendet: »Mein Teleskop ist für Ereignisse auf der Erde nicht geeignet. Man würde alles kopfüber und rückwärts sehen.«]

Als Nächstes kam Noahs Aussage:

> *Ich habe mit Davis Battlefront gespielt. Zum Abendessen gab es Pizza. Dad hat sich ein bisschen zu uns gesetzt, und wir haben über die Chicago Cubs geredet. Er hat zu Davis gesagt, dass er besser auf mich aufpassen soll, und Davis hat zu ihm gesagt, er wäre nicht mein Vater. Aber Dad und Davis hatten sich deswegen immer in den Haaren. Dad hat mir die Hand auf die Schulter gelegt, bevor er nach oben ging, was ein bisschen komisch war. Er hat sich richtig festgehalten. Es hat beinahe wehgetan. Dann hat er losgelassen und ist hochgegangen. Davis hat mir bei den Hausaufgaben in Algebra geholfen, und dann habe ich noch ein paar Stunden Battlefront gespielt. Um Mitternacht bin ich ins Bett. Ich habe Dad nicht noch mal gesehen, nachdem er gute Nacht gesagt hat.*

Da waren auch Fotos, fast hundert, von jedem Zimmer im Haus.

Nichts wirkte auffällig. Die Papierstapel auf Picketts Schreibtisch sahen aus, als hätte er sie für die Nacht zusammengeräumt, nicht endgültig. Auf dem Nachttisch lag ein Handy. Der Teppich war so sauber, dass man eine Fußspur sehen konnte, die zum Schreibtisch hinführte, und eine, die wieder wegführte. Die Schränke waren voll mit Anzügen, Dutzende, farblich geordnet vom hellsten Grau zum dunkelsten Schwarz. In der Spüle standen drei schmutzige Teller, an denen Tomatensoße und Pizzakäse klebten. Auf den Fotos sah es nicht so aus, als hätte Pickett sich verdrückt, sondern eher, als hätte er sich in Luft aufgelöst.

Allerdings stand in dem Bericht kein Wort von der Wildkamera, was bedeutete, dass wir etwas hatten, was der Polizei fehlte: einen Zeitrahmen.

Nach der Schule stieg ich ins Auto und schrie auf, als auf Harolds Rücksitz Daisy auftauchte. »Mann, hast du mich erschreckt.«

»Tut mir leid. Ich musste mich verstecken, weil Mychal und ich Geschichte zusammen haben, und ich habe keinen Nerv dafür, außerdem muss ich noch jede Menge Kommentare beantworten. Als unbedeutender Fanfiction-Schreiber hat man es nicht leicht. Ist dir in dem Untersuchungsbericht irgendwas aufgefallen?«

Ich hyperventilierte immer noch, aber irgendwann brachte ich heraus: »Die scheinen noch weniger zu wissen als wir.«

»Ja«, sagte Daisy nachdenklich. »Warte mal, Holmesy. Das ist es! Die wissen weniger als wir!«

»Ja, und?«

»Die Belohnung ist ausgeschrieben für ›Hinweise, die zum Verbleib von Russell Davis Pickett führen‹. Wir wissen zwar nicht, wo er ist, aber wir haben einen Hinweis, den die Polizei nicht hat, der sie zu seinem Verbleib führt.«

»Oder auch nicht«, sagte ich.

»Wir rufen einfach an. Wir rufen an und fragen, wie viel es wert wäre, rein hypothetisch, wenn wir wüssten, wo Pickett in der Nacht seines Verschwindens war. Vielleicht zahlen sie dafür nicht die ganzen 100 000, aber irgendwas lassen sie bestimmt rüberwachsen.«

»Lass mich erst mit Davis darüber reden«, wandte ich ein. Ich wollte nicht, dass er sich hintergangen fühlte, auch wenn ich ihn kaum kannte.

»Herzen brechen, keine Versprechen, Holmesy.«

»Ich meine nur … Ich meine, wer weiß, ob sie uns dafür überhaupt was geben. Es ist bloß ein Foto. Brauchst du vielleicht jemanden, der dich zur Arbeit fährt?«

»Woher wusstest du das?«

Als ich später mit meiner Mutter vor dem Fernseher zu Abend aß, musste ich ständig an den Fall denken. Was wäre, wenn wir die Belohnung wirklich bekämen? Immerhin hatten wir eine wertvolle Information, die der Polizei fehlte. Davis würde mich vielleicht hassen, wenn er dahinterkäme, aber was kümmerte mich, was irgendein Junge aus dem Trauerkloßcamp von mir hielt?

Nach einer Weile gab ich vor, Hausaufgaben machen zu müssen, und floh in mein Zimmer. Vielleicht hatte ich etwas in dem Untersuchungsbericht übersehen, also las ich ihn noch einmal durch und war immer noch damit beschäftigt, als Daisy anrief. Sie redete los, bevor ich überhaupt »Hallo« gesagt hatte.

»Ich hatte ein höchst hypothetisches Gespräch mit der Polizei-Hotline, und sie sagen, die Belohnung sei von der Firma ausgesetzt, nicht von der Polizei, und daher entscheidet die Firma, was wichtig ist, aber die Belohnung werde nur ausgezahlt, wenn Pickett gefunden wird. Unsere Information ist eindeutig wichtig, aber es ist unwahrscheinlich, dass Pickett allein durch ein Nachtsichtfoto gefunden wird, was heißt, dass wir uns die Belohnung wahrscheinlich mit anderen teilen müssen. Oder sie finden ihn nie, und wir bekommen sie nicht. Trotzdem besser als nichts.«

»Oder genauso gut wie nichts.«

»Ja, aber wir haben Beweismaterial. Wir sollten wenigstens einen Teil der Belohnung bekommen.«

»Wenn sie ihn finden.«

»Der Gangster wird gefasst. Wir kassieren ab. Ich weiß nicht, was es da lang zu fackeln gibt, Holmesy.«

Im gleichen Moment summte mein Telefon. »Ich muss aufhören«, sagte ich und legte auf.

Es war eine Nachricht von Davis: Ich dachte immer, ich will mit niemandem befreundet sein, der nur an meinem Geld oder meinen Privilegien etc interessiert ist.

Ich wollte gerade eine Antwort tippen, als noch eine Nachricht kam. Im Sinne von, freunde dich nicht mit Leuten an, die nicht DICH meinen.

Wieder fing an ich zu tippen, aber ich sah die drei Pünktchen, die hießen, dass er noch schrieb, also wartete ich. Aber vielleicht ist das Geld ein Teil von mir. Vielleicht ist es, was ich bin.

Einen Moment später schrieb er: Was ist der Unterschied zwischen dem, wer man ist, und dem, was man hat? Vielleicht gibt es keinen.

Inzwischen ist mir egal, warum jemand mich mag.
Ich bin einfach nur so grauenhaft einsam.
Ich weiß, dass es jämmerlich ist. Aber es ist so.

Ich liege in einer Sandgrube auf dem Golfplatz
meines Vaters und sehe in den Himmel.
War ein ätzender Tag heute. Tut mir leid wegen
der vielen Nachrichten.

Ich kroch unter die Decke und schrieb ihm zurück. Hi.

Er: Ich hab ja gesagt, ich bin nicht gut
in Small Talk. Ok. So fängt man also an. Hi.

Ich: Du bist nicht dein Geld.

Er: Was bin ich dann? Was sind wir alle?

Ich: ICH ist das Wort, das am schwersten
zu definieren ist.

Er: Vielleicht ist man das, was man nicht
nicht sein kann.

Ich: Vielleicht. Wie ist der Himmel heute?

Er: Toll. Riesig. Atemberaubend.

Ich: Ich bin auch gerne nachts draußen.
Davon kriege ich immer dieses komische Gefühl.
Wie Heimweh, aber nicht nach zu Hause.
Irgendwie ein gutes Gefühl.

Er: Ich bin gerade randvoll mit diesem Gefühl.
Bist du draußen?

Ich: Ich liege im Bett.

Er: Wegen der Lichtverschmutzung kann man
mit bloßem Auge nicht viel erkennen, aber ich
sehe alle acht Sterne im Großen Wagen.

Ich: Warum war dein Tag ätzend?

Ich sah die »…« und wartete. Er schrieb lange, und ich stellte mir vor, wie er tippte und löschte, tippte und löschte.

Er: Ich bin ganz allein hier draußen, schätze ich.

Ich: Was ist mit Noah?

Er: Er ist auch ganz allein. Das ist das Schlimmste. Ich weiß nicht, wie ich mit ihm reden soll. Ich kann ihn nicht trösten. Er macht keine Hausaufgaben. Ich krieg ihn nicht mal regelmäßig unter die Dusche. Er ist kein Kleinkind mehr. Ich kann ihn nicht ZWINGEN.

Ich: Wenn ich was wüsste … ich meine, über deinen Vater? Würde das helfen oder alles schlimmer machen?

Er tippte lange. Am Ende lautete die Antwort: Viel schlimmer.

Ich: Warum?

Er: Zwei Gründe: Wenn Noah 18 oder 16 oder auch nur 14 sein könnte, wenn er zusehen muss, wie sein Vater in den Knast geht, wäre es viel besser als mit 13. Außerdem, wenn Dad geschnappt wird, weil er versucht, mit uns Verbindung aufzunehmen, ist es okay. Aber wenn er geschnappt wird, obwohl er sich nicht mal bei

uns meldet, wäre Noah am Boden zerstört.
Er glaubt immer noch, unser Vater liebt uns
und so weiter.

Einen Moment, nur einen Moment lang, ließ ich den Gedanken zu, dass Davis seinem Vater vielleicht beim Verschwinden geholfen hatte. Aber ich konnte mir Davis einfach nicht als Komplizen seines Vaters vorstellen.

Ich: Tut mir leid. Ich sage nichts. Keine Angst.

Er: Heute ist der Geburtstag unserer Mutter,
aber Noah hat sie kaum gekannt. Für ihn ist alles
so anders.

Ich: Tut mir leid.

Er: Und der Punkt ist, wenn du einmal jemanden
verlierst, wird dir klar, dass du alle am Ende
verlierst.

Ich: Stimmt. Und wenn du das weißt,
vergisst du es nie.

Er: Es ziehen Wolken auf. Ich gehe lieber
auch ins Bett. Gute Nacht, Aza.

Ich: Gute Nacht.

Ich legte das Telefon auf den Nachttisch und zog mir die Decke über den Kopf, und ich dachte an den weiten Himmel über Davis und an das Gewicht der Bettdecke über mir, und ich dachte an seinen Vater und an meinen. Davis hatte recht: Irgendwann verschwinden alle.

ACHT

Als Harold und ich am nächsten Morgen zur Schule kamen, stand Daisy vor meinem üblichen Parkplatz. Der Sommer in Indianapolis war nicht lang, und Daisy war in ihrem kurzärmeligen Oberteil und dem Rock ohne Strumpfhose nicht warm genug angezogen, obwohl noch September war.

»Ich habe eine Krise«, verkündete sie, als ich ausstieg. Auf dem Weg zum Haupteingang erklärte sie mir alles. »Gestern Abend hat Mychal angerufen und gefragt, ob ich mit ihm essen gehe, und beim Simsen bin ich echt cool, aber am Telefon werde ich nervös, und außerdem bin ich mir immer noch nicht sicher, ob Mychal … das alles verkraftet«, sie zeigte auf sich. »Ich bin ja bereit, dem Riesenbaby eine Chance zu geben. Aber es kann sein, dass ich in einem schwachen Moment am Telefon, als ich nicht komplett Ja sagen wollte, vorgeschlagen habe, wir könnten ein Doppel-Date machen, er und ich und du und Davis.«

»Das ist nicht dein Ernst.«

»Und dann meinte Mychal: ›Zu mir Aza hat gesagt, sie ist nicht bereit für eine Beziehung.‹ Und ich habe gesagt: ›Weil sie schon in diesen Typen verknallt *war*, der auf die Aspen Hall geht.‹ Und er meinte: ›Der Milliardärssohn?‹ Und ich: ›Ja.‹ Und er hat gesagt: ›Ich fasse es nicht, dass ich für meine falsche Anmache einen falschen Korb bekommen habe.‹ Jedenfalls haben wir jetzt eine Verabredung: Am Freitagabend gehen du und ich, Davis und ein mannsgroßes Baby picknicken.«

»Picknicken?«

»Ja, es wird toll.«

»Ich kann nicht im Freien essen«, sagte ich. »Warum können wir nicht zu Applebee's gehen und statt einem zwei Coupons springen lassen?«

Daisy blieb stehen und drehte sich zu mir um. Wir standen mitten im Menschenstrom auf der Schultreppe, und ich hatte Angst, zertrampelt zu werden, aber Daisy hatte irgendwie die Fähigkeit, das Meer zu teilen. »Ich zähle dir kurz meine Bedenken auf. Erstens: Ich will bei unserem ersten und wahrscheinlich letzten Date nicht allein mit Mychal sein. Zweitens: Ich habe ihm erzählt, dass du in das Milliardärssöhnchen verknallt bist. Ich kann es nicht mehr zurücknehmen. Drittens: Ich habe seit *Monaten* nicht mit einem lebendigen Wesen geknutscht. Viertens: Deswegen bin ich nervös und brauche meine beste Freundin an meiner Seite. Wie du vielleicht bemerkt hast, kommt in keinem dieser Punkte das Wort Picknick vor. Wenn du den ganzen Mist also zu Applebee's verlegen willst, habe ich nichts dagegen.«

Ich dachte eine Sekunde nach, dann sagte ich: »Ich werd's versuchen«, und schickte eine Nachricht an Davis, bevor es zum zweiten Mal zu Bio klingelte.

Am Freitagabend gehe ich mit ein paar
Freunden bei Applebee's essen, 86. Straße/
Ecke Ditch Street. Hast du Zeit?

Er schrieb sofort zurück. Ja. Soll ich dich abholen, oder treffen wir uns da?

Wir treffen uns da. Ist sieben ok?

Klar. Bis dann.

Nach der Schule hatte ich einen Termin bei Dr. Karen Singh in ihrem fensterlosen Sprechzimmer im riesigen Indiana University North Hospital oben in Carmel. Mom bot an, mich zu fahren, aber Harold und ich brauchten ein bisschen Zeit für uns.

Während der ganzen Fahrt dachte ich darüber nach, was ich Frau Dr. Singh erzählen würde. Weil ich nicht gleichzeitig Radio hören und nachdenken kann, war es still im Wagen, bis auf das scheppernde Pochen von Harolds mechanischem Herzen. Ich wollte gern sagen, dass es mir besser ging, weil das der normale Handlungsbogen einer Krankheit war: Die Krankheit war eine Hürde, die man überwinden musste, eine Schlacht, die man schlagen musste. Die Geschichte einer Krankheit wird in der Vergangenheit erzählt.

»Wie geht es dir?«, fragte sie, als ich mich setzte. Die Wände ihres Sprechzimmers waren kahl bis auf ein kleines Bild von einem Fischer, der mit einem Netz über der Schulter am Strand stand. Es sah aus wie ein Agenturfoto, das Bild, das schon im Rahmen steckte, als sie ihn gekauft hatte. Dr. Singh hatte nicht mal irgendwelche Urkunden oder Diplome aufgehängt.

»Ich habe das Gefühl, ich sitze im Bus meines Bewusstseins nicht am Steuer«, sagte ich.

»Kontrollverlust«, sagte sie.

»Wahrscheinlich.«

Sie hatte die Beine übereinandergeschlagen, und ihr linker Fuß klopfte leise auf den Boden, als versuchte er SOS zu morsen. Dr. Karen Singh war immer in Bewegung, wie ein schlecht gezeichneter Cartoon, aber sie hatte den überzeugendsten neutralen Gesichtsausdruck, den ich je gesehen habe. Nie ließ sie sich auch nur den Anflug von Schock oder Überraschung anmerken. Als ich ihr einmal erzählte, dass ich mir manchmal vorstellte, ich würde mir den Mittelfinger abreißen und darauf herumtreten, antwortete sie nur: »Weil du deinen Schmerz dort verortet hast.« Und ich sagte: »Vielleicht.« Und sie zuckte die Schultern und erklärte: »Das ist nicht ungewöhnlich.«

»Haben das Grübeln oder die Zwangsgedanken zugenommen?«

»Ich weiß es nicht. Beides findet statt.«

»Wann hast du das Pflaster gewechselt?«

»Ich weiß es nicht«, log ich. Sie starrte mich ausdruckslos an. »Nach dem Mittagessen.«

»Und deine Angst vor *C. difficile*?«

»Ich weiß es nicht. Manchmal ist sie da.«

»Hast du das Gefühl, du kannst dem Drang widerstehen …«

»Nein«, sagte ich. »Ich meine, ich bin immer noch gestört, wenn Sie das meinen. Keine Fortschritte an dieser Front.«

»Ich höre das Wort *gestört* ziemlich häufig aus deinem Mund. Und du klingst wütend, wenn du es sagst, fast, als würdest du dich damit selbst beschimpfen.«

»Na ja, heute ist doch jeder irgendwie gestört, Frau Dr. Singh. Unter jungen Leuten gilt geistige Gesundheit als so was von spießig.«

»Für mich klingt es, als wärst du gemein zu dir.«

Nach einem Moment sagte ich: »Wie kann man irgendwas zu

sich selbst sein? Ich meine, wenn man irgendwas zu sich selbst sein kann, dann hieße das doch, dass das Ich nicht in der Einzahl ist.«

»Du lenkst ab.« Ich sah sie einfach nur an. »Du hast recht, Aza, das Ich ist kein einfaches Konzept. Vielleicht ist es auch nicht in der Einzahl. Das Ich ist eine Vielfalt, aber Vielfalten können zusammengefasst werden, nicht wahr? Denk an einen Regenbogen. Ein Regenbogen ist ein Bogen aus Licht, aber auch sieben verschiedene Bögen.«

»Okay, dann komme ich mir eher wie sieben Dinge vor als wie eins.«

»Hast du das Gefühl, deine Gedankenmuster erschweren dir den Alltag?«

»Äh, ja«, sagte ich.

»Kannst du mir ein Beispiel geben?«

»Na ja, also, ich sitze in der Cafeteria und denke an die ganzen Lebewesen, die in mir sind, die mein Essen für mich verdauen, und dass ich irgendwie sie bin – also, dass ich weniger ein Mensch bin als dieser widerliche, wimmelnde Bakterienbrei, und ich kann nie richtig *sauber* werden, weil der Schmutz bis in die tiefste Tiefe geht. Also, es gibt keine Stelle in mir, die rein oder unbefleckt ist oder so was, die Stelle, wo meine Seele sein soll. Was bedeutet, dass ich vielleicht, keine Ahnung, genauso wenig Seele habe wie die Bakterien.«

»Das ist nicht ungewöhnlich«, sagte sie. Dr. Singhs Motto. Dann fragte sie, ob ich es noch einmal mit Konfrontationstherapie versuchen wollte, was wir ausprobiert hatten, als ich bei ihr anfing. Damals musste ich Übungen machen, zum Beispiel den Finger mit der Wunde auf eine schmutzige Oberfläche halten, ohne sie anschließend zu säubern oder ein Pflaster draufzukleben. Eine Weile hatte es irgendwie funktioniert, aber im Moment erinnerte ich mich nur an die Angst, die ich gehabt hatte, und ich ertrug den Gedanken nicht, noch einmal solche Angst zu haben, also schüttelte ich bei der reinen Erwähnung den Kopf. »Nimmst du Lexapro?«, fragte sie.

»Ja«, sagte ich. Sie sah mich unverwandt an. »Irgendwie habe ich Angst davor, deshalb nehme ich es nicht jeden Tag.«

»Du hast Angst davor?«

»Ich weiß nicht.« Sie ließ mich nicht aus den Augen und tappte weiter leise mit dem Fuß. Ich spürte die tote Luft im Raum. »Wenn eine Tablette einen verändert, also, wenn es einen tief drinnen zu jemand anderem macht ... das ist doch irgendwie unheimlich, oder? Wer entscheidet, wer ich eigentlich bin – ich oder die Angestellten der Fabrik, die Lexapro herstellt? Es ist, als hätte ich einen Dämon in mir, den ich loswerden will, aber die Vorstellung, ihn mit einer Pille rauszukriegen, ist ... ich weiß nicht ... unheimlich. Aber meistens nehme ich sie trotzdem, weil ich den Dämon wirklich hasse.«

»Du versuchst häufig, deine Erfahrungen durch Metaphern zu begreifen, Aza. Es ist wie ein Dämon in dir; dein Bewusstsein ist ein Bus oder eine Gefängniszelle oder eine Spirale, ein Strudel oder eine Schleife – ich glaube, einmal hast du gesagt, dein Bewusstsein sei wie ein schlecht hingekritzelter Kreis, was ich interessant fand.«

»Ja«, sagte ich.

»Schmerzen – physische oder psychische – stellen uns unter anderem vor die Herausforderung, dass wir sie eigentlich nur durch Metaphern ausdrücken können. Schmerz lässt sich sprachlich nicht erfassen wie ein Tisch oder andere Gegenstände. In gewisser Weise ist Schmerz das Gegenteil von Sprache.«

Dr. Singh schaltete den Computer ein, weckte die Maus und klickte auf ein Symbol auf ihrem Desktop. »Ich möchte dir ein Zitat von Virginia Woolf vorlesen: ›Die englische Sprache, die Hamlets Gedanken und die Tragödie von König Lear auszudrücken vermag, hat keine Worte für den Kopfschmerz oder den Fieberschauer … Jedes verliebte Schulmädchen kann mit Shakespeares oder Keats' Hilfe seine Gefühle erklären; wenn aber ein Kranker beim Arzt den Schmerz in seinem Kopf beschreiben soll, versagt die Sprache sofort.‹ Dabei sind wir Menschen so auf die Sprache angewiesen, dass wir, was wir nicht benennen können, kaum begreifen. Und dann tun wir so, als wäre es nicht real. Wir benutzen Sammelbegriffe wie *Störung* oder *chronische Schmerzen,* die das Übel ausgrenzen und kleinreden sollen. Der Ausdruck *chronische Schmerzen* erfasst nichts von den ständigen, gnadenlosen, zwangsläufig zermürbenden Qualen, die er zu beschreiben vorgibt. Und der Begriff *Störung* enthält nichts von dem Grauen und der Angst, mit denen du ständig leben musst. Die Wörter benennen auch nicht die Tapferkeit der Menschen, die diese Leiden ertragen. Deswegen bitte ich dich, ein anderes Wort für dein geistiges Befinden zu verwenden als *gestört*.«

»Mhm«, sagte ich.

»Kannst du das sagen? Kannst du sagen, dass du tapfer bist?«

Ich verzog das Gesicht. »Zwingen Sie mich bitte nicht zu diesem Therapie-Kram.«

»Der Therapie-Kram hilft.«

»Ich bin ein tapferer Wikinger auf meinem inneren Schlachtfeld *Valhalla Hills*«, sagte ich todernst.

Sie lächelte fast. »Reden wir mal über den Plan, deine Medikamente regelmäßig jeden Tag zu nehmen.« Und dann begann sie, über die jeweiligen Vorteile der morgendlichen oder abendlichen Einnahme zu sprechen und dass wir das jetzige Medikament auch absetzen und etwas anderes ausprobieren könnten, aber das wäre ratsamer in einer weniger anstrengenden Zeit, in den Sommerferien zum Beispiel, und so weiter.

In der Zwischenzeit spürte ich aus irgendeinem Grund ein Ziehen im Bauch. Wahrscheinlich die Nerven, weil ich mir Frau Dr. Singhs Sermon wegen der Dosierung anhören musste. Andererseits fing genauso *C. difficile* an – mit Bauchschmerzen, weil sich ein paar böse Keime im Dünndarm ausgebreitet hatten, und dann kriegt man einen Darmdurchbruch, und 72 Stunden später ist man tot.

Ich musste die Fallstudie der Frau noch mal lesen, die keine Symptome außer Bauchschmerzen hatte, und am Ende hatte sie *C. difficile*. Aber jetzt kann ich das Telefon nicht rausholen – sonst ist Dr. Singh sauer –, aber hatte die Frau wenigstens noch ein anderes Symptom, oder war es genau wie bei mir jetzt? Wieder dieses Ziehen. Hatte sie Fieber? Ich konnte mich nicht erinnern. Scheiße. Es passiert. Du schwitzt. Dr. Singh sieht es. Sollst du es ihr sagen? Sie ist Ärztin. Vielleicht ist es besser, wenn du ihr was sagst.

»Ich habe ein bisschen Bauchweh«, sagte ich.

»Du hast kein *C. difficile*«, antwortete sie.

Ich nickte und schluckte, und dann sagte ich ganz leise: »Aber das können Sie nicht wissen.«

»Aza, hast du Durchfall?«

»Nein.«

»Hast du in letzter Zeit Antibiotika genommen?«

»Nein.«

»Warst du kürzlich im Krankenhaus?«

»Nein.«

»Du hast kein C. *difficile*.«

Ich nickte, aber Frau Dr. Singh war keine Gastroenterologin, außerdem wusste ich wirklich mehr über C. *difficile* als sie. Fast 30 Prozent der Menschen, die an C. *difficile* starben, holten es sich *nicht* im Krankenhaus, und über 20 Prozent hatten keinen Durchfall. Dr. Singh sprach wieder von Medikamenten und Dosierungen, und während ich ihr mit einem Ohr zuhörte, kam mir der Gedanke, dass ich mich vielleicht übergeben musste. Ich hatte jetzt wirklich Bauchschmerzen, meine Därme fühlten sich an, als verknoteten sie sich, als würden die Milliarden von Bakterien in mir einer neuen Spezies Platz machen, die gerade einrückte, der Spezies, die mich von innen zerreißen würde.

Ich war schweißgebadet. Wenn ich mir bloß die Fallstudie noch einmal durchlesen könnte. Dr. Singh sah, was im Gang war.

»Sollen wir eine Atemübung machen?« Und dann atmeten wir gemeinsam aus und ein, als wollten wir beim Ausatmen eine Kerze zum Flackern bringen, aber nicht ausblasen.

Sie sagte, sie wolle mich in zehn Tagen wiedersehen. Ein guter Maßstab, wie gestört man ist, ist die Häufigkeit, mit der ein Therapeut einen sehen will. Letztes Jahr ging ich alle acht Wochen zu Dr. Singh. Jetzt waren es weniger als zwei.

Auf dem Weg zu Harold las ich mir die Fallstudie noch einmal durch. Die Frau, sie hatte auch Fieber gehabt. Ich wollte erleichtert sein, und vielleicht war ich es eine Weile auch, aber als ich zu Hause ankam, meldete sich das leise Flüstern wieder, dass etwas ernsthaft nicht in Ordnung sei, weil der nagende Schmerz in meinem Bauch einfach nicht wegging.

Ich denke: *Du wirst nie frei davon sein.*

Ich denke: *Du suchst dir deine Gedanken nicht aus.*

Ich denke: *Du stirbst, und du hast Keime in dir, die sich am Ende von innen durch deine Haut fressen.*

Ich denke und denke und denke.

NEUN

Und doch hatte ich auch ein Leben, ein einigermaßen normales Leben, das weiterging. Manchmal ließen mich die Gedanken stundenlang, tagelang in Ruhe, und ich konnte mich an etwas erinnern, was meine Mutter einmal zu mir gesagt hatte: Dein Jetzt ist nicht dein Immer. Ich ging zur Schule, ich bekam gute Noten, ich schrieb Aufsätze, ich unterhielt mich nach dem Mittagessen mit Mom, ich aß zu Abend, sah fern, las Bücher. Ich war *nicht immer* in meinem Ich, oder meinen Ichs, gefangen. Ich war *nicht nur* gestört.

Am Tag unseres Doppel-Dates kam ich von der Schule nach Hause und verbrachte zwei Stunden vor dem Kleiderschrank. Es war ein wolkenloser Tag Ende September, kühl genug, um eine Jacke mitzunehmen, aber warm genug für ein ärmelloses Kleid mit Strumpfhosen. Andererseits wollte ich nicht so aussehen, als hätte ich mich ins Zeug gelegt. Und Daisy war auch keine Hilfe, denn auf meine SOS-SMS antwortet sie nur, sie komme im Abendkleid, und ich wusste nicht, ob sie es ernst meinte oder nicht.

Am Ende trug ich meine Lieblingsjeans und eine Kapuzenjacke über einem lavendelblauen T-Shirt, das Daisy mir geschenkt hatte, auf dem sich Han Solo und Chewbacca leidenschaftlich umarmen.

Eine weitere halbe Stunde brauchte ich, um verschiedene Makeups aufzutragen und wieder zu entfernen. Eigentlich schminke ich mich nicht, aber ich war nervös, und manchmal war Make-up wie Kriegsbemalung, wie eine Rüstung.

»Trägst du Eyeliner?«, fragte Mom, als ich aus meinem Zimmer kam. Sie ging Rechnungen durch, die sie auf dem Couchtisch ausgebreitet hatte. Ihre Hand kreiste mit dem Kuli über dem Scheckbuch.

»Ein bisschen«, sagte ich. »Sieht es komisch aus?«

»Nur anders«, sagte sie, aber sie versteckte ihre Missbilligung schlecht. »Wo geht es denn hin?«

»Zu Applebee's mit Daisy und Davis und Mychal. Um Mitternacht bin ich wieder zu Hause.«

»Ist das ein Rendezvous?«

»Es ist ein Abendessen«, sagte ich.

»Hast du ein Rendezvous mit Davis Pickett?«

»Wir essen zur gleichen Zeit am gleichen Ort zu Abend. Wir heiraten nicht.«

Sie zeigte auf den Platz neben sich auf dem Sofa.

»Ich soll um sieben da sein«, sagte ich.

Sie zeigte wieder auf das Sofa. Ich setzte mich, und sie legte den Arm um mich.

»Du redest nicht viel mit deiner Mutter.«

Frau Dr. Singh hatte mal gesagt, wenn sich eine perfekt gestimmte Gitarre und eine perfekt gestimmte Geige in einem Zimmer befinden, und man zupft die D-Saite der Gitarre, dann vibriert auch die D-Saite der Geige in der anderen Ecke des Raums. Genauso spürte ich die vibrierenden Saiten meiner Mutter. »Ich rede mit niemandem viel.«

»Ich will, dass du bei Davis Pickett vorsichtig bist, okay? Reichtum macht leichtfertig in manchen Dingen. Da muss man doppelt aufpassen.«

»Davis ist nicht sein Reichtum. Er ist ein Mensch.«

»Auch Menschen können leichtfertig sein.« Sie drückte mich so fest, dass ich keine Luft bekam. »Pass gut auf dich auf.«

Ich kam als Letzte, und es war nur noch der Platz neben Mychal frei, gegenüber von Davis, der ein frisch gebügeltes kariertes Buttondown-Hemd trug, die Ärmel halb aufgekrempelt, sodass seine Unterarme nackt waren. Ich weiß nicht, warum, aber ich hatte schon immer eine Schwäche für männliche Unterarme.

»Cooles T-Shirt«, sagte Davis.

»Geburtstagsgeschenk von Daisy«, sagte ich.

»Könnt ihr euch das vorstellen – manche Leute halten die Liebe zwischen einem Wookiee und einem Menschen für Sodomie«, sagte Daisy.

Mychal seufzte. »Gleich legt sie wieder mit der Frage los, ob Wookies Personen sind.«

»Das ist auch die faszinierendste Frage bei *Star Wars*«, entgegnete Davis.

Mychal stöhnte. »Auweia. Der Damm ist gebrochen.«

Und schon stürzte sich Daisy in ein flammendes Plädoyer für die Liebe zwischen Wookiees und Menschen. »Wusstest ihr, dass es *Star-Wars*-Schriften gibt, in denen Han mit einem Wookiee *verheiratet* war? Aber darüber regt sich keiner auf.« Davis beugte sich interessiert vor. Er war kleiner als Mychal, aber er beanspruchte mehr Platz – seine schlaksigen Arme und Beine nahmen Raum ein wie eine Armee, die Gebiete besetzt hält.

Davis und Daisy unterhielten sich lebhaft über die Entmenschlichung der Klontruppen, und nebenbei klärte Mychal Davis darüber auf, dass Daisy eine ziemlich beliebte *Star-Wars*-Fanfiction-Autorin war. Davis tippte ihren Autorennamen in sein Smartphone ein und war beeindruckt von den 2000 Likes, die allein die letzte Folge erhalten hatte, und dann lachten alle drei über irgendeinen *Star-Wars*-Witz, den ich nicht ganz verstand.

»Wasser für alle«, rief Daisy, als Holly an unseren Tisch kam, um die Bestellung aufzunehmen.

Davis sah mich an. »Gibt es hier kein Dr Pepper?«

»Für Softdrinks gilt der Coupon nicht«, sagte Holly gelangweilt. »Außerdem haben wir kein Dr Pepper. Nur Pepsi.«

»Dann gebe ich eine Runde Pepsi aus«, erklärte Davis.

In der Schweigeminute, die folgte, fiel mir auf, dass ich seit meiner Antwort auf sein T-Shirt-Kompliment kein Wort mehr gesagt hatte. Davis, Daisy und Mychal waren bald wieder ins Gespräch über *Star Wars*, die Größe des Universums und Reisen mit Überlichtgeschwindigkeit vertieft. »*Star Wars* ist die Religion Amerikas«, erklärte Davis. Mychal erwiderte: »Religion ist die Religion Amerikas.« Und obwohl ich mitlachte, hatte ich das Gefühl, ich würde das Ganze durchs Fenster beobachten, als sähe ich einen Film über mein Leben, statt es selbst zu erleben.

Irgendwann hörte ich meinen Namen und kehrte in meinen Körper zurück, der auf den grünen Vinylpolstern bei Applebee's saß, wo es nach frittiertem Essen roch und von überall der Lärm der Gespräche herüberdröhnte. »Holmesy ist auch auf Facebook«, sagte Daisy gerade. »Aber ihr letztes Update war in der Mittelstufe.« Sie warf mir einen Blick zu, den ich nicht deuten konnte, dann sagte sie: »Im Internet stellt sich Holmesy wie ihre eigene Großmutter an.« Sie wartete einen Moment. »*Stimmt doch, oder?*«, fragte sie nachdrücklich, und erst da kapierte ich, dass sie mich wieder ins Gespräch ziehen wollte.

»Ich benutze das Internet«, gab ich zurück. »Ich habe nur nicht das Bedürfnis, dazu beizutragen oder so was.«

»Man hat wirklich das Gefühl, als würden im Internet genug Informationen herumschwirren«, sagte Davis.

»Falsch«, widersprach Daisy. »Zum Beispiel gibt es viel zu wenige literarisch hochwertige Chewbacca-Lovestorys im Internet, und ich bin auch nur ein Mensch und kann nur eine begrenzte Zahl von Wörtern produzieren. Die Welt wartet auf Wookiee-Liebesgeschichten aus Holmesys Feder.« Eine kurze Pause entstand. Ich spürte ein nervöses Kribbeln in den Armen, und meine Schweißdrüsen drohten die Schleusen zu öffnen. Aber dann redeten sie weiter, und das Gespräch nahm diese und jene Wendung, jeder erzählte irgendwas, sie fielen einander ins Wort und lachten. Ich versuchte, an den richtigen Stellen zu lächeln oder den Kopf zu schütteln, aber ich war immer einen Augenblick zu spät. Sie lachten, weil etwas lustig war; ich lachte, weil sie gelacht hatten.

Ich hatte keinen Hunger, doch als das Essen kam, stocherte ich mit Messer und Gabel in meinem Veggie-Burger herum, damit es so aussah, als würde ich mehr essen, als ich herunterbekam. Während des Essens war es eine Weile still, bis Holly die Rechnung brachte.

Ich griff danach, doch Davis legte die Hand auf meine. »Bitte«, sagte er. »Es wäre mir ein Vergnügen.« Ich gab nach.

»Wir sollten noch was machen«, schlug Daisy vor. Eigentlich wäre ich am liebsten nach Hause gegangen, hätte allein was gegessen und mich ins Bett gelegt. »Ins Kino gehen oder so was.«

»Wir könnten bei uns einen Film sehen«, sagte Davis. »Wir kriegen alle Filme.«

Mychal sah ihn von der Seite an. »Was heißt das, ihr kriegt alle Filme?«

»Ich meine, wir bekommen alle Filme, die im Kino laufen. Wir haben einen kleinen Kinosaal, und wir … Ich schätze, es ist ein Abo oder so was. Ehrlich gesagt, weiß ich selbst nicht genau, wie es funktioniert.«

»Du meinst, wenn ein Film in die Kinos kommt, dann … läuft er auch bei euch zu Hause?«

»Ja«, sagte Davis. »Als ich klein war, musste immer ein Filmvorführer vorbeikommen, aber jetzt ist alles digital.«

»Du meinst, *bei euch im Haus*?«, fragte Mychal immer noch verwirrt.

»Ja, ich zeige es euch«, sagte Davis.

Daisy sah mich an. »In Ordnung, Holmesy?« Ich verzog das Gesicht zu einem Lächeln und nickte.

Ich fuhr mit Harold, Daisy fuhr mit Mychal, der sich den Kombi seiner Eltern ausgeliehen hatte, und Davis fuhr mit seinem SUV voraus. Unsere kleine Karawane folgte der 86. Straße nach Westen bis zur Michigan Road, wo wir links abbogen und nach Süden fuhren, vorbei an Walmart und einer Reihe von zwielichtigen Kreditvermittlern und Pfandleihern, bis wir kurz vor dem Kunstmuseum das Tor des Pickett'schen Anwesens erreichten. Es war eigentlich keine gute Gegend, aber das Grundstück war so groß, dass es seine eigene Gegend war.

Das Tor öffnete sich, und wir folgten Davis auf den Parkplatz vor der gläsernen Villa. Im Dunkeln sah das Haus noch beeindruckender aus. Durch die Glaswände strahlte die Küche in goldenem Licht.

Als ich ausstieg, kam Mychal zu mir. »Weißt du … Wahnsinn, ich wollte dieses Haus schon immer mal sehen. Wusstest du, dass es von Tu-Quyen Pham ist?«

»Von wem?«

»Die Architektin. Tu-Quyen Pham. Sie ist ein internationaler Star. Sie hat in den USA nur drei Privathäuser gebaut. Wahnsinn, ich fasse es nicht, dass wir hier sind.«

Wir begleiteten Davis ins Haus, und Mychal rief: »Raymond Pettibon! Picasso! O Gott, das ist KERRY JAMES MARSHALL.« Ich kannte nur Picasso, von den anderen Künstlern hatte ich noch nie gehört.

»Ja, zu Marshall habe ich Dad überredet«, sagte Davis. »Er hat mich vor ein paar Jahren mit zur Kunstmesse in Miami Beach genommen. Ich liebe Marshalls Arbeiten.« Noah lag auf derselben Couch wie beim letzten Mal, und wie es aussah, spielte er dasselbe Videospiel. »Noah, hier sind ein paar Freunde von mir. Freunde, das ist Noah.«

»Was geht«, murmelte Noah.

»Wär's okay, wenn ich mich ein bisschen umschaue?«, fragte Mychal.

»Klar. Sieh dir unbedingt den Rauschenberg oben an.«

»Im Ernst?« Mychal rannte die Treppe hinauf, und Daisy folgte ihm.

Unwillkürlich ging ich auf das Bild zu, das Mychal Pettibon genannt hatte. Es war eine bunte Spirale oder vielleicht eine mehrfarbige Rose oder ein Wasserstrudel. Durch einen Trick der gekrümmten Linien verlor ich immer wieder den Fokus und musste mich an Details festhalten. Fast hatte ich das Gefühl, ich würde das Bild nicht betrachten, sondern wäre ein Teil davon. Ich spürte – und verdrängte – den Impuls, das Bild von der Wand zu reißen und damit wegzulaufen.

Ich erschrak, als Davis mir die Hand auf den Rücken legte. »Raymond Pettibon. Am bekanntesten sind seine Bilder von Surfern, aber ich mag auch seine Spiralen. Er war Punkmusiker, bevor er Künstler wurde. Er hat bei Black Flag gespielt, bevor sie Black Flag waren.«

»Black Flag?«, fragte ich.

Davis nahm sein Smartphone heraus und tippte etwas ein. Plötzlich brach eine dröhnende Klangwelle aus den Lautsprechern über uns und erfüllte den Raum mit heiserem Gegröle. »Das ist Black Flag«, schrie er, dann stellte er über das Smartphone die Musik wieder ab. »Willst du das Kino sehen?«

Ich nickte, und er führte mich nach unten in den Keller, der kein *Keller*-Keller war, denn die Decken waren gefühlt 4,50 Meter hoch. Am Ende eines Flurs stand ein Bücherregal voller gebundener Bücher. »Das ist die Erstausgaben-Sammlung meines Vaters«, erklärte Davis. »Wir dürfen sie natürlich nicht lesen. Die Feuchtigkeit menschlicher Hände beschädigt sie. Aber das da kannst du herausnehmen.« Er zeigte auf eine gebundene Ausgabe von F. Scott Fitzgeralds *Zärtlich ist die Nacht*.

Ich streckte die Hand aus, doch kaum hatte ich den Buchrücken bewegt, öffnete sich das Regal in der Mitte und schwang nach innen zu einem Kinosaal, der mit sechs aufsteigenden Reihen schwarzer Ledersessel ausgestattet war. »F. Scott Fitzgerald«, sagte Davis. »Sein voller Name lautet Francis Scott *Key* Fitzgerald. *Key* wie Schlüssel.« Ich antwortete nicht; die Größe der Leinwand hatte mir die Sprache verschlagen. »Wahrscheinlich sind meine Versuche, dich zu beeindrucken, ziemlich plump«, bemerkte Davis.

»Es reicht leider nicht. Ich hänge ständig in Villen mit verborgenen Kinosälen herum.«

»Willst du einen Film sehen? Oder machen wir lieber einen Spaziergang? Ich würde dir draußen gerne was zeigen.«

»Wir sollten Daisy und Mychal nicht im Stich lassen.«

»Ich sage ihnen Bescheid.« Er tippte auf sein Smartphone und sprach hinein. »Wir machen einen Spaziergang. Fühlt euch wie zu Hause. Das Kino ist im Keller, falls ihr Lust habt.« Ein paar Sekunden später hallte seine Stimme aus den Lautsprechern.

»Ich hätte ihr auch eine SMS schicken können«, sagte ich.

»Aber das wäre nicht so cool gewesen.«

Ich zog den Reißverschluss meiner Kapuzenjacke hoch und ging mit Davis nach draußen. Schweigend folgten wir dem asphaltierten Golfweg am Pool vorbei, dessen beleuchtetes Wasser die Farbe wechselte, von Rot zu Orange zu Gelb zu Grün. Der gespenstische Schein, den das Licht auf die Scheiben des Terrariums warf, erinnerte mich an Fotos von Polarlichtern.

Wir gingen über den Golfplatz zu einer der länglichen Sandgruben. Davis legte sich in den Sand, den Kopf auf den Rand der Grube gebettet. Ich legte mich neben ihn, und unsere Jacken berührten sich, aber unsere Haut berührte sich nicht. Er zeigte zum Himmel. »Wie gesagt, die Lichtverschmutzung nervt, aber der hellste Stern dort – siehst du ihn?« Ich nickte. »Das ist kein Stern. Das ist der Planet Jupiter. Jupiter ist, je nach seiner Position und unserer Position und so weiter, zwischen 580 Millionen und einer Milliarde Kilometer von uns entfernt. Im Moment ungefähr 800 Millionen

Kilometer, was circa 45 Lichtminuten entspricht. Du weißt, was Lichtzeit ist, oder?«

»So ungefähr«, sagte ich.

»Es bedeutet, wenn wir mit Lichtgeschwindigkeit unterwegs wären, bräuchten wir 45 Minuten von der Erde zum Jupiter, also ist der Jupiter, den wir im Moment sehen, eigentlich der Jupiter von vor 45 Minuten. Aber die Sterne da hinten, direkt über den Bäumen, die fünf, die ein schiefes W ergeben?«

»Ja«, sagte ich.

»Das ist das Sternbild Kassiopeia. Und das Verrückte ist, der Stern ganz oben, Caph – er ist 55 Lichtjahre von uns entfernt. Der andere, Schedir, ist 230 Lichtjahre von uns entfernt. Und Navi ist 550 Lichtjahre weit weg. Und sie sind nicht nur weit von der Erde entfernt, sondern auch voneinander. Von hier aus können wir nicht wissen, ob Navi vielleicht schon vor 500 Jahren explodiert ist.«

»Wow«, sagte ich. »Das heißt, wir sehen in die Vergangenheit.«

»Ja, genau.« Ich spürte, dass er nach etwas tastete – vielleicht nach seinem Telefon –, und als ich mich umsah, merkte ich, dass er meine Hand suchte. Ich gab sie ihm. Schweigend lagen wir unter dem uralten Licht. Mir ging der Gedanke durch den Kopf, dass der Himmel – dieser Himmel zumindest – gar nicht richtig schwarz war. Die wahre Dunkelheit waren die Bäume, von denen wir nur die Silhouette sahen. Die Bäume waren schwarze Schatten vor dem satten Silberblau des Nachthimmels.

Ich merkte, wie er den Kopf zu mir drehte, und spürte seinen Blick. Ich fragte mich, warum ich wollte, dass er mich küsste, und woher man wissen sollte, warum man mit jemandem zusammen sein will, und wie ich meine verknoteten Wünsche auseinanderkriegte. Und ich fragte mich, warum ich solche Angst davor hatte, den Kopf in seine Richtung zu drehen.

Davis erzählte weiter von den Sternen – je dunkler es wurde, desto mehr von ihnen sahen wir, zitternd und schwach, gerade so am Rand der Sichtbarkeit –, und er redete von der Lichtverschmutzung und wie man der Wanderung der Sterne zusehen konnte, wenn man lange genug hinsah, und dass ein paar griechische Philosophen die Sterne für winzige Löcher im kosmischen Umhang gehalten hatten. Dann schwieg er einen Moment, bevor er sagte: »Du redest nicht viel, Aza.«

»Ich weiß nie genau, was ich sagen soll.«

Er wiederholte, was ich an dem Tag, als wir uns wiedergesehen hatten, zu ihm gesagt hatte. »Sag einfach, was du denkst. Das ist etwas, was ich nie tue.«

Und so sagte ich die Wahrheit. »Ich denke über organisches Zeug nach.«

»Was für Zeug?«

»Ich kann es nicht erklären.«

»Versuch's.«

Ich sah ihn an. Alle reden immer von der unmittelbaren Schönheit grüner oder blauer Augen, aber in Davis' braunen Augen war eine Tiefe, die es bei helleren Farben einfach nicht gab, und die Art, wie er mich ansah, vermittelte mir das Gefühl, als wäre da auch etwas Sehenswertes in meinen braunen Augen.

»Ich schätze, es gefällt mir einfach nicht, in einem Körper leben zu müssen. Falls das irgendeinen Sinn ergibt. Ich habe das Gefühl, ich bin tief drinnen nur so eine Art Automat, der existiert, um Sauerstoff in Kohlendioxid umzuwandeln, also ein bloßer Organismus in dieser ganzen … Weite. Außerdem finde ich es ziemlich unangenehm, dass ich das, was angeblich mein *Ich* sein soll, nicht steuern kann. Zum Beispiel ist dir bestimmt aufgefallen, dass meine Hand schwitzt, obwohl es viel zu kalt zum Schwitzen ist. Ich finde es echt unerträglich, dass ich, wenn ich einmal zu schwitzen angefangen habe, nicht damit aufhören kann. Ich kann dann an nichts anderes mehr denken außer daran, dass ich schwitze. Und wenn du nicht steuern kannst, was du denkst oder tust, vielleicht gibt es dich dann gar nicht wirklich, weißt du, was ich meine? Vielleicht bin ich bloß eine Lüge, die ich mir selbst einflüstere.«

»Ich habe nicht gemerkt, dass du schwitzt. Aber das hilft dir wahrscheinlich nicht.«

»Nein, das hilft mir nicht.« Ich zog meine Hand weg, wischte sie an der Jeans ab, denn wischte ich mir mit dem Jackenärmel über das Gesicht. Ich ekelte mich vor mir selbst. Ich war widerlich, aber ich wurde mich nicht los, ich saß in der Falle. Dann dachte ich daran, dass Schweißgeruch nicht vom Schweiß selbst kommt, sondern von den Bakterien, die ihn fressen.

Ich erzählte Davis von diesem seltsamen Parasiten, der *Diplostomum pseudospathaceum* heißt. Er reift im Auge eines Fischs heran, aber er kann sich nur im Magen eines Vogels fortpflanzen. Solange der Parasit jung ist, schwimmen die Wirtsfische im tiefen Wasser, wo sie vor Vögeln sicher sind, aber sobald der Parasit paarungsfähig ist, schwimmen die infizierten Fische an die Oberfläche. Sie legen es richtiggehend darauf an, von einem Vogel gefressen zu werden, was ihnen am Ende auch gelingt, und der Parasit, der das Ganze inszeniert hat, landet genau da, wo er hinwollte: im Magen eines Vogels. Dort pflanzt er sich fort, und die Baby-Parasiten gelangen mit der Vogelkacke ins Wasser, wo sie einem Fisch begegnen und der ganze Zyklus von vorne beginnt.

Ich versuchte Davis klarzumachen, warum mich diese Geschichte so entsetzte, aber ich konnte es nicht erklären. Irgendwann merkte ich, dass ich das Gespräch sehr weit weggelenkt hatte von der Stelle, wo wir Händchen gehalten hatten und uns fast geküsst hätten. Ich redete hier über mit Parasiten infizierte Vogelkacke, was ungefähr das Gegenteil von romantisch war, aber ich konnte nicht anders, weil ich ihm klarmachen musste, dass ich mich wie der Fisch fühlte, als steckte hinter meiner Geschichte in Wirklichkeit jemand ganz anderes.

Ich erzählte ihm sogar etwas, was ich weder Daisy noch Dr. Singh noch sonst wem verraten hatte – dass mein Tick, mir den Daumennagel in die Fingerkuppe zu drücken, angefangen hatte, weil ich mich überzeugen wollte, dass ich echt war. Als ich klein war, hatte meine Mutter mal gesagt, wenn man sich zwickt und nicht davon aufwacht, heißt das, dass man nicht träumt. Deshalb bohrte ich mir jedes Mal, wenn ich dachte, ich sei vielleicht nicht echt, den Fingernagel in die Fingerspitze, und dann spürte ich den Schmerz und dachte eine Sekunde lang: *Natürlich bin ich echt.* Das Problem ist nur, die Fische spüren auch Schmerz. Man kann nie wissen, ob man nicht in Wirklichkeit im Auftrag irgendeines Parasiten handelt.

Nachdem ich all das gesagt hatte, schwiegen wir lange, bis Davis bemerkte: »Meine Mutter lag ungefähr sechs Monate im Krankenhaus, nachdem das Aneurysma geplatzt war. Wusstest du das?« Ich schüttelte den Kopf. »Ich schätze, sie war im Koma oder so was – also, sie konnte nicht reden oder so und auch nicht essen, aber manchmal, wenn ich die Hand in ihre legte, hat sie meine Hand gedrückt. Noah war noch zu klein, um sie öfter zu besuchen, aber ich musste. Jeden Tag nach der Schule brachte mich Rosa ins

Krankenhaus, und dann lag ich bei ihr im Bett, und wir sahen *Teenage Mutant Ninja Turtles* im Fernsehen. Ihre Augen waren offen und alles, und sie konnte selber atmen. Ich lag einfach neben ihr und sah *Ninja Turtles*. Ich hatte immer meinen Iron Man in der Hand, die Faust geschlossen, und die Faust hatte ich in Moms Hand, und ich wartete, und manchmal drückte sie, ihre Faust um meine Faust, und wenn das passierte, fühlte ich mich … Ich weiß auch nicht … wahrscheinlich *geliebt*. Jedenfalls erinnere ich mich, wie Dad einmal reinkam und an der Wand stehen blieb, als wäre Mom ansteckend oder so was. Und irgendwann hat sie meine Hand gedrückt, und ich habe es ihm erzählt. Ich habe gesagt, Mom hält meine Hand, aber Dad sagte: ›Das ist bloß ein Reflex.‹ Und ich sagte: ›Nein, Dad, schau doch, sie hält meine Hand.‹ Und er sagte: ›Sie ist nicht mehr da, Davis. Sie ist nicht mehr da drin.‹ Aber so läuft das nicht, Aza. Sie war immer noch sie. Sie war noch da. Sie war noch genauso ein Mensch wie jeder andere. Was dich zu dir macht, ist nicht dein Körper oder deine Gedanken.«

»Was dann?«, fragte ich.

Er seufzte. »Ich weiß es nicht.«

»Danke, dass du mir davon erzählt hast«, sagte ich. Ich drehte den Kopf zu ihm und sah sein Gesicht im Profil. Manchmal sah Davis aus wie ein kleiner Junge – mit blasser Haut und Pickeln am Kinn. Aber in diesem Moment war er schön. Die Stille zwischen uns wurde unangenehm, bis ich ihm irgendwann diese saublöde Frage stellte, weil ich die Antwort wirklich wissen wollte. »Was denkst du gerade?«

»Ich denke, es ist zu gut, um wahr zu sein«, antwortete er.

»Was?«

»Du.«

»Oh.« Und nach einem Moment sagte ich: »Komisch, dass man nie sagt, irgendwas ist zu schlecht, um wahr zu sein.«

»Ich weiß, dass du das Foto gesehen hast. Das Foto der Wildkamera.« Als ich nicht antwortete, redete er weiter. »Das ist der Hinweis, den du der Polizei geben wolltest. Haben sie dir eine Belohnung dafür angeboten?«

»Ich bin nicht wegen …«

»Aber woher soll ich das wissen, Aza? Wie kann ich das wissen? Bei dir, bei anderen? Hast du der Polizei das Foto schon gegeben?«

»Nein, wir tun es nicht. Daisy wollte, aber ich lasse es nicht zu. Ich verspreche es dir.«

»Das kann ich nicht wissen«, sagte er. »Ich versuche ständig, es zu vergessen, aber ich kann einfach nicht.«

»Ich will die Belohnung nicht«, erklärte ich, auch wenn ich selbst nicht wusste, ob es stimmte.

»Verwundbar zu sein ist eine Einladung, benutzt zu werden.«

»Aber das gilt für uns alle«, gab ich zurück. »Außerdem macht es überhaupt keinen Unterschied. Es ist bloß ein Foto. Es führt nicht zu ihm.«

»Das Foto liefert der Polizei die Uhrzeit und den Ort. Auch wenn es wahrscheinlich stimmt, dass sie ihn nicht finden würden. Aber sie würden mich fragen, warum ich ihnen das Foto nicht ausgehändigt habe. Und sie würden mir nicht glauben, weil ich nämlich keinen guten Grund habe. Ich hatte einfach keine Lust, mich mit den Idioten von unserer Schule rumzuärgern, wenn mein Vater vor Gericht gestellt wird. Und ich will nicht, dass Noah gemobbt wird. Ich will einfach … dass alles so bleibt, wie es war. Und solange er verschwunden ist, sind wir näher daran, als wenn er im Knast landet. Die Wahrheit ist, er hat mir nicht erzählt, dass er vorhat zu gehen. Aber wenn er es getan hätte, hätte ich ihn nicht aufgehalten.«

»Selbst wenn wir ihnen das Foto geben würden, würden sie dich nicht verhaften oder so was.«

Plötzlich stand Davis auf und ging quer über den Golfplatz. Ich hörte, wie er vor sich hin murmelte: »Das Problem lässt sich ganz einfach lösen.«

Ich ging hinter ihm her auf das Gästehaus zu, das am Rand des Golfplatzes stand, und wir traten ein. Die Lodge war ein rustikales Blockhaus mit viel Holz, hohen Decken und einer beeindruckenden Vielfalt von Jagdtrophäen an den Wänden. Zwei Sessel und ein gemütliches kariertes Sofa standen im Halbkreis um einen riesigen Kamin.

In einer Ecke war eine Hausbar eingerichtet, und Davis öffnete den Schrank über dem Spülbecken, holte eine Schachtel Honey Nut Cheerios heraus und begann, den Inhalt auszuschütten. Erst schneiten ein paar Cheerios in die Spüle, dann flog ein Bündel Geldscheine hinterher. Ich kam näher und sah, dass auf der Banderole »*$ 10 000*« stand, was mir unmöglich vorkam, weil das Bündel so dünn war, kaum einen halben Zentimeter dick. Dann fiel noch ein Bündel aus der Schachtel und noch eines. Davis griff nach einer Packung Vollkornflocken und wiederholte den Vorgang.

»Was … was machst du da?«

Als er nach der dritten Schachtel griff, erklärte er: »Mein Vater hat die Dinger überall versteckt. Notgroschen. Neulich habe ich welche im Wohnzimmersofa gefunden. Er versteckt Bargeld wie Alkoholiker Schnapsflaschen.« Davis klopfte die Frühstücksflocken von den Dollar-Bündeln und stapelte sie neben der Spüle.

Sie passten in eine Hand. »100 000 Dollar«, stellte er fest und hielt sie mir hin.

»Auf keinen Fall, Davis. Das geht nicht …«

»Aza, als die Polizei das Haus durchsucht hat, haben sie ungefähr zwei Millionen gefunden, und ich wette, das war nicht mal die Hälfte. Aus jeder Ecke flattern mir die Dinger entgegen, okay? Ich will nicht überheblich klingen oder so was, aber die paar Scheinchen nimmt mein Vater aus der Portokasse. Das ist deine Belohnung dafür, dass du das Foto nicht weitergibst. Ich sage meinem Anwalt, er soll sich bei dir melden. Simon Morris. Netter Kerl, auch wenn er ein Paragrafenhengst ist.«

»Ich versuche hier nicht …«

»Aber das kann ich nicht *wissen*«, sagte er. »Bitte, weil – wenn du dann immer noch anrufst oder mir schreibst oder so, dann weiß ich, dass du es nicht wegen der Belohnung tust. Und du weißt es auch. Das wäre doch gut zu wissen – selbst wenn du dich nicht mehr meldest.« Er öffnete einen Schrank, nahm einen blauen Baumwollbeutel heraus, warf das Geld hinein und hielt es mir hin.

Jetzt sah er wieder aus wie ein Kind – die wässrigen braunen Augen, die Angst und die Erschöpfung in seinem Gesicht, ein Kind, das aus einem Albtraum erwacht. Ich nahm den Beutel.

»Ich rufe dich an«, sagte ich.

»Das werden wir sehen.«

Ich verließ die Lodge gemessenen Schrittes, dann rannte ich über den Golfplatz, umrundete die Poollandschaft und sprintete zur Villa hinauf. Ich lief die Treppe hoch und ging durch einen Flur, bis ich hinter einer der Türen Daisys Stimme hörte. Ich öffnete. Daisy und Mychal lagen in einem riesigen Himmelbett und knutschten.

Ich räusperte mich.

»Ein bisschen Privatsphäre bitte!«, rief Daisy.

Ich zog die Tür wieder zu und murmelte: »Aber das ist nicht eure Privatsphäre hier.«

Ich wusste nicht, wo ich hinsollte. Als ich wieder nach unten ging, saß Noah auf der Couch und sah fern. Ich ging zu ihm. Obwohl er schon 13 war, hatte er einen Captain-America-Kinderschlafanzug an. Auf dem Schoß hatte er eine Schale mit Lucky Charms ohne Milch, soweit ich sah. Er griff hinein und stopfte sich eine Handvoll trockenen Puffweizen in den Mund. »Was geht«, nuschelte er mit vollem Mund. Seine Haare waren fettig und klebten an seiner Stirn, und aus der Nähe wirkte er blass, fast durchsichtig.

»Wie geht's dir, Noah?«

»Alles spitze.« Er schluckte. Dann fragte er: »Habt ihr schon was rausgefunden?«

»Rausgefunden?«

»Über Dad?«, sagte er. »Davis hat gesagt, ihr seid hinter der Belohnung her. Habt ihr irgendwas gefunden?«

»Nein.«

»Kann ich dir was schicken? Ich habe Dads Notizen kopiert, die er mit dem Telefon in der Cloud gespeichert hat. Vielleicht kannst du damit was anfangen. Vielleicht findest du einen Hinweis oder so was. Seine letzte Notiz an seinem letzten Abend war ›Jogger-Mund‹. Sagt dir das was?«

»Ich glaube nicht.« Ich gab ihm meine Nummer, damit er die Notizen an mich weiterleiten konnte, und versprach, sie mir anzusehen.

»Danke«, sagte er. Seine Stimme zitterte. »Davis meint, wir

sind besser dran, wenn er auf der Flucht ist. Er sagt, wenn er in den Knast käme, wäre es schlimmer.«

»Und was meinst du?«

Er sah einen Moment zu mir hoch, dann sagte er: »Ich will, dass er heimkommt.«

Ich setzte mich neben ihn. »Er kommt bestimmt wieder.«

Er lehnte sich rüber und drückte die Schulter gegen meine. Ich stand nicht sonderlich auf Berührungen mit Fremden, erst recht nicht, wenn sie seit einer Weile nicht geduscht hatten, aber ich sagte: »Es ist okay, Angst zu haben, Noah.« Und dann drehte er sich weg von mir und begann zu schluchzen. »Alles wird gut«, log ich. »Alles wird gut. Er kommt bestimmt wieder heim.«

»Ich kann nicht mehr geradeaus denken«, sagte er mit erstickter Stimme. »Seit er weg ist, kann ich nicht mehr geradeaus denken.«

Ich kannte das Gefühl – ich konnte mein Leben lang nicht geradeaus denken oder auch nur einen Gedanken zu Ende denken, weil meine Gedanken keine Linien, sondern ineinander verknotete Schleifen waren, Treibsand, Wurmlöcher, die alles Licht verschluckten. »Alles wird gut«, log ich wieder. »Wahrscheinlich musst du dich nur mal richtig ausschlafen.« Ich wusste nicht, was ich sonst sagen sollte. Er war so klein und so allein.

»Sagst du mir Bescheid? Ich meine, wenn du was über Dad rausfindest?«

»Ja, klar.«

Irgendwann richtete er sich auf und wischte sich mit dem Ärmel über das Gesicht. Ich sagte ihm, er solle lieber ins Bett gehen. Es war fast Mitternacht.

Er stellte die Lucky-Charms-Schale auf den Tisch, stand auf und wanderte, ohne sich zu verabschieden, die Treppe hinauf.

Ich wusste nicht, was ich machen sollte, und der Beutel mit dem Geld, den ich mit mir herumtrug, machte mich ziemlich nervös, also ging ich am Ende einfach. Auf dem Weg zu Harold sah ich zum Himmel, und ich dachte an die Sterne in Kassiopeia, Jahrhunderte Lichtzeit von mir und voneinander entfernt.

Beim Gehen ließ ich die Tasche baumeln. Sie wog fast nichts.

ZEHN

Am nächsten Morgen schrieb ich Daisy eine SMS.

Große Neuigkeiten ruf an wenn du kannst.

Sie rief sofort zurück.

»Hallo«, sagte ich.

»Ich weiß, er ist ein Riesenbaby«, antwortete sie. »Aber aus der Nähe betrachtet finde ich ihn richtig scharf. Und meistens ziemlich charmant und sexuell offen und entspannt, auch wenn wir es noch nicht *getan* haben oder so was.«

»Schön für dich, aber gestern Abend …«

»Und er scheint mich echt zu mögen. Normalerweise habe ich immer das Gefühl, Jungs haben Angst vor mir, aber er hat keine. Wenn er mich im Arm hält, fühle ich mich echt *geborgen*, weißt du, was ich meine? Und er hat heute Morgen schon angerufen, was ich süß fand und nicht klettenmäßig oder aufdringlich. Aber keine Angst, ich bin nicht die Art beste Freundin, die ihre BFF abserviert, nur weil sie verliebt ist. Warte mal, o Gott, habe ich gerade gesagt, ich bin verliebt? Wir haben uns vor weniger als zwölf Stunden zum ersten Mal geküsst, und ich werfe mit der L-Bombe um mich. Was ist bloß los mit mir? Warum ist dieser Typ, den ich seit der achten Klasse kenne, auf einmal so toll?«

»Weil du zu viel Fanfiction-Liebesgeschichten liest?«

»Zu viel Fanfiction ist ein Widerspruch in sich«, gab sie zurück. »Wie geht's Davis?«

»Darüber wollte ich mit dir reden. Können wir uns irgendwo treffen? Es ist besser, wenn ich es dir zeige.« Ich wollte ihr Gesicht sehen, wenn sie das Geld sah.

»Leider bin ich schon zum Frühstück verabredet.«

»Ich dachte, du servierst deine BFF nicht ab«, sagte ich.

»Tue ich auch nicht. Ich bin mit Chuck E. Cheese verbredet. Leider. Kann es bis Montag warten?«

»Eher nicht.«

»Okay, ich arbeite bis sechs. Wir treffen uns bei Applebee's. Aber vielleicht muss ich multitasken, weil ich auch noch eine Geschichte fertig schreiben will – nimm's nicht persönlich, aber jetzt ruft er an, ich muss aufhören, danke, tschüs.«

Als ich auflegte, bemerkte ich, dass Mom in der Tür stand. »Alles in Ordnung?«, fragte sie.

»Heilige Helikopter-Mom!«

»Wie war dein Rendezvous mit dem jungen Mann?«

»Welcher? Da sind so viele. Ich brauche eine Excel-Tabelle, um sie auseinanderzuhalten.«

Um die Zeit totzuschlagen, sah ich mir am Vormittag Noahs Datei mit den Einträgen aus der Notizen-App seines Vaters an. Es war eine lange, scheinbar zusammenhanglose Liste – alle möglichen Gedankenschnipsel, von Buchtiteln bis Zitate.

Märkte streben langfristig immer nach mehr Freiheit
Erfahrungswerte
5. Stock, Treppe eins
Coetzee »Schande«

So ging es seitenlang, persönliche Gedächtnisstützen, deren Sinn sich niemand anderem erschloss. Nur die letzten vier Einträge des Dokumentes weckten mein Interesse:

Malediven Kosovo Kambodscha
»Never Tell Our Business to Strangers«
Außer du lässt ein Bein zurück
Jogger-Mund

Die Notizen hatten kein Datum, und man konnte auch nicht sehen, ob sie vom gleichen Tag stammten, aber irgendwie schien es eine Verbindung zu geben: Nach einer kurzen Internetrecherche wusste ich, dass der Kosovo, Kambodscha und die Malediven eines gemeinsam hatten – sie waren Staaten, die keinen Auslieferungsvertrag mit den USA hatten, was bedeutete, dass Pickett vielleicht dort bleiben könnte, ohne sich der Anklage in seiner Heimat stellen zu müssen. *Never Tell Our Business to Strangers* war die Autobiografie einer Frau, deren Vater sein Leben lang auf der Flucht vor dem Gesetz gewesen war. Und das Zitat »Außer du lässt ein Bein zurück« stammte aus einem Artikel mit dem Titel »Wie Wirtschaftsverbrecher auf der Flucht überleben«, in dem ein Experte erklärte, warum es so schwierig war, den eigenen Tod vorzutäuschen.

Nur der »Jogger-Mund« blieb ein völliges Rätsel, und die Internetsuche brachte nichts außer ein paar Leuten, die mit offenem

Mund joggten. Aber die Stichwörter, die wir nur für uns selbst machen, sind für andere immer rätselhaft und absurd. Dafür sind solche Apps ja gut. Vielleicht hatte Pickett einen Jogger mit einem interessanten Mund gesehen. Noah tat mir leid, aber irgendwann legte ich die Liste beiseite.

Harold und ich waren eine halbe Stunde zu früh bei Applebee's. Aus irgendeinem Grund hatte ich Angst auszusteigen, aber wenn man das mittlere Segment von Harolds Rückbanklehne herunterklappte, konnte man vom Innenraum direkt in den Kofferraum greifen. Also kletterte ich nach hinten und tastete durch die Luke im Dunkeln herum, bis ich den Beutel mit dem Geld, das Telefon meines Vaters und das Ladegerät fürs Auto fand.

Ich versteckte den Beutel unter dem Beifahrersitz, schloss das Ladegerät an und wartete, bis Dads Handy genug aufgeladen war, dass ich es einschalten konnte.

Mom hatte Dads Fotos und E-Mails vor Jahren von seinem Handy auf ihren Computer und verschiedene Festplatten kopiert, aber ich sah sie mir am liebsten auf seinem Telefon an – einerseits, weil ich sie mir immer dort angesehen hatte, aber auch, weil es irgendwie magisch war, dass es *sein* Handy war und dass es nach acht Jahren immer noch funktionierte, auch wenn sein Körper längst nicht mehr funktionierte.

Das Display leuchtete auf, der Bildschirmhintergrund war ein Foto von meiner Mutter und mir im Juan-Solomon-Park, mein siebenjähriges Ich auf der Schaukel, so weit zurückgelehnt, dass ich kopfüber in die Kamera grinse. Mom sagte immer, ich würde mich an die Fotos erinnern, nicht an die eigentlichen Momente, als sie gemacht wurden, aber ich glaubte trotzdem, ich erinnerte mich –

wie Dad mich auf der Schaukel anschubste, seine Hand so groß wie mein Rücken, das Gefühl von Sicherheit, weil ich wusste, immer, wenn ich von ihm wegschwang, schwang ich auch wieder zu ihm zurück.

Ich öffnete seinen Bilderordner. Die meisten Fotos hatte er gemacht, sodass er selbst fast nie zu sehen war – aber dafür sah man, was er sah, was er interessant fand, hauptsächlich mich, meine Mutter und den von Ästen zerteilten Himmel.

Ich wischte die Bilder nach rechts und sah zu, wie wir alle jünger wurden. Mom auf einem winzigen Dreirad mit mir auf den Schultern, ich beim Frühstück, das ganze Gesicht voll Zimt und Zucker. Er selbst tauchte nur in Selfies auf. Weil Handys damals noch keine Selfie-Kamera hatten, musste er schätzen, wo er war. Diese Fotos waren unweigerlich schief, ein Teil von uns abgeschnitten, aber man sah immer mindestens mich, an meine Mutter geklammert – ich war ein Mamakind.

Auf den Fotos war sie so jung – die Haut straff, das Gesicht schmal. Häufig hatte er fünf oder sechs Fotos hintereinander gemacht, in der Hoffnung, ein gutes zu erwischen. Wenn man die Bilder schnell durchging, wurde Moms Lächeln größer und kleiner, mein zappeliges sechsjähriges Ich rutschte hin und her, nur Dads Gesicht veränderte sich nie.

Nachdem er umfiel, lief immer noch Musik auf seinem Kopfhörer. Daran erinnere ich mich wirklich. Er hatte gerade einen alten Soulsong gehört, der immer noch laut aus seinen Ohrstöpseln kam, als Dad auf der Wiese lag. Er lag einfach da, und der Rasenmäher blieb stehen, nicht weit entfernt von dem einzigen Baum in unserem Garten. Mom sagte, ich solle den Notarzt anrufen. Ich erklärte der Zentrale, mein Vater sei hingefallen. Sie fragte, ob er atmete. Ich fragte meine Mutter, und sie sagte Nein, und die ganze Zeit kam dieser völlig unpassende Soulsong aus seinem Kopfhörer.

Mom machte Herzdruckmassage, bis der Krankenwagen kam. Da war mein Vater längst tot, aber das wussten wir nicht. Wir wussten es nicht, bis ein Arzt die Tür des fensterlosen »Familienraums« im Krankenhaus öffnete, wo wir warteten, und fragte: »Hatte ihr Ehemann Herzprobleme?« *Hatte*.

Meine Lieblingsfotos von Dad sind die, auf denen er verschwommen ist, denn das trifft ihn als Mensch irgendwie am besten, und so blieb ich bei einem davon, einem Schnappschuss, den er von sich und einem Freund bei einem Basketballspiel der Pacers gemacht hatte, im Hintergrund das Spielfeld, ihre Gesichter verschwommen.

Und dann erzählte ich ihm alles. Ich erzählte ihm, dass ich durch Glück an Geld geraten war und dass ich versuchte, das Richtige damit zu tun, und dass er mir fehlte.

Ich hatte Dads Handy und Ladegerät wieder im Kofferraum verstaut, als Daisy auftauchte. Sie war auf dem Weg ins Restaurant, aber ich rief sie durch Harolds offenes Fenster herüber. Sie setzte sich auf den Beifahrersitz.

»Kannst du mich nachher nach Hause fahren? Mein Vater bringt Elena zu irgendeinem Mathe-Ding.«

»Ja, klar. Hör zu, da ist eine Tasche unter deinem Sitz«, sagte ich. »Raste nicht aus.«

Sie griff unter den Sitz, zog den Beutel heraus und sah hinein. »*Ach du Scheiße*«, flüsterte sie. »O mein Gott, Holmesy. Was ist das? Ist das echt?« In ihren Augen standen Tränen. Ich hatte Daisy noch nie weinen sehen.

»Davis hat gesagt, das ist es ihm wert. Er gibt uns die Belohnung lieber selbst, als dass wir weiter herumschnüffeln.«

»Ist das echt?«

»Scheint so. Morgen soll sich sein Anwalt bei mir melden.«

»Holmesy, sind das … Das sind 100 000 Dollar?«

»Ja, 50 000 für jeden. Meinst du, wir können es behalten?«

»Teufel, ja, wir können es behalten.«

Ich erzählte ihr, was Davis über die Portokasse gesagt hatte, aber ich hatte trotzdem Angst, dass es vielleicht schmutziges Geld sei oder dass ich Davis ausnutzte oder …

Daisy unterbrach mich. »Holmesy. Ich habe dermaßen die Nase voll von der Idee, dass es irgendwie edel sein soll, Geld abzulehnen.«

»Aber es ist … Ich meine, wir haben das Geld nur bekommen, weil wir jemanden kennen.«

»Ja, und Davis Pickett hat das Geld nur, weil *er* jemanden kennt, nämlich seinen Vater. Das ist weder illegal noch unmoralisch. Das ist *supercool.*«

Sie starrte durch die Windschutzscheibe. Draußen hatte es zu nieseln angefangen – es war einer dieser bedeckten Tage in Indiana, an denen man das Gefühl hatte, der Himmel wäre ganz nah am Boden.

Die Ampel auf der Ditch Road wurde erst gelb, dann rot. »Jetzt kann ich studieren«, sagte sie. »Und zwar nicht an der Abendschule.«

»Na ja, das Geld reicht nicht für ein ganzes Studium.«

Sie lächelte. »Ja, ich weiß, dass es nicht für ein ganzes Studium reicht, Professor Spaßbremse. Aber es sind 50 000 Dollar, die das Studium sehr viel einfacher machen.« Sie sah mich an, packte mich an den Schultern und schüttelte mich. »HOLMESY. FREU DICH. WIR SIND REICH.« Dann zog sie einen einzelnen Hundert-Dollar-Schein aus einem der Bündel und steckte ihn ein. »Heute suchen wir uns das Beste aus, was Applebee's zu bieten hat.«

An unserem Stammtisch schockierten wir Holly, indem wir zwei Softdrinks bestellten. Als sie mit unseren Getränken zurückkam, fragte sie Daisy: »Willst du den Blazin' Texan Burger?«

»Holly, was ist bei euch das beste Steak?«

Holly antwortete mürrisch wie immer: »Keins davon ist besonders gut.«

»Dann nehme ich den Blazin' Texan Burger, aber diesmal mit einer Portion Zwiebelringe. Und ja, ich weiß, dass das extra kostet.«

Holly nickte, dann sah sie zu mir.

»Veggie-Burger«, sagte ich. »Ohne Käse, ohne Mayo, ohne …«

»Ich weiß«, sagte Holly. »Coupon?«

»O nein, Holly«, entgegnete Daisy. »Heute nicht.«

Das Abendessen verbrachten wir damit, uns bis ins Detail auszumalen, wie Daisy bei Chuck E. Cheese kündigte. »Morgen gehe ich hin, ein ganz normaler Tag. Aber wenn ich das kurze Streichholz ziehe, nehme ich das Chuckie-Kostüm und gehe. Ich gehe zur Tür raus, steige in mein nagelneues Auto, nehme Chuckie mit nach Hause, lass ihn ausstopfen und hänge ihn mir an die Wand wie eine Jagdtrophäe.«

»Es ist abartig, sich den Kopf von etwas, was man getötet hat, an die Wand zu hängen«, sagte ich. »Das Gästehaus bei Davis ist voll mit dem Zeug.«

»Wem sagst du das«, sagte Daisy. »Mychal und ich haben uns im Schatten eines echten Elchkopfs geküsst. Übrigens, danke fürs Reinplatzen, du Lustmolch.«

»Tut mir leid. Ich wollte dir nur sagen, dass du reich bist.« Sie lachte und schüttelte wieder ungläubig den Kopf. »Danach habe ich mich zu Noah gesetzt, Davis' kleinem Bruder. Er hat gefragt, ob ich irgendwas über seinen Vater wüsste, und dann hat er mir eine Liste seiner Notizen aus der Cloud gegeben. Hier« – ich zeigte ihr die Datei auf meinem Telefon. »Der letzte Eintrag war ›Jogger-Mund‹. Sagt dir das irgendwas?« Sie schüttelte nachdenklich den Kopf. »Er tut mir echt leid«, sagte ich. »Er hat geweint und alles.«

»Der Kleine ist nicht dein Problem«, gab Daisy zurück. »Wir sind nicht die Mutter Teresa der Reichen. Wir wollen selbst reich werden, und wir sind nahe dran.«

»Na ja, 50 000 Dollar machen uns nicht *reich*«, wandte ich ein. »Das ist weniger als die Hälfte von dem, was allein die Gebühren für das Studium an der Indiana University kosten würden.« Die IU war die staatliche Uni in Bloomington, zwei Stunden südlich von Indianapolis.

Daisy schwieg lange, den Blick ins Leere gerichtet. »Okay«, sagte sie dann. »Ich habe kurz nachgerechnet. 50 000 Dollar sind ungefähr 5900 Stunden bei Chuck E. Cheese. Und das sind ungefähr 700 Acht-Stunden-Schichten, wenn man überhaupt eine volle Schicht kriegt, was meistens nicht der Fall ist. Und das hieße zwei Jahre, sieben Tage die Woche, acht Stunden am Tag arbeiten. Kann sein, dass das für dich nicht reich ist, Holmesy, aber für mich ist es reich.«

»So gesehen«, sagte ich.

»Und alles in einer Schachtel Cheerios.«

»Na ja, die Hälfte war in einer Schachtel Vollkornflocken.«

»Weißt du, was dich als echte beste Freundin auszeichnet, Holmesy? Dass du mir überhaupt von dem Geld erzählt hast. Ich *hoffe*, ich wäre auch die Art von Mensch, der gerecht mit dir teilen würde, wenn ich einen Sechser im Lotto hätte, aber ehrlich gesagt vertraue ich mir nicht ganz.« Sie biss in den Burger und schluckte das meiste davon runter, bevor sie sagte: »Dieser Anwalt will uns das Geld doch nicht wieder wegnehmen, oder?«

»Ich glaube nicht.«

»Wir sollten es zur Bank bringen«, sagte sie. »Gleich ein Konto eröffnen.«

»Davis sagt, wir sollen warten, bis wir mit dem Anwalt gesprochen haben.«

»Vertraust du ihm?«

»Ja. Auf jeden Fall.«

»Ooh, Holmesy, wir sind beide verliebt. Ich in einen Künstler und du in einen Milliardär. Endlich leben wir das Märchen-Leben, das uns zusteht.«

Das Essen kostete weniger als 30 Dollar, aber wir gaben Holly 20 Dollar Trinkgeld, weil sie sich immer so mit uns rumquälen musste.

ELF

Am Sonntagmorgen sah ich Videos auf dem Handy, als jemand anrief. »Hallo?«, sagte ich.

»Aza Holmes?«

»Am Apparat.«

»Hier spricht Simon Morris. Soweit ich weiß, sind Sie bekannt mit Davis Pickett.«

»Einen Moment, bitte.« Ich schlüpfte in meine Schuhe, schlich mich an Mom vorbei, die im Wohnzimmer Mathearbeiten korrigierte und dabei fernsah, und ging in den Garten. Ich lief bis zum hinteren Ende und setzte mich mit Blick zum Haus auf die Wiese.

»Okay. Hallo.«

»Nach meinen Informationen haben Sie von Davis eine Schenkung erhalten.«

»Ja«, sagte ich. »Ich habe es mir mit meiner Freundin geteilt. Geht das?«

»Wie Sie Ihre finanziellen Angelegenheiten regeln, spielt für mich keine Rolle. Ms. Holmes, Sie werden feststellen, dass die meisten Banken misstrauisch werden, wenn ein Teenager eine größere Anzahl Hundert-Dollar-Scheine einzahlen möchte, daher habe ich mir erlaubt, mit einem unserer Sachbearbeiter bei der Second Indianapolis Bank zu sprechen, und dort wird man Ihre Einlage akzeptieren. Ich habe am Montag in der Filiale 86. Straße Ecke

College Street um 15 Uhr 15 einen Termin für Sie ausgemacht. Soweit ich weiß, haben Sie bis 14 Uhr 55 Schule, was Ihnen genug Zeit gibt, um pünktlich dort zu sein.«

»Woher wissen Sie …«

»Ich bin gründlich.«

»Darf ich Ihnen eine Frage stellen?«

»Das haben Sie gerade«, stellte er trocken fest.

»Kümmern Sie sich um Russell Picketts Angelegenheiten, solange er weg ist?«

»Das ist korrekt.«

»Und falls Pickett wieder auftaucht …«

»Dann gehören Freud und Leid seines Lebens wieder ihm. In der Zwischenzeit bin ich verantwortlich. Dürfte ich Sie bitten, zur Sache zu kommen?«

»Ich mache mir Sorgen um Noah.«

»Sorgen?«

»Er wirkt ziemlich verzweifelt, und irgendwie ist da niemand, der sich um ihn kümmert. Ich meine, gibt es keine Verwandten?«

»Keine, mit denen die Picketts gute Beziehungen pflegen. Davis wurde zum mündigen Minderjährigen erklärt und ist der gesetzliche Vormund seines Bruders.«

»Ich rede nicht von gesetzlichem Vormund. Ich meine jemand, der sich, Sie wissen schon, um ihn kümmert. Ich meine, Davis ist kein *Elternteil*. Die beiden können doch ab jetzt nicht einfach allein bleiben, oder? Was ist, wenn ihr Vater tot ist oder so was?«

»Ms. Holmes, der Tod im juristischen Sinn ist etwas anderes als der Tod im körperlichen Sinn. Ich bin überzeugt, dass sich Russell sowohl in juristischer als auch in körperlicher Hinsicht bester Gesundheit erfreut, aber dass er juristisch lebt, *weiß* ich, weil eine

Rechtsperson nach dem Gesetz von Indiana so lange lebt, bis entweder physische Beweise für ihr Ableben vorliegen, oder seit dem letzten Lebenszeichen sieben Jahre vergangen sind. Die juristische Frage ist also …«

»Ich meinte nicht im juristischen Sinn«, sagte ich. »Ich meine einfach, wer kümmert sich um ihn?«

»Ich kann Ihre Frage nur juristisch beantworten. Und die juristische Antwort ist, ich kümmere mich um die finanziellen Angelegenheiten, die Haushälterin kümmert sich um die Angelegenheiten, die das Haus betreffen, und Davis ist der Vormund. Ihre Anteilnahme ist lobenswert, Ms. Holmes, aber ich versichere Ihnen, in juristischer Hinsicht ist alles geregelt. 15 Uhr 15 morgen. Die zuständige Dame heißt Josephine Jackson. Haben Sie sonst noch Fragen, die für Ihre Situation relevant sind?«

»Ich glaube nicht.«

»Sie haben ja meine Nummer, Ms. Holmes. Alles Gute.«

Am nächsten Tag in der Schule ging es mir gut, bis Daisy und ich uns auf den Weg zur Bank machten. Ich saß am Steuer, und Daisy erzählte mir, dass ihre letzte Chewbacca-Geschichte in der Welt der *Star-Wars*-Fanfiction viral gegangen sei und dass sie einen Haufen Komplimente bekommen und die ganze Nacht an ihrem Aufsatz über *Der scharlachrote Buchstabe* geschrieben habe. Ab jetzt würde sie aber hoffentlich wieder genug Schlaf bekommen, da sie sich bei Chuck E. Cheese »zur Ruhe gesetzt« habe. Es ging mir gut. Ich fühlte mich wie ein ganz normaler Mensch, nicht als würde ich mir den Kopf mit einem Dämon teilen, der mich zu Gedanken zwang, die ich hasste, und gerade als ich dachte: *Diese Woche geht es mir besser. Vielleicht helfen die Medikamente,* tauchte aus heiterem Himmel der Gedanke auf: *Die Medikamente betäuben dich bloß, und du hast vergessen, heute Morgen das Pflaster zu wechseln.*

Dabei war ich mir eigentlich sicher, dass ich das Pflaster gleich nach dem Aufstehen gewechselt hatte, direkt vor dem Zähneputzen, aber der Gedanken ließ nicht locker. *Ich glaube nicht, dass du es gewechselt hast. Ich glaube, das ist noch das Pflaster von gestern Abend.* Nein, von gestern Abend kann es nicht sein, weil ich es auf jeden Fall nach dem Mittagessen gewechselt habe. *Wirklich?* Ich glaube schon. *Du GLAUBST?* Ich bin mir sicher. *Aber die Wunde nässt.* Was stimmte. Sie war noch nicht verheilt. *Und du trägst dasselbe Pflaster seit – o Gott – wahrscheinlich über 37 Stunden und lässt die Wunde in diesem warmen, feuchten Pflaster vor sich hin eitern.* Ich warf einen Blick auf das Pflaster. Es sah neu aus. *Du hast es nicht gewechselt.* Doch, ich glaube schon. *Bist du dir sicher?* Nein, aber es ist doch ein Fortschritt, wenn ich nicht alle fünf Minuten nachschaue. *Ja, ein Fortschritt für die Entzündung.* Ich sehe nachher in der Bank nach. *Wahrscheinlich ist es sowieso zu spät.* Das ist doch lächerlich. *Wenn die Entzündung erst mal im Blut ist.* Hör auf, das ist absurd, die Wunde ist nicht mal rot oder geschwollen. *Du weißt, dass das nicht sein muss.* Bitte hör auf, ich wechsele das Pflaster in der Bank – *DU WEISST, DASS ICH RECHT HABE.*

»War ich vor dem Mittagessen auf dem Klo?«, fragte ich Daisy leise.

»Weiß nicht«, sagte sie. »Na ja, du bist als Letzte an den Tisch gekommen, also nehme ich es an.«

»Aber habe ich es erwähnt?«

»Nein, du hast nicht gesagt: ›Seid gegrüßt, Tischgenossen. Ich komme gerade vom Klo zurück.‹«

Ich spürte die Spannung zwischen dem Wunsch, am Straßenrand zu halten und das Pflaster zu wechseln, und der Gewissheit, dass Daisy mich für gestört halten würde. Ich redete mir ein, alles sei gut, es sei nur eine Störung in meinem Gehirn, die Gedanken waren nur Gedanken, aber als ich einen Blick auf das Pflaster warf, sah ich, dass ein Fleck durchsickerte. Ich sah den Fleck. Blut. Oder Eiter. Oder sonst was.

Ich hielt auf dem Parkplatz eines Optikers, zog das Pflaster ab und inspizierte die Wunde. Sie war an den Rändern rot. Am Pflaster war getrocknetes Blut. Es sah aus, als hätte ich es seit einer Weile nicht gewechselt.

»Holmesy, ich bin mir sicher, dass du auf dem Klo warst. Du gehst *immer* aufs Klo.«

»Ist auch egal. Die Wunde ist entzündet«, sagte ich.

»Nein, ist sie nicht.«

»Siehst du, wie rot sie ist?« Ich zeigte auf die leichte Rötung zu beiden Seiten der Wunde. »Das ist eine Entzündung. Das ist ein großes Problem.« Ich ließ selten jemand unter das Pflaster sehen, aber ich wollte, dass Daisy verstand. Das hier war anders als sonst. Das hier war keine irrationale Sorge – getrocknetes Blut war ungewöhnlich, selbst wenn die Hornhaut aufgerissen war. Es bedeutete, dass ich das Pflaster schon viel zu lange nicht gewechselt hatte. Das war nicht normal. Andererseits, fühlte es sich nicht immer so an? Nein, diesmal fühlte es sich anders als die anderen Male an. Ich hatte sichtbare Hinweise auf eine Entzündung.

»Dein Finger sieht genauso aus wie jedes Mal, wenn du dir Sorgen machst.«

Ich drückte Desinfektionsmittel auf den Riss, spürte das bohrende Brennen, packte ein neues Pflaster aus und klebte es auf meinen Finger. Dann saß ich eine Weile da, schämte mich, wünschte, ich wäre alleine, aber gleichzeitig hatte ich Angst. Ich wurde den Gedanken an die Rötung und die Schwellung nicht los, mit der meine Haut auf die Invasion parasitärer Keime reagierte. Ich hasste mich. Hasste das.

»Hey«, sagte Daisy. Sie legte mir die Hand aufs Knie. »Lass nicht zu, dass Aza fies zu Holmesy ist, okay?«

Es war anders. Das Infektionsmittel brannte nicht mehr, was bedeutete, dass die Bakterien in Ruhe weiter brüten konnten, von meinem Finger in mein Blut ausschwärmen konnten. Warum hatte ich die Schwiele bloß geöffnet? Warum konnte ich die Wunde nicht in Ruhe verheilen lassen? Warum musste ich mir ständig selbst eine klaffende Wunde zufügen, ausgerechnet am Finger? Die Hände sind der schmutzigste Teil des Körpers. Warum konnte ich mir nicht ins Ohrläppchen oder in den Bauch oder in den Knöchel zwicken? Wahrscheinlich starb ich jetzt an einer Blutvergiftung, wegen eines albernen Kindheitsrituals, das nicht mal bewies, was es beweisen sollte, weil man das, was ich wissen wollte, überhaupt nicht wissen konnte, weil man nie irgendwas wirklich wissen konnte.

Es wäre besser, wenn du die Wunde noch mal desinfizierst. Nur noch ein paarmal. Es war 15 Uhr 12. Wir mussten zur Bank. Ich zog das Pflaster ab, träufelte Desinfektionsmittel auf die Wunde, klebte ein frisches Pflaster auf. Es war 15 Uhr 13. Daisy fragte: »Soll ich fahren?« Ich schüttelte den Kopf. Ließ den Motor an. Legte den Rückwärtsgang ein. Dann schaltete ich wieder in Leerlauf.

Zog das Pflaster ab, desinfizierte die Wunde. Diesmal brannte es weniger. Vielleicht hieß das, dass die meisten tot waren. Oder es hieß, sie waren schon zu tief drin, waren schon durch die Haut und im Blut. Noch mal nachsehen. Sieht es so aus, als ginge die Schwellung zurück? Es sind erst acht Minuten vergangen, zu wenig Zeit. Stopp. Es war 15 Uhr 15. »Holmesy«, sagte Daisy. »Wir müssen los. Ich kann fahren.«

Ich schüttelte wieder den Kopf, legte den Rückwärtsgang ein, und diesmal schaffte ich es loszufahren. »Ich wünschte, ich könnte es verstehen«, sagte Daisy, während ich fuhr. »Ist es zum Beispiel besser, wenn ich versuche, dich zu beruhigen, oder soll ich mich lieber mit dir sorgen? Gibt es *irgendwas*, was dir hilft?«

»Es ist entzündet«, flüsterte ich. »Und ich bin selbst schuld. Wie immer. Ich habe die Wunde aufgemacht, und jetzt ist sie entzündet.« Ich war der Fisch, der mit dem Parasiten infiziert war und zur Oberfläche schwamm, um gefressen zu werden.

Als wir endlich in der Bank waren, blieb ich im Hintergrund, während Daisy sich an einem Schalter vorstellte, und dann wurden wir nach hinten zu einem verglasten Büro geführt, in dem eine dünne Frau in einem schwarzen Anzug unser Geld in eine Maschine legte, die die Scheine sortierte und zählte. Wir füllten eine Reihe von Formularen aus und bekamen jeder ein nagelneues Konto mit einer nagelneuen Bankkarte, die in sieben bis zehn Tagen fertig sein sollte. Die Frau gab uns fünf vorläufige Schecks, die wir benutzen konnten, bis unsere persönlichen Schecks gedruckt waren, und riet uns, während der nächsten sechs Monate keine größeren Anschaffungen zu machen, »damit ihr euch an den Gedanken gewöhnen könnt, ein Polster zu haben«. Dann fing sie an, uns über Anlageformen zu informieren – Sparkonten fürs Studium, Investmentfonds, Pfandbriefe oder Aktien –, und ich versuchte zuzuhören, aber das Problem war, dass ich gar nicht in der Bank war. Ich war in meinem Kopf, und der Mahlstrom meiner Gedanken brüllte, dass ich mein Schicksal besiegelt hätte, indem ich über einen Tag lang vergessen hatte, das Pflaster zu wechseln, dass es jetzt zu spät sei. Ich spürte die Hitze und das Pulsieren in meiner Fingerspitze, und man weiß, dass es echt ist, wenn man es *spürt*, weil die Sinne nicht lügen. Oder? Ich dachte: *Es passiert*, das *Es* ist zu grauenhaft und unfassbar, um es mit etwas anderem als einem Pronomen zu bezeichnen.

Auf der Fahrt zu Daisys Wohnblock vergaß ich immer wieder, warum ich an der Ampel stehen blieb, und jedes Mal, wenn ich gerade Gas geben wollte, sah ich auf und erinnerte mich, ach ja. Die Ampel ist rot.

Oft wird von den positiven Seiten des Wahnsinns gesprochen – Dr. Karen Singh hatte mir das Zitat von Edgar Allan Poe vorgelesen: »Es ist noch die Frage, ob Wahnsinn nicht die höchste Stufe der Intelligenz ist.« Wahrscheinlich wollte sie mich trösten, aber ich finde, psychische Störungen werden extrem überbewertet. Wahnsinn geht nach meiner zugegebenermaßen begrenzten Erfahrung nicht mit Superkräften einher. Gemütskrankheiten erhöhen die Intelligenz genauso wenig wie die Grippe. Angeblich hätte ich also eine geniale Detektivin sein müssen, aber in Wirklichkeit hatte ich die schlechteste Beobachtungsgabe von allen, die ich kannte. Auf der Fahrt zu Daisy und später nach Hause nahm ich absolut nichts wahr, was außerhalb meiner Selbst stattfand.

Zu Hause rannte ich ins Bad und untersuchte die Wunde. Sie schien weniger geschwollen zu sein. Vielleicht. Aber vielleicht war auch das Licht im Bad zu schwach, um richtig zu sehen. Ich wusch die Wunde mit Seife und Wasser, tupfte sie trocken, trug Desinfektionsmittel auf und klebte ein frisches Pflaster auf den Finger.

Außerdem nahm ich mein Medikament und ein paar Minuten später eine längliche weiße Tablette, die ich nehmen sollte, wenn ich eine Panikattacke hatte.

Ich ließ mir die leicht süße Tablette auf der Zunge zergehen und wartete auf die Wirkung. Ich war mir ganz sicher, dass mich irgendetwas umbringen würde, und ich hatte natürlich recht: Irgendwas brachte einen eines Tages um, und man konnte nie wissen, ob dieser Tag heute war.

Nach einer Weile wurde mein Kopf schwer, und ich setzte mich vor den Fernseher. Ich hatte nicht genug Energie, um ihn einzuschalten, also starrte ich bloß auf den schwarzen Bildschirm.

Von der länglichen Pille wurde ich extrem träge, aber nur von der Nasenwurzel aufwärts. Mein Körper fühlte sich wie immer an, kaputt und ungenügend auf die übliche Art, aber mein Gehirn war lahm und erschöpft, wie die Nudelbeine eines Läufers nach dem Marathon. Mom kam nach Hause und ließ sich neben mich fallen. »Langer Tag«, sagte sie. »Das Problem sind nicht die Schüler, Aza. Es sind die Eltern, die mir das Leben schwer machen.«

»Tut mir leid«, sagte ich.

»Wie war dein Tag?«

»Okay«, sagte ich. »Ich habe kein Fieber, oder?«

Sie legte die Hand auf meine Stirn. »Ich glaube nicht. Fühlst du dich krank?«

»Nur müde, glaube ich.« Mom stellte den Fernseher an, und ich sagte, ich würde mich hinlegen und Hausaufgaben machen.

Ich las eine Weile im Geschichtsbuch, aber mein Bewusstsein fühlte sich an wie eine Kamera mit verschmierter Linse, und so schickte ich stattdessen eine Nachricht an Davis.

Ich: Hi.

Er: Hi.

Ich: Wie geht's dir?

Er: Ganz gut, und dir?

Ich: Auch ganz gut.

Er: Lass uns das krampfige Schweigen IRL fortsetzen.

Ich: Wann?

Er: Donnerstagabend ist ein Meteorschauer. Sollte ein guter sein, falls der Himmel klar ist.

Ich: Klingt toll. Bis dann. Ich muss los, meine Mutter ist reingekommen.

Mom stand wirklich in der Tür.

»Was gibt's?«, fragte ich.

»Wollen wir zusammen kochen?«

»Ich muss lesen.«

Sie kam rein und setzte sich auf die Bettkante. »Hast du Angst?«

»Ein bisschen.«

»Wovor?«

»Kann ich nicht sagen. Es gibt kein Wovor. Ich habe einfach Angst.«

»Ich weiß nicht, was ich tun kann, Aza. Ich sehe dir an, dass du leidest, und ich würde dir den Schmerz so gern abnehmen.«

Ich hasste es, ihr wehzutun. Ich hasste es, dass sie sich meinetwegen hilflos fühlte. Ich hasste es. Sie strich mir übers Haar. »Alles ist gut«, sagte sie. »Alles ist gut. Ich bin da. Ich gehe nicht weg.« Unwillkürlich wich ich zurück, als sie weiter mit meinem Haar spielte. »Vielleicht musst du dich nur mal richtig ausschlafen«, sagte sie schließlich. Die gleiche Lüge, mit der ich Noah abgespeist hatte.

ZWÖLF

Als ich am Morgen des Meteorschauers mit Harold zur Schule kam, stand auf meinem Parkplatz ein leuchtend orangener VW Käfer. Ich stellte mich daneben, und dann sah ich, dass Daisy am Steuer saß. Ich ließ Harolds Fenster herunter. »Hat Josephine von der Bank nicht gesagt, wir sollen mit größeren Anschaffungen sechs Monate warten?«

»Ja, ja, ich weiß«, sagte Daisy. »Aber ich konnte den Verkäufer von 10000 auf 8400 Dollar runterhandeln, also habe ich eigentlich sogar Geld gespart. Weißt du, wie die Farbe heißt?« Sie schnipste mit den Fingern. »Snap Orange! Weil er ein Schnäppchen war.«

»Wirf das Geld nicht zum Fenster raus, okay?«

»Keine Angst, Holmesy. Dieses Auto steigt im Wert. Liam ist ein zukünftiges Sammlerstück. Ich habe ihn übrigens Liam getauft.« Ich grinste – es war ein Insider-Witz, den niemand außer uns verstehen würde.

Auf dem Weg zum Haupteingang drückte mir Daisy ein dickes Buch in die Hand, den Fiske-College-Katalog, in dem jedes Jahr über 300 Unis beschrieben und bewertet wurden. »Den habe ich mir auch besorgt, aber ich schätze, ich brauche ihn doch nicht, weil ich auf jeden Fall auf die IU gehe. Ich wusste zwar, dass Colleges teuer sind, aber ein paar von denen kosten fast 100 000 Dollar *pro Jahr*. Was machen die da? Finden die Seminare auf Luxusyachten statt? Wohnen die Studenten in Schlössern und werden von Hauselfen bedient? Selbst jetzt, wo ich reich bin, kann ich mir keins von den schicken Colleges leisten.«

Nicht, wenn du dein Geld für Autos ausgibst, dachte ich, aber ich behielt es für mich und kam auf Picketts Verschwinden zu sprechen. »Hast du darüber nachgedacht, was Jogger-Mund heißen könnte?«

»Holmesy«, erwiderte sie. »Wir haben die Belohnung. Es ist vorbei.«

»Ja, ich weiß«, sagte ich. Bevor ich noch etwas sagen konnte, entdeckte Daisy Mychal am anderen Ende des Parkplatzes und lief zu ihm, um ihn in die Arme zu schließen.

Den ganzen Vormittag las ich Daisys College-Katalog. Immer wenn es klingelte, stand ich auf, bewegte mich in einen anderen Raum, setzte mich an einen anderen Tisch und legte mir den College-Katalog wieder auf den Schoß. Ich hatte nie darüber nachgedacht, dass ich eine andere Uni als die IU oder die Purdue Universität besuchen könnte – meine Mutter hatte an der IU studiert, mein Vater an der Purdue –, und beide waren vergleichsweise günstig, weil sie staatlich waren und man weniger bezahlen musste, wenn man im eigenen Bundesstaat studierte.

Aber als ich die Hunderte von Colleges sah, die der Katalog bewertete – in allen möglichen Kategorien, vom akademischen Angebot bis zum Mensa-Essen –, konnte ich mich nicht gegen den Traum von einem romantischen kleinen College wehren, in uralten Gemäuern irgendwo auf einem Berg. Ich las von einer Uni, wo man am selben Bibliothekstisch lernen konnte wie Alice Walker. Zugegeben, für die Studiengebühren dort waren 50 000 Dollar ein

Tropfen auf dem heißen Stein, aber ich könnte mich um ein Stipendium bewerben. Ich hatte gute Noten, und aus irgendeinem Grund war ich gut in standardisierten Tests.

Ich träumte vor mich hin, wie ich Kurse mit Titeln wie »Politische Geografie« und »Frauen in der britischen Literatur des 19. Jahrhunderts« belegte, in kleinen Seminarräumen, in denen wir alle im Kreis saßen. Ich stellte mir das Knirschen meiner Schritte auf den Kieswegen vor, wenn ich zur Bibliothek ging, wo ich mit Freunden lernte, oder abends auf dem Weg zur Mensa, wo es von Müsli bis Sushi alles gab, oder in das Campus-Café, wo wir über Philosophie und die herrschenden Machtverhältnisse diskutierten, oder worüber man sich sonst an der Uni unterhielt.

Es tat so gut, sich die Möglichkeiten vorzustellen – Westküste oder Ostküste? Stadt oder Land? Ich hatte das Gefühl, ich könnte überall hingehen. Mir all die Zukunftsszenarien auszumalen, all die Azas, die ich sein konnte, war eine willkommene Auszeit von dem Leben mit dem Ich, in dem ich im Moment feststeckte.

Nur zum Mittagessen unterbrach ich meine Lektüre. Mir gegenüber saß Mychal, der an einem neuen Kunstprojekt arbeitete – er pauste akribisch die Kurvenform irgendeines Songs auf ein Blatt Transparentpapier –, während Daisy unseren Tisch mit der Geschichte ihres Autokaufs unterhielt, ohne zu verraten, wo genau sie das nötige Geld herhatte. Nachdem ich ein paarmal in mein Sandwich gebissen hatte, schickte ich eine SMS an Davis. Wie viel Uhr heute Abend?

Er: Sieht aus, als wäre der Himmel bedeckt,
also kein Meteorschauer.

Ich: Der Meteorschauer war nicht mein Hauptinteresse.

Er: Oh. Dann nach der Schule?

Ich: Ich mache mit Daisy Hausaufgaben. Sieben Uhr?

Er: Sieben ist gut.

Nach der Schule schlossen Daisy und ich uns für ein paar Stunden zum Lernen in meinem Zimmer ein. »Ich habe erst vor drei Tagen mit Chuck E. Cheese Schluss gemacht, aber ich bin jetzt schon baff, wie leicht die Schule ist, wenn man nebenher nicht arbeiten muss«, sagte sie, als sie ihren Rucksack aufmachte. Dann nahm sie einen nagelneuen Laptop heraus und stellte ihn auf den Tisch.

»Mann, Daisy, gib nicht alles auf einmal aus«, flüsterte ich, damit Mom es nicht hörte. Daisy sah mich scharf an. »Was ist?«, fragte ich.

»Du hattest schon ein Auto und einen Computer«, zischte sie zurück.

»Ich meine nur, du sollst nicht alles ausgeben.«

Sie verdrehte die Augen, und ich fragte wieder *was ist*, aber sie verschwand in ihrer Online-Welt. Vom Bett aus konnte ich ihren Bildschirm sehen – sie sah sich die Kommentare zu ihren Geschichten an, während ich einen von Alexander Hamiltons Föderalisten-Essays für Geschichte las. Ich las die Worte, ohne sie zu verstehen, verrutschte in der Zeile und las denselben Absatz immer wieder.

Daisy war ein paar Minuten still, aber irgendwann sagte sie: »Ich gebe mir wirklich Mühe, nicht über dich zu urteilen, Holmesy, und es verletzt mich ganz schön, wenn du über mich urteilst.«

»Ich urteile gar nicht …«

»Ich weiß, du denkst, du wärst arm dran oder so was, aber du hast keine Ahnung, wie es ist, wenn man wirklich arm ist.«

»Okay, ich sag nichts mehr.«

»Du bist so festgefahren in deinem Kopf«, fuhr sie fort. »Es ist, als wärst du körperlich nicht in der Lage, über irgendjemand sonst nachzudenken außer über dich.« Ich hatte das Gefühl, ich wurde immer kleiner. »Tut mir leid, Holmesy, ich sollte so was nicht sagen. Aber manchmal ist es echt frustrierend.« Als ich nicht antwortete, redete sie weiter. »Ich meine nicht, dass du eine schlechte Freundin bist. Aber du bist immer so gequält, und manchmal sind deine Qualen auch eine Qual für, na ja, für alle anderen.«

»Okay. Ich habe verstanden.«

»Das ist nicht böse gemeint.«

»Ich weiß«, sagte ich.

»Weißt du, was ich meine?«, fragte sie.

»Ja«, sagte ich.

Wir lasen noch eine Weile still vor uns hin, dann ging sie, weil sie mit ihren Eltern Abendessen musste, wie sie sagte. Als sie aufstand, sagten wir beide gleichzeitig: »Tut mir leid«, und dann lachten wir. Als Davis mir um 18 Uhr 52 eine Nachricht schickte, hatte ich es fast vergessen.

Er: Ich stehe in eurer Einfahrt soll ich
reinkommen?

Ich: Nein nein nein lieber nicht bin gleich draußen.

Mom räumte gerade die Spülmaschine aus. »Ich bin zum Essen verabredet«, sagte ich, griff nach meiner Jacke und ging zur Tür, bevor sie weitere Fragen stellen konnte.

»Hi«, sagte Davis, als ich bei ihm einstieg.

»Hallo«, antwortete ich.

»Hast du schon gegessen?«, fragte er.

»Ich habe keinen großen Hunger, aber wenn du willst, können wir irgendwo hingehen.«

»Ich habe auch keinen Hunger«, sagte er, als er rückwärts aus der Einfahrt fuhr. »Ehrlich gesagt hasse ich Restaurants. Ich hatte schon immer einen nervösen Magen.«

»Ich auch«, sagte ich, und dann klingelte mein Telefon. »Meine Mutter. Sag nichts.« Ich nahm den Anruf an. »Hallo.«

»Sag dem Fahrer des schwarzen Wagens, er soll sofort umdrehen und hierher zurückkommen.«

»Mom.«

»Diese Geschichte geht keinen Schritt weiter, bevor ich ihn nicht kennengelernt habe.«

»Du hast ihn kennengelernt. Als wir elf waren.«

»Ich bin deine Mutter, und er ist dein – was weiß ich, was er ist –, und ich will mit ihm reden.«

»Na gut.« Ich legte auf. »Wir … also, wir müssen noch mal zurückfahren, wenn es okay ist, und mit meiner Mutter reden.«

»Cool.«

Der Klang seiner Stimme erinnerte mich daran, dass seine Mutter tot war, und ich dachte daran, wie unangenehm berührt immer alle wirkten, wenn sie vor mir über ihre Väter redeten. Es war, als hätten sie Angst, sie könnten mich an meine Vaterlosigkeit erinnern. Als könnte ich die Tatsache je vergessen.

Mir war nie aufgefallen, wie klein unser Haus war, bis ich es mit Davis sah – das Linoleum in der Küche rollte sich an den Rändern auf, der Putz an den Wänden hatte Risse, alle Möbel waren älter als ich, die Regale ein Patchwork.

Davis wirkte zu groß und fehl am Platz. Ich konnte mich nicht erinnern, wann ich das letzte Mal einen Jungen bei uns im Wohnzimmer gesehen hatte. Er war nicht größer als 1,80 Meter, aber trotzdem wirkten die Decken irgendwie niedrig. Mir waren unsere alten staubigen Bücher peinlich und dass an der Wand Familienfotos hingen statt Kunst. Ich wusste, es war falsch, mich zu schämen, aber ich konnte nichts dagegen tun.

»Freut mich, Sie kennenzulernen, Ms. Holmes«, sagte Davis und hielt ihr die Hand hin. Meine Mutter nahm ihn stattdessen in den Arm. Dann setzten wir uns an den Küchentisch, an dem so gut wie nie mehr als zwei Leute saßen – Mom und ich. Der Tisch wirkte überfüllt.

»Wie geht es dir, Davis?«, fragte sie.

»So weit ganz gut. Sie haben vielleicht gehört, dass ich inzwischen so eine Art Vollwaise bin, aber es geht mir ganz gut. Und Ihnen?«

»Wer kümmert sich jetzt um euch?«, fragte sie.

»Na ja, alle und keiner, schätze ich«, sagte er. »Ich meine, wir haben eine Haushälterin, und es gibt einen Anwalt, der sich um das Geld kümmert.«

»Du gehst in die elfte Klasse an der Aspen Hall, oder?« Ich

schloss die Augen und flehte meine Mutter telepathisch an, ihn nicht anzugreifen.

»Ja.«

»Aza ist nicht irgendein Mädchen von der anderen Flussseite.«

»Mom«, sagte ich.

»Ich nehme an, du bekommst immer alles, was du willst. Das kann einem jungen Mann den Eindruck vermitteln, die Welt gehört ihm, die Menschen gehören ihm. Aber ich hoffe, dir ist klar, dass dir das noch lange nicht das Recht gibt …«

»Mom«, flehte ich.

Ich versuchte, Davis' Blick aufzufangen, aber er sah mich nicht, weil er meine Mutter anstarrte. Er wollte antworten, aber er brach ab, weil ihm plötzlich die Tränen kamen.

»Alles in Ordnung, Davis?«, fragte meine Mutter.

Er setzte wieder zu sprechen an, aber es kam nur ein erstickter Schluchzer heraus.

»Davis, entschuldige, mir war nicht klar …«

Er wurde rot. »Tut mir leid.«

Mom streckte die Hand nach ihm aus, aber dann hielt sie sich zurück. »Ich will einfach, dass du meine Tochter gut behandelst«, sagte sie. »Es gibt sie nur einmal.«

»Wir müssen los«, erklärte ich.

Mom und Davis starrten sich weiter an, bis Mom endlich sagte: »Du bist um elf wieder hier.« Ich packte Davis am Arm und zog ihn durch die Haustür und warf meiner Mutter noch einen rabenschwarzen Blick zu.

»Alles in Ordnung?«, fragte ich, als wir sicher in seinem Wagen saßen.

»Ja«, sagte er leise.

»Sie macht sich zu viele Sorgen.«

»Schon gut«, sagte er.

»Es muss dir nicht peinlich sein.«

»Es ist mir nicht peinlich.«

»Was ist dann?«

»Es ist kompliziert.«

»Ich habe Zeit«, sagte ich.

»Es stimmt überhaupt nicht, dass ich immer alles bekomme.«

»Was hättest du denn gerne, was du nicht bekommst?«, fragte ich.

»Eine Mutter zum Beispiel.« Er legte den Rückwärtsgang ein und fuhr auf die Straße.

Ich wusste nicht, was ich sagen sollte. Am Ende sagte ich nur: »Tut mir leid.«

»Kennst du die Stelle in dem Gedicht ›Die Wiederkunft‹ von Yeats, wo es heißt: ›Den Besten fehlt der Glaube, und die Schlimmsten erfüllt hingebungsvolle Leidenschaft‹?«

»Ja, wir hatten das Gedicht in der Schule.«

»Ich finde es viel schlimmer, wenn einem der Glaube fehlt. Weil man dann einfach nur dahintreibt, verstehst du? Wie eine Blase auf dem Wellenkamm der Geschichte.«

»Schön gesagt.«

»Das ist von Robert Penn Warren«, sagte er. »Alle meine schönen Sätze sind geklaut. Mir fehlt der Glaube.« Wir fuhren über die Brücke. Als ich auf den Fluss blickte, sah ich Pirates Island.

»Deine Mutter ist voller Hingabe, verstehst du? Die meisten

Erwachsenen sind ausgehöhlt. Man kann ihnen zusehen, wie sie versuchen, ihre innere Leere mit Alkohol oder Geld oder Gott oder Ruhm zu füllen oder was immer sie verehren, dabei lässt es sie von innen verfaulen, bis nichts mehr übrig ist außer dem Geld oder dem Schnaps oder Gott oder welcher Ersatzreligion sie sonst nachgejagt sind. Genauso ist mein Dad – eigentlich ist er schon vor langer Zeit verschwunden, und vielleicht macht es mir jetzt deshalb nicht mehr viel aus. Ich wünschte, er wäre wieder da, aber das wünsche ich mir schon lange. Erwachsene denken, sie hätten Macht, dabei hat die Macht sie.«

»Der Parasit denkt, er wäre der Wirt«, sagte ich.

»Ja«, sagte er. »Genau.«

Als wir auf die gläserne Villa zugingen, sah ich am einen Ende des riesigen Tischs im Esszimmer zwei Gedecke. Dazwischen flackerte eine Kerze, die den Raum in weiches goldenes Licht tauchte. In meinem Magen war ein Knoten. Ich hatte keine Spur von Appetit, aber ich folgte Davis hinein. »Ich schätze, Rosa hat für uns gekocht«, sagte er zu mir. »Wir sollten aus Höflichkeit wenigstens so tun, als ob wir essen.«

»Hallo, Rosa«, rief er dann. »Danke, dass du länger geblieben bist.«

Sie schloss ihn in ihre massigen Arme. »Ich habe Spaghetti gekocht. Mit vegetarischer Soße.«

»Das wäre nicht nötig gewesen«, sagte er.

»Meine eigenen Kinder sind erwachsen, und du und Noah seid die einzigen kleinen Jungs, die ich noch habe. Und wenn du ein Rendezvous mit deiner neuen Freundin hast …«

»Sie ist nicht meine neue Freundin. Sie ist eine alte Freundin.«

»Alte Freundinnen sind die besten Freundinnen. Lasst es euch schmecken. Wir sehen uns morgen.« Sie drückte ihn noch einmal an sich und gab ihm einen Kuss auf die Wange. »Bring Noah einen Teller hoch, damit er nicht verhungert«, sagte sie. »Und räumt danach auf, Davis. Es ist nicht zu viel verlangt, die Teller unter fließendes Wasser zu halten und in die Spülmaschine zu stellen.«

»Machen wir«, sagte er.

»Dein Leben ist echt komisch«, bemerkte ich, als wir uns an den für zwei gedeckten Tisch setzten. Vor meinem Platz stand ein Dr Pepper und vor seinem ein Mountain Dew.

»Wahrscheinlich«, sagte er. Er erhob seine Limodose. »Auf komische Leben.«

»Auf komische Leben.« Dann stießen wir mit den Dosen an und tranken.

»Rosa ist fast eine Ersatzmutter«, sagte ich.

»Tja, sie kennt uns, seit wir Babys waren. Und sie liebt uns. Aber sie wird eben auch dafür bezahlt, verstehst du? Und wenn sie kein Geld dafür bekäme … Ich meine, dann müsste sie sich eine andere Arbeit suchen.«

»Stimmt«, sagte ich. Ich hatte das Gefühl, dass das vielleicht die Definition von Eltern war: Eltern waren die, die einen liebten, ohne dafür bezahlt zu werden.

Davis fragte mich, wie es in der Schule war, und ich erzählte ihm, dass ich mich mit Daisy gestritten hatte. Ich fragte, wie es bei ihm in der Schule war, und er sagte: »Es war okay. In der Schule kursiert das Gerücht, ich hätte nicht nur meinen Dad, sondern auch meine Mom umgebracht. Also, ich weiß nicht. Wahrscheinlich sollte ich es mir nicht so nahegehen lassen.«

»Das würde jedem nahegehen.«

»Ich kann es verkraften, aber ich mache mir Sorgen um Noah.«

»Wie geht es ihm?«

»Gestern Abend kam er zu mir ins Bett und hat geweint. Er hat mir so leidgetan, dass ich ihm sogar meinen Iron Man ausgeliehen habe.«

»Oje«, sagte ich.

»Noah, also … Ich glaube, als Kind kommt irgendwann der Punkt, wo man merkt, dass der, der sich um einen kümmern soll, auch nur ein Mensch ist, ohne Superkräfte, und einen nicht davor beschützen kann, verletzt zu werden. Das ist schon schwer. Aber Noah merkt gerade, dass der, den er für einen Superhelden gehalten hat, nicht nur kein Held ist, sondern vielleicht sogar ein Schurke. Und das ist echt hart. Noah hofft immer noch, dass Dad heimkommt und seine Unschuld beweist. Ich weiß nicht, wie ich ihm sagen soll, dass Dad, na ja, dass er nicht unschuldig ist.«

»Sagt dir der Ausdruck ›Jogger-Mund‹ irgendwas?«

»Nein, aber das hat die Polizei auch schon gefragt. Anscheinend haben sie das in Dads Telefon gefunden.«

»Ja.«

»Mein Vater ist vieles, aber eindeutig kein Jogger. Er hält Sport für überflüssig, weil er mit Tua das Geheimnis des ewigen Lebens lüften wird.«

»Meint er das ernst?«

»Ja. Er glaubt, Malik wäre kurz davor, den Faktor im Tuatara-Blut zu isolieren, der Tua so langsam altern lässt, und damit will er« – Davis malte Gänsefüßchen in die Luft – »›den Tod heilen‹. Deswegen hinterlässt er Tua alles. Er denkt, er geht als der Mann in die Geschichte ein, der den Tod besiegt.« Ich fragte, ob wirklich das gesamte Vermögen seines Vaters an Tua ging, und Davis lachte kurz und sagte: »Alles. Die Firma, die Villa, das Grundstück. Ich meine, Noah und ich haben dann schon noch genug Geld für das Studium und so – aber reich sind wir nicht mehr.«

»Wenn ihr genug Geld für das Studium und so habt, seid ihr reich.«

»Stimmt auch wieder. Außerdem schuldet unser Vater uns nichts. Ich wünschte nur, er wäre ein besserer Vater. Dass er meinen Bruder zur Schule bringen und ihm bei den Hausaufgaben helfen würde und nicht mitten in der Nacht untertauchen, damit er nicht vor Gericht muss.«

»Tut mir leid.«

»Das sagst du oft.«

»Weil mir oft was leidtut.«

Er sah zu mir hoch. »Warst du schon mal verliebt, Aza?«

»Nein. Du?«

»Nein.« Er warf einen Blick auf meinen Teller, und dann sagte er: »Okay, wenn wir beide nicht essen, können wir gleich rausgehen. Vielleicht finden wir eine Lücke zwischen den Wolken.«

Wir zogen uns die Jacken an und gingen raus. Es war windig, und ich zog den Kopf ein, als wir ums Haus gingen, aber als ich Davis ansah, blickte er in den Himmel.

Ein Stück vor uns entdeckte ich zwei Liegestühle, die von der Poolterrasse auf den Golfplatz gerollt worden waren, nicht weit von einer der Fahnen, die die Löcher markierten. Die Fahne flatterte im Wind, und im Hintergrund hörte ich das Rauschen des Verkehrs, aber ansonsten war es still, die Kälte hatte die Grillen und die Zikaden zum Schweigen gebracht. Wir legten uns auf die

Liegestühle und sahen eine Weile in den Himmel. »Tja, das ist enttäuschend«, sagte Davis schließlich.

»Es passiert trotzdem, oder. Ich meine, der Meteorschauer passiert da oben. Wir können ihn nur nicht sehen.«

»Stimmt«, sagte er.

»Wie würde er aussehen?«, fragte ich.

»Hm?«

»Wenn es nicht bewölkt wäre, was würden wir sehen?«

»Also.« Er nahm sein Smartphone heraus und öffnete eine Sterngucker-App. »Hier am Nordhimmel sieht man das Sternbild des Drachen«, erklärte er. »Auch wenn er mehr an einen Lenkdrachen als an ein Fabeltier erinnert, finde ich, jedenfalls würde man dort den Meteorschauer sehen. Der Mond scheint heute nicht hell, das heißt, wir würden wahrscheinlich fünf bis zehn Sternschnuppen pro Stunde sehen. Im Grunde bewegen wir uns durch den Staub, den der Komet Giacobini-Zinner hinter sich herzieht. Es wäre alles superschön und romantisch, wenn wir nur nicht im trüben Indiana wären.«

»Es *ist* superschön und romantisch«, entgegnete ich. »Wir können es nur nicht sehen.«

Ich dachte an seine Frage, ob ich schon mal verliebt gewesen sei. Es war ein komisches Wort, *ver*liebt, als hätte man beim Lieben einen Fehler gemacht oder so was. Ich wollte Davis sagen, dass ich mich mit anderen Ver-Worten auskannte, mit Verrücktheit, Verwirrung oder Verzückung, einem Wort, das meine Großmutter benutzte, wenn sie vom Glauben sprach. Vielleicht ging es um eine Bewusstseinsveränderung, darum, dass sich Gedanken oder Gefühle selbstständig machten. Ich wollte Davis sagen, dass in dieser kleinen Vorsilbe vielleicht die Ohnmacht steckte, die mir so

Angst machte, aber ich wusste nicht, wie ich all das in Worte fassen sollte.

»Ich weiß nicht, ob das ein peinliches Schweigen oder ein gutes Schweigen ist«, bemerkte Davis.

»Weißt du, was mich an dem Gedicht ›Die Wiederkunft‹ am meisten berührt? Die erste Zeile – die mit dem größer werdenden Strudel?«

»Die Kreise«, zitierte er. »›Kurve um Kurve weiten sich die Kreise‹.«

»Ja, genau. Aber das Schlimme ist nicht, wenn sich die Kreise Kurve um Kurve weiten. Das Schlimme ist, wenn die Kreise Kurve um Kurve *enger werden*. Wenn du in einen Strudel gezogen wirst, der immer kleiner wird, immer enger, bis du dich nur noch auf der Stelle drehst, wie in einer Gefängniszelle, die genau deine Größe hat, bis du irgendwann merkst, dass du nicht *in einer Zelle* bist, sondern *du die Zelle bist.*«

»Du solltest eine Antwort auf Yeats schreiben.«

»Ich kann nicht dichten«, sagte ich.

»Du redest wie eine Dichterin«, widersprach er. »Wenn du nur die Hälfte der Sätze aufschreiben würdest, die du sagst, käme ein besseres Gedicht heraus, als ich je geschrieben habe.«

»Du schreibst Gedichte?«

»Nicht richtig. Keine guten.«

»Hast du ein Beispiel?«, sagte ich. Es war so viel leichter, im Dunkeln mit ihm zu reden, wenn wir beide in denselben Himmel blickten, statt einander anzusehen. Es war, als hätten wir keinen Körper, als wären wir bloß sprechende Stimmen.

»Falls ich je eins schreibe, auf das ich stolz bin, kannst du es lesen.«

»Ich liebe schlechte Gedichte«, sagte ich.

»Bitte zwing mich nicht, dir meine dummen Gedichte vorzutragen. Jemandes unveröffentlichte Gedichte zu lesen ist das Gleiche, wie jemand nackt zu sehen.«

»Das heißt wohl, ich will dich nackt sehen«, sagte ich.

»Es sind bloß kleine alberne Gedanken.«

»Ich möchte eins hören.«

»Na gut. Letztes Jahr habe ich zum Beispiel eins geschrieben, das ›Die letzten Enten im Herbst‹ heißt.«

»Und es lautet …«

»Die Blätter sind fort / warum nicht auch du? / Ich wäre längst an einem anderen Ort. / Andererseits / bin ich hier / und wandere allein / durch den kalten Morgen.«

»Gar nicht schlecht«, sagte ich.

»Ich mag kurze Gedichte mit schrägem Reimschema, weil so das Leben ist.«

»So ist das Leben?« Ich versuchte zu verstehen, was er meinte.

»Ja. Das Leben reimt sich, aber nie an der Stelle, wo man es erwartet.«

Ich sah ihn an. Plötzlich wollte ich Davis so sehr, dass mir egal war, warum, oder ob der Teil von mir, der ihn wollte, ich war oder nicht. Ich streckte die Hand aus, berührte mit meinen kalten Fingern seine kalte Wange, und dann begann ich, ihn zu küssen.

Als wir Luft holten, spürte ich seine Hände um meine Taille, und er sagte: »Ich, oh, wow.«

Ich grinste. Es war ein schönes Gefühl, seinen Körper an meinem zu spüren, seine Hände, die meine Wirbelsäule entlangfuhren. »Hast du noch mehr Gedichte?«

»In letzter Zeit habe ich nur Zweizeiler geschrieben. Naturbeschreibungen und so. Wie ›Die Narzisse weiß vom Frühling mehr / als die Rose über die Liebe‹.«

»Das ist auch nicht schlecht«, sagte ich und küsste ihn wieder. Ich spürte, wie mir die Brust eng wurde, seine kalten Lippen und sein warmer Mund, die Hände, die mich an ihn zogen, durch die Schichten unserer Jacken.

Es gefiel mir, durch so vielen Schichten zu knutschen. Unser Atem ließ seine Brille beschlagen, und er versuchte sie abzunehmen, aber ich hielt sie fest, und wir lachten beide, und dann küsste er meinen Hals, und plötzlich tauchte ein Gedanke auf: Seine Zunge war in meinem Mund gewesen.

Ich ermahnte mich, im Moment zu bleiben, seine Wärme auf meiner Haut zu spüren, aber jetzt war seine Zunge an meinem Hals, nass und lebendig und mikrobiotisch, und seine Hand schlich sich unter meine Jacke, nackte kalte Finger auf meiner nackten Haut. Es ist nichts dabei, es kann nichts passieren, küss ihn einfach. *Du musst nachlesen.* Alles ist gut, bleib einfach normal. *Lies nach, ob seine Mikroben in dir bleiben.* Milliarden von Menschen küssen sich, ohne daran zu sterben. *Lies einfach nach, ob sich seine Mikroben langfristig in dir ansiedeln können.* Hör schon auf, bitte hör auf. *Vielleicht hat er Campylobacter, vielleicht ist er ein asymptomatischer E.-coli-Träger. Wenn du dich damit ansteckst, verschreiben sie dir Antibiotika, und dann holst du dir* C. difficile *und bist zack in vier Tagen tot.* Hör bitte einfach auf, verdammt noch mal. Küss ihn einfach, küss ihn. *LIES LIEBER SCHNELL NACH.*

Ich richtete mich auf.

»Alles klar?«, fragte er.

Ich nickte. »Ich brauche nur … nur ein bisschen Luft.« Ich setzte mich hin, drehte mich von ihm weg, nahm das Telefon heraus und suchte: »Bleiben beim Küssen fremde Bakterien im Körper?« Dann überflog ich ein paar pseudowissenschaftliche Treffer, bis ich eine echte Studie zu dem Thema fand. Im Durchschnitt werden bei einem Zungenkuss etwa 80 Millionen Mikroben ausgetauscht, und »nach sechs Monaten sind in der menschlichen Darmflora immer noch geringe, aber bleibende Veränderungen nachweisbar«.

Seine Bakterien würden sich für immer in mir ansiedeln, 80 Millionen fremde Keime, die in mir wuchsen und sich fortpflanzten und sich mit meinen Bakterien vereinten und Gott weiß was hervorbrachten.

Er legte die Hand auf meine Schulter. Ich zuckte zusammen und wich zurück. Mein Atem lief mir davon. Plötzlich sah ich Punkte. Es passiert schon nichts, er ist nicht der Erste, den du geküsst hast. *80 Millionen Organismen, die für immer in mir leben.* Beruhig dich. *Bleibende Veränderungen der Darmflora.* Das ist nicht rational. *Du musst was tun.* Bitte! *Es gibt eine Lösung.* Bitte! *Geh sofort aufs Klo.*

»Was ist denn los?«

»Ach, nichts«, sagte ich. »Ich muss nur mal aufs Klo.«

Ich nahm das Telefon wieder raus, um die Studie noch einmal zu lesen, dann widerstand ich dem Drang und schob es wieder in die Tasche. Nein, doch, ich musste nachsehen, ob da stand »geringe Veränderungen« oder nur »Veränderungen«. Ich nahm das Telefon wieder raus und klickte das Fenster mit der Studie an. Gering. Okay. Gering ist besser als nicht gering. *Aber bleibend.* Scheiße.

Mir war schlecht, und ich widerte mich an, und ich schämte mich. Ich wusste, wie ich auf ihn wirkte. Ich wusste, dass meine Störung nicht mehr witzig war, es war keine Kleinigkeit wie ein Pflaster am Finger. Das hier war eine echte Störung, eine Qual, wie Daisy gesagt hatte, für jeden, der mir nahekam.

Obwohl mir kalt war, begann ich zu schwitzen. Ich zog mir den Reißverschluss hoch bis zum Kinn und ging zum Haus. Ich wollte nicht rennen, aber jede Sekunde zählte. Ich muss so schnell wie möglich ins Bad. Davis machte mir eine Terrassentür auf und zeigte auf ein Gästebad am Ende des Flurs. Ich schloss die Tür, verriegelte sie, verbarrikadierte mich und stützte mich auf den Waschtisch. Dann zog ich den Reißverschluss runter und sah mich im Spiegel an. Ich machte das Pflaster ab, öffnete die Wunde mit dem Daumennagel, dann wusch ich mir die Hände und klebte ein neues Pflaster auf. Ich suchte in den Schubladen unter dem Waschbecken nach Mundwasser, aber sie hatten keins, sodass ich mir am Ende den Mund mit kaltem Wasser ausspülte.

Ist es jetzt gut?, fragte ich, und ich antwortete: *Noch mal, nur um sicherzugehen*. Also spülte ich mir noch mal den Mund mit Wasser aus, gurgelte ein bisschen und spuckte aus. Ich wischte mir mit Toilettenpapier den Schweiß vom Gesicht, und dann ging ich zurück in das goldene Licht der Villa.

Er zeigte neben sich aufs Sofa und legte den Arm um mich. Ich wollte sein Mikrobiom nicht in meiner Nähe haben, aber ich ließ seinen Arm, wo er war, weil ich nicht wie ein Freak wirken wollte. »Alles in Ordnung?«

»Ja. Nur, also, ein kleiner Panikanfall.«

»War es etwas, was ich getan habe? Soll ich …«

»Nein, es hat nichts mit dir zu tun.«

»Du kannst es mir sagen.«

»Wirklich nicht. Ich … ich schätze, das Küssen war ein bisschen zu aufregend für mich.«

»Okay, dann küssen wir uns eben noch nicht. Kein Problem.«

»Aber irgendwann ist es ein Problem«, sagte ich. »Ich habe diese … Gedankenspiralen, und ich komme da nicht raus.«

»Kurve um Kurve verengen sich die Kreise«, sagte er.

»Ich bin … Also, diese Sache … Es wird nicht besser. Das solltest du wissen.«

»Ich habe es nicht eilig.«

Ich beugte mich vor, starrte auf die Dielen. »Was ich meine, ist, ich werde das nicht irgendwann los. Ich bin so, seit ich denken kann, und es wird nicht besser, und ich bin nicht in der Lage, ein normales Leben zu führen, wenn ich nicht mal jemand küssen kann, ohne durchzudrehen.«

»Es ist schon gut, Aza. Wirklich.«

»Das denkst du vielleicht jetzt, aber das wirst du nicht immer denken.«

»Aber jetzt ist nicht immer«, sagte er. »Jetzt ist jetzt. Kann ich dir was bringen? Ein Glas Wasser oder so was?«

»Könnten wir … Könnten wir vielleicht einfach einen Film sehen?«

»Ja«, sagte er. »Klar.« Er hielt mir die Hand hin, aber ich stand alleine auf. Auf dem Weg zur Treppe sagte Davis: »Im Pickett-Kino läuft beides – *Star Wars* und *Star Trek*. Was hättest du gern?«

»Ich bin kein großer Fan von Weltraumfilmen.«

»Schön, dann sehen wir *Star Trek IV: Zurück in die Gegenwart*. Davon spielt 40 Prozent auf der Erde.«

Ich sah zu ihm hoch und lächelte, aber ich bekam die Zügel meiner Gedanken nicht zu fassen, die im Galopp durch mein Gehirn preschten.

Im Keller tippte ich auf den F.-Scott-Fitzgerald-Roman, um das Regal aufschwingen zu lassen. Ich setzte mich in einen der unglaublich weichen Ledersessel, dankbar für die Armlehnen zwischen den Plätzen. Nach einer Weile kam Davis mit einem Dr Pepper, das er in den Becherhalter an meiner Armlehne stellte, und setzte sich neben mich. »Wie kannst du mit Daisy befreundet sein, wenn du keine Science-Fiction magst?«

»Ich sehe mir die Filme mit ihr an, aber ich bin kein großer Fan«, sagte ich. *Er versucht, dich zu behandeln, als wärst du normal. Und du versuchst zu reagieren, als wärst du normal. Aber ihr wisst beide genau, dass du eindeutig nicht normal bist. Normale Leute können küssen, wenn sie küssen wollen. Normale Leute fangen nicht an zu schwitzen wie du. Normale Leute wählen ihre Gedanken, wie sie Fernsehsender wählen. Ihr wisst beide, dass du vollkommen gestört bist.*

»Liest du ihre Geschichten?«

»Ich hab ein paar gelesen, als sie in der Mittelstufe angefangen hat. Sie sind nicht so mein Ding.« Ich spürte, wie die Schweißdrüsen auf meiner Oberlippe aufdrehten.

»Sie schreibt ziemlich gut. Du solltest sie mal lesen. Du kommst sogar in manchen Geschichten vor.«

»Ja, vielleicht«, sagte ich leise, und dann tippte er endlich auf sein Smartphone und rief mit einer App den Film auf. Ich tat so, als verfolgte ich den Film, während ich mich endgültig in die Spirale begab. Ich dachte an das Bild von Raymond Pettibon, an den bunten Strudel, der den Blick ins Zentrum zog. Ich versuchte, so zu atmen, wie Dr. Singh es mir geraten hatte, ohne dass es auffiel. Aber nach ein paar Minuten schwitzte ich ernsthaft, was ihm garantiert auffiel, weil er den Film schon hundert Mal gesehen hatte. Jetzt sah er ihn nur, um heimlich zu sehen, wie ich den Film sah, und ich spürte seine Seitenblicke, und auch wenn meine Jacke bis oben zu war, bemerkte er ganz bestimmt den abartigen nassen Schnurrbart auf meiner klitschnassen Oberlippe.

Ich spürte die Spannung in der Luft, und ich wusste, dass er alles versuchte, um mich wieder froh zu stimmen. Sein Gehirn rotierte genauso wie meines. Aber ich konnte mich nicht mal selbst froh stimmen, sondern schaffte es nur, die Menschen um mich herum unglücklich zu machen.

Als der Film zu Ende war, sagte ich, ich sei müde, denn das war das Adjektiv, das mich hoffentlich am schnellsten dahin brachte, wo ich hinwollte – allein in mein Bett. Davis fuhr mich nach Hause, brachte mich bis zur Tür und küsste mich keusch auf die verschwitzten Lippen. Ich stand auf der Fußmatte und winkte ihm nach. Ich wartete, bis er rückwärts aus der Einfahrt fuhr, dann ging ich in die Garage, öffnete Harolds Kofferraum und nahm Dads Telefon heraus, weil ich das Bedürfnis hatte, seine Fotos anzusehen.

Ich schlich mich an Mom vorbei, die vor dem Fernseher eingeschlafen war. In meinem Schreibtisch fand ich ein altes Ladegerät und steckte Dads Handy ein. Dann saß ich lange da, blätterte seine Fotos durch und sah mir den von Ästen zersplitterten Himmel an.

»Du weißt, dass wir die Bilder alle auf dem Computer haben«, sagte Mom mit sanfter Stimme hinter mir. Ich hatte sie nicht aufstehen hören.

»Ja«, sagte ich. Ich zog das Kabel heraus und stellte das Telefon aus.

»Hast du mit Dad geredet?«

»Irgendwie.«

»Was hast du ihm erzählt?«

Ich lächelte. »Geheimnisse.«

»Ja, ich erzähle ihm auch immer meine Geheimnisse. Er ist gut darin, sie zu hüten.«

»Er ist der Beste«, sagte ich.

»Aza, es tut mir wirklich leid, wenn ich Davis verletzt habe. Ich habe ihm eine E-Mail geschrieben, um mich zu entschuldigen. Ich bin zu weit gegangen. Aber du musst verstehen …« Ich winkte ab.

»Schon gut, Mom, ich gehe mir die Zähne putzen.« Im Bad zog ich mich aus, wischte mir den Schweiß ab und ließ mich von der Luft abkühlen, die nackten Füße auf den kalten Fliesen. Ich nahm das Haargummi raus und sah mich im Spiegel an. Ich hasste meinen Körper. Er ekelte mich an – seine Behaarung, seine Schweißperlen, seine Hagerkeit. Ein mit Haut bezogenes Skelett, eine wandelnde Leiche. Ich wollte raus da – aus meinem Körper, aus meinen Gedanken, einfach raus –, aber ich saß fest, genau wie die ganzen Bakterien, die in mir wimmelten.

Es klopfte. »Ich komme gleich.« Ich zog das Pflaster ab, sah nach, ob die Wunde blutete oder eiterte, warf das Pflaster in den Mülleimer, trug Desinfektionsmittel auf, und das Brennen bohrte sich tief in die Wunde.

Dann schlüpfte ich in eine Jogginghose und ein altes T-Shirt von Mom und kam aus dem Bad, wo Mom auf mich wartete.

»Fühlst du dich nicht gut?«, fragte sie.

»Doch«, antwortete ich und ging in mein Zimmer.

Ich machte das Licht aus und legte mich ins Bett. Eigentlich war ich noch nicht müde, aber ich hatte keine Lust mehr, bei Bewusstsein zu sein. Als Mom ein paar Minuten später reinkam, tat ich so, als würde ich schlafen, damit ich nicht mit ihr reden musste. Sie stand über mir und sang das alte Lied, das sie immer sang, wenn ich nicht einschlafen konnte, seit ich klein war.

Es ist ein Lied, das früher die englischen Soldaten gesungen haben, zur Melodie von »Nehmt Abschied Brüder ungewiss«. Es geht so: »We're here because we're here because we're here because we're here.« Während der ersten Hälfte stieg ihre Stimme an, wie ein langer Atemzug, und dann wanderte ihre Stimme den gleichen Weg wieder herunter. »We're here because we're here because we're here because we're here.«

Obwohl ich praktisch so gut wie erwachsen war und obwohl meine Mutter mir tierisch auf die Nerven ging, konnte ich erst aufhören zu denken, als ihr Gutenachtlied mich endlich in den Schlaf gewiegt hatte.

DREIZEHN

Obwohl ich vor seinen Augen eine psychische Bruchlandung hingelegt hatte, schickte mir Davis am nächsten Morgen, als ich noch im Bett lag, eine Nachricht.

Er: Wollen wir heute Abend einen Film sehen?
Er muss auch nicht im Weltraum spielen.

Ich: Ich kann nicht. Ein andermal. Tut mir leid wegen meinem Totalausfall und dem Schwitzen und allem.

Er: Du schwitzt gar nicht unnormal stark.

Ich: Doch, tue ich, aber ich will nicht drüber reden.

Er: Du magst deinen Körper wohl nicht sehr.

Ich: Stimmt.

Er: Ich mag ihn. Du hast einen guten Körper.

Ich war gerne mit Davis im abstrakten Raum zusammen, doch gleichzeitig hatte ich das Bedürfnis, die Fensterläden meines Ichs zu schließen.

Ich: Ich bin im Allgemeinen nicht sehr stabil.
Ich glaube, ich kann keine Beziehung mit dir
führen. Oder mit sonst wem. Tut mir leid, aber
es geht einfach nicht. Ich mag dich wirklich,
aber ich kann keine Beziehung führen.

Er: Ich bin ganz deiner Meinung. Zu viel Arbeit.
Leute in Beziehungen tun nichts anderes, als über
ihre Beziehung zu reden. Genau wie im Riesenrad.

Ich: ?

Er: Wenn man Riesenrad fährt, redet man immer
nur über das Riesenrad, wie die Aussicht vom
Riesenrad ist und ob einem davon schwindlig
wird und wie oft es sich noch dreht. Genau wie in
Beziehungen. Wenn man in einer Beziehung ist,
redet man über nichts anderes mehr. Ich habe
kein Interesse an einer Beziehung.

Ich: Woran hast du dann Interesse?

Er: An dir.

Ich: Ich weiß nicht, was ich sagen soll.

Er: Du musst nichts sagen. Hab einen
schönen Tag, Aza.

Ich: Du auch, Davis.

Am nächsten Tag hatte ich nach der Schule einen Termin bei Dr. Singh. Ich saß vor ihr auf dem kleinen Sofa und starrte das Bild des Fischers mit dem Netz an. Ich starrte es während unseres ganzen Gesprächs an, weil mir die Unerbittlichkeit von Dr. Singhs Blickkontakt ein bisschen zu viel war.

»Wie ging es dir in letzter Zeit?«

»Nicht so toll.«

»Was ist los?«, fragte sie. Im Augenwinkel sah ich ihre übergeschlagenen Beine, die schwarzen flachen Schuhe, die wippende Fußspitze.

»Da ist dieser Typ«, sagte ich.

»Und?«

»Ich weiß nicht. Er ist süß und schlau, und er gefällt mir, aber es geht mir einfach nicht gut. Ich habe das Gefühl, wenn mich so was nicht glücklich macht, was kann mich dann überhaupt glücklich machen?«

»Ich weiß nicht. Was denkst du?«

Ich stöhnte. »Das ist eine typische Psychiater-Finte.«

»Einspruch angenommen«, sagte sie. »Eine Veränderung der persönlichen Situation, selbst wenn es eine positive ist, kann Angstzustände auslösen. Es wäre nicht ungewöhnlich, wenn du dich unbehaglich fühlst, während eine neue Beziehung entsteht. Wie geht es dir mit den Zwangsgedanken?«

»Na ja, gestern haben wir rumgeknutscht, und dann musste

ich aufhören, weil ich nicht aufhören konnte, daran zu denken, wie widerlich es ist, also, nicht gut.«

»Wie widerlich was ist?«

»Dass seine Zunge ihr eigenes Mikrobiom hat, und wenn er sie mir in den Mund steckt, nisten sich seine Bakterien in meinem Mikrobiom ein, und zwar für den Rest meines Lebens. Das heißt, seine Zunge ist quasi *für immer* in meinem Mund, bis ich sterbe, und dann fressen seine Zungenbakterien meine Leiche auf.«

»Und deswegen wolltest du aufhören, ihn zu küssen.«

»Ja, klar«, antwortete ich.

»Das ist nicht ungewöhnlich. Ein Teil von dir wollte ihn küssen, aber ein anderer Teil von dir hatte große Angst vor der Nähe eines anderen Menschen.«

»Ja, nur dass ich keine Angst vor seiner Nähe hatte. Ich hatte Angst vor seinen Bakterien.«

»Nun, deine Angst hat sich dir als Angst vor seinen Bakterien mitgeteilt.«

Ich schnaubte. Sie fragte mich, ob ich Ativan genommen hätte. Ich antwortete, ich hatte es bei Davis nicht dabei. Dann fragte sie, ob ich täglich Lexapro nahm, und ich antwortete, na ja, nicht *jeden* Tag. Im Verlauf des Gesprächs ermahnte sie mich, dass Medikamente nur halfen, wenn man sie einnahm, und dass ich am Ball bleiben und meine gesundheitlichen Probleme mit Ernst und Sorgfalt angehen müsse. Und ich versuchte ihr zu erklären, dass ich die Vorstellung, ich könne nur ich werden, indem ich ein Medikament nahm, das mich veränderte, zutiefst beängstigend und verstörend fand.

Als das Gespräch ins Stocken geriet, fragte ich: »Warum haben Sie dieses Foto aufgehängt? Von dem Mann mit dem Netz?«

»Was sagst du nicht? Was traust du dich nicht zu sagen, Aza?«

Ich dachte an die wahre Frage, die Frage, die ständig im Hintergrund meines Bewusstseins lauerte, wie ein Klingeln in den Ohren. Ich schämte mich, und gleichzeitig hatte ich Angst, es wäre gefährlich, sie auszusprechen. So wie man nie Voldemorts Namen laut sagt. »Ich glaube, dass ich vielleicht Fiktion bin«, sagte ich.

»Wie meinst du das?«

»Sie haben doch gesagt, eine Veränderung der Umstände ist anstrengend, oder?«

Sie nickte.

»Aber was ich mich frage, ist, gibt es überhaupt ein Selbst, unabhängig von den Umständen? Ist da ein tieferes Ich, das die echte, wahre Person ist, dieselbe Person, egal, ob sie arm oder reich ist, egal, ob sie einen Freund hat oder nicht, egal, ob sie auf die eine Schule geht oder auf die andere? Oder bin ich bloß eine Situation, eine Folge von Umständen?«

»Ich kann dir nicht ganz folgen, wie dich das zur Fiktion macht.«

»Ich meine, ich kontrolliere meine Gedanken nicht, also sind es nicht wirklich *meine* Gedanken. Ich entscheide nicht, ob ich schwitze oder ob ich Krebs oder *C. difficile* kriege oder so was, also ist es auch nicht wirklich *mein* Körper. Ich entscheide überhaupt nichts – es wird alles von äußeren Kräften entschieden. Ich bin eine Geschichte, die jemand anderes erzählt. Ich bin eine Verkettung von Umständen.«

Sie nickte. »Kannst du diese äußeren Kräfte wahrnehmen?«

»Nein, ich habe keine *Halluzinationen*«, sagte ich. »Es ist … Also, ich bin mir nicht sicher, ob ich im engeren Sinn echt bin.«

Dr. Singh stellte die Füße auf den Boden, beugte sich nach vorn und legte die Hände auf die Knie. »Das ist sehr interessant«, sagte sie. »Sehr interessant.« Für einen kurzen Moment empfand ich Stolz, ausnahmsweise mal etwas gesagt zu haben, das *nicht* nicht ungewöhnlich war. »Es muss furchterregend sein, das Gefühl zu haben, dass du vielleicht nicht dir gehörst. Fast wie eine Art … Gefängnis?«

Ich nickte.

»Es gibt eine Stelle in dem Roman *Ulysses* von James Joyce, kurz vor dem Ende, als die Figur Molly Bloom sich direkt an den Autor zu wenden scheint. Sie sagt: ›Oh, Jamesy, lass mich hier raus.‹ Du bist in einem Ich gefangen, das sich nicht anfühlt wie deins, genau wie Molly Bloom. Und darüber hinaus hast du häufig das Gefühl, dass dieses Ich mit Keimen verseucht ist.«

Ich nickte.

»Aza, du gibst deinen Gedanken zu viel Macht. Gedanken sind bloß Gedanken. Sie sind nicht du. Du gehörst dir, auch wenn deine Gedanken nicht dir gehören.«

»Aber meine Gedanken *sind* ich. Ich denke, also bin ich, oder?«

»Nein, nicht ganz. Vollständig müsste Descartes' Zitat heißen: *Dubito ergo cogito ergo sum.* ›Ich zweifle, also denke ich, also bin ich.‹ Descartes wollte wissen, ob man wirklich wissen konnte, ob etwas echt war. Er glaubte, seine Fähigkeit zu zweifeln bewies, dass, falls *es* nicht echt war, zumindest er echt war. Du bist genauso echt wie alle anderen, und deine Zweifel daran machen dich noch echter, nicht weniger echt.«

Als ich das Haus betrat, spürte ich Moms angespannte Nerven wegen meiner Sitzung bei Dr. Singh, auch wenn sie versuchte, ganz ruhig und normal zu sein. »Wie war's?«, fragte sie vom Sofa, wo sie Tests durchsah, ohne aufzusehen.

»Ganz gut«, antwortete ich.

»Ich wollte mich noch mal dafür entschuldigen, wie ich gestern mit Davis gesprochen habe. Es ist dein gutes Recht, sauer zu sein.«

»Ich bin nicht sauer«, sagte ich.

»Ich möchte trotzdem, dass du vorsichtig bist, Aza. Ich merke doch, dass du wieder angespannter bist – ich sehe es dir an, vom Gesicht bis zu deiner Fingerspitze.«

Ich schloss die Faust und sagte: »Das liegt nicht an ihm.«

»Woran dann?«

»Es gibt keinen *Grund*.« Ich schaltete den Fernseher ein, aber sie nahm die Fernbedienung und stellte auf lautlos.

»Du kapselst dich ab, und ich weiß nicht, was da drin vor sich geht, aber ich mache mir Sorgen.« Ich drückte den Daumennagel durch das Pflaster gegen meine Fingerkuppe und dachte, sie würde sich noch viel mehr Sorgen machen, wenn sie wüsste, was da drin vor sich ging.

»Es geht mir gut. Wirklich.«

»Es geht dir nicht gut.«

»Mom, sag mir, was ich sagen soll. Wirklich. Sag mir, welche Wörter ich sagen soll, damit du beruhigt bist.«

»Ich will aber nicht beruhigt sein. Ich will, dass es dir gut geht.«

»Ja, aber so funktioniert das nicht, okay? Ich muss Geschichte lernen.«

Ich stand auf, doch bevor ich in meinem Zimmer war, rief sie mir hinterher: »Übrigens hat Mr. Myers mir heute erzählt, dein Aufsatz über den Kolumbus-Effekt war der beste, den er in all seinen Jahren als Lehrer gelesen hat.«

»Er ist erst seit zwei Jahren Lehrer«, gab ich zurück.

»Seit vier, aber trotzdem. Du hast eine große Zukunft vor dir, Aza Holmes. Die Welt wartet auf dich.«

»Hast du schon mal von Amherst gehört?«, fragte ich.

»Wovon?«

»Amherst? Das College in Massachusetts? Es ist richtig gut. Es hat einen ausgezeichneten Ruf. Ich glaube, da würde ich vielleicht gern studieren. Wenn ich angenommen werde.«

Mom wollte etwas sagen, aber sie schluckte es herunter, und dann seufzte sie. »Wir müssen sehen, wo es Stipendien gibt.«

»Oder das Sara Lawrence College«, sagte ich. »Das hat auch einen guten Ruf.«

»Vergiss nicht, Aza, viele von diesen Unis verlangen schon Geld für die Bewerbung, wir müssen uns also auf ein paar konzentrieren. Unser Bildungssystem ist von vorne bis hinten faul. Erst lassen sie einen zahlen, und dann teilen sie einem mit, dass man es sich sowieso nicht leisten könnte. Wir müssen realistisch sein, und realistisch gesehen gehst du auf eine Uni in der Nähe, okay? Und zwar nicht nur wegen des Geldes. Du willst doch nicht wirklich am anderen Ende des Kontinents sein, weit weg von allem, was du kennst, oder?«

»Mhm«, sagte ich.

»Gut, ich habe verstanden. Du willst nicht mit deiner Mutter reden. Ich habe dich trotzdem lieb.« Sie warf mir einen Luftkuss zu, und dann entkam ich endlich in mein Zimmer.

Ich lernte wirklich für Geschichte, aber danach war ich immer noch nicht müde, und ich überlegte, ob ich Davis eine Nachricht schicken sollte.

Ich wusste, was ich schreiben wollte, oder zumindest, was ich dachte, was ich ihm schreiben wollte. Aber ich konnte nicht aufhören, über das Schreiben selbst nachzudenken – wie ich tippte, auf Senden drückte, das Gesendete nicht mehr zurücknehmen konnte, und dann das schwitzende Herzklopfen beim Warten auf die Antwort.

Ich löschte das Licht, rollte mich auf die Seite und schloss die Augen, aber ich wurde die Gedanken einfach nicht los; also griff ich schließlich nach dem Telefon, weckte es aus dem Schlaf und schrieb. Als du gesagt hast, du magst meinen Körper, wie meintest du das?

Ich starrte ein paar Sekunden auf das Display, wartete auf die Pünktchen … seiner Antwort, aber sie kamen nicht, also legte ich das Telefon auf den Nachttisch zurück. Endlich gab mein Hirn Ruhe, weil ich getan hatte, was es von mir wollte. Ich war fast eingeschlafen, als ich das Telefon vibrieren hörte.

Er: Ich meinte, ich mag ihn.

Ich: Was magst du daran?

Er: Ich mag die Kurve zwischen deiner Schulter
und dem Schlüsselbein.

Er: Und ich mag deine Beine. Ich mag
die Wölbung deiner Waden.

Er: Ich mag deine Hände. Ich mag deine langen
Finger und das Innere deiner Handgelenke,
die Farbe der Haut dort und die Venen darunter.

Ich: Ich mag deine Arme.

Er: Sie sind zu dünn.

Ich: Sie fühlen sich ziemlich stark an.
Ist das okay?

Er: Sehr.

Ich: Die Wölbung meiner Waden?
Ist mir nie aufgefallen.

Er: Sie ist schön.

Ich: Ist das alles?

Er: Ich mag deinen Hintern. Ich mag deinen Hintern sehr. Ist das okay?

Ich: Ja.

Er: Ich würde gern einen Fanblog über deinen Hintern schreiben.

Ich: Das ist ein bisschen schräg.

Er: Ich will Fanfiction über deinen fantastischen Hintern schreiben, der sich in deine wunderschönen Augen verliebt.

Ich: lol. Du verdirbst die Romantik.
Was hast du noch mal davor gesagt?

Er: Dass ich deinen Körper mag. Ich mag
deinen Bauch und deine Beine und deine Haare
und. Ich. Mag. Deinen. Körper.

Ich: Wirklich?

Er: Wirklich.

Ich: Was für einen Dachschaden habe ich,
dass mir simsen Spaß macht, aber Küssen
macht mir Angst?

Er: Du hast keinen Dachschaden. Willst du
am Montag nach der Schule vorbeikommen?
Film oder so was?

Ich wartete einen Moment, dann schrieb ich: Ja.

VIERZEHN

Am Montag erzählte ich Daisy auf dem Parkplatz vor der Schule von den SMS und dem Knutschen und den 80 Millionen Mikroben.

»So gesehen ist Küssen wirklich widerlich«, sagte sie. »Andererseits, vielleicht sind seine Mikroben *besser* als deine, wer weiß? Vielleicht wirst du davon gesünder?«

»Vielleicht.«

»Vielleicht verleihen dir seine Mikroben Superkräfte. *Sie war ein ganz normales Mädchen, bis sie einen Milliardär küsste, und plötzlich war sie … MICROBIANCA, Königin der Mikroben.*« Ich sah sie wortlos an. »Tut mir leid, war das nicht hilfreich?«

»Wahrscheinlich gewöhnt man sich mit der Zeit daran, oder?«, fragte ich. »Also, jedes Mal, wenn wir uns küssen und nichts Schlimmes passiert, wird es weniger gruselig. Ich meine, er steckt mich ja nicht wirklich mit Campylobacter an.« Nach einer Sekunde setzte ich nach: »Wahrscheinlich nicht.«

Daisy wollte etwas sagen, aber dann entdeckte sie Mychal, der über den Parkplatz kam. »Dir passiert nichts, Holmesy. Wir sehen uns beim Mittagessen. Hab dich lieb!«, rief sie und lief Mychal entgegen. Sie warf ihm die Arme um den Hals und küsste ihn stürmisch auf den Mund, ein Bein angewinkelt wie ein Filmstar.

Ich fuhr direkt nach der Schule zu Davis. Das schmiedeeiserne Tor der Einfahrt war zu, und ich musste aussteigen und klingeln.

»Villa Pickett«, sagte eine Stimme, die wie Lyles klang.

»Hallo, hier ist Aza Holmes, Davis' Freundin«, sagte ich.

Er antwortete nicht, aber das Tor begann sich automatisch zu öffnen. Ich stieg wieder ein und fuhr mit Harold die Einfahrt hinauf. Als ich vor der Villa ankam, wartete Lyle in seinem Golfwagen auf mich. »Hallo«, sagte ich.

»Davis und Noah sind am Pool«, sagte er. »Soll ich dich hinfahren?«

»Ich kann auch zu Fuß gehen«, antwortete ich.

»Ich fahre dich«, sagte er ausdruckslos und zeigte auf den Platz neben sich. Ich stieg ein, und er fuhr ganz langsam los. »Wie geht es Davis?«, fragte er mich.

»Ganz gut, glaube ich.«

»Er ist sehr sensibel – das sind sie beide.«

»Ja«, sagte ich.

»Vergiss das nicht. Hast du schon mal jemanden verloren?«

»Ja«, sagte ich.

»Dann weißt du, wie es ist.« Wir tuckerten auf den Pool zu. Davis und Noah saßen nebeneinander auf einer Liege, Ellbogen auf den Knien, den Blick auf die Pflastersteine gerichtet. Ich dachte darüber nach, was Lyle gesagt hatte: *Dann weißt du, wie es ist*. Nein, ich wusste nicht, wie es war. Jeder Verlust ist anders. Man kann nie wissen, wie es für jemand anderen ist, nicht wirklich – jemand zu berühren war ja auch nicht dasselbe, wie in seinem Körper zu stecken.

Als Davis den Golfwagen hörte, sah er auf, nickte mir zu und stand auf.

»Hallo«, sagte ich.

»Hey. Ich … also, ich brauche hier noch ein paar Minuten. Tut mir leid. Ich muss was mit Noah besprechen. Lyle, könntest du Aza ein bisschen rumführen? Vielleicht das Labor zeigen? Ich komme nachher dazu, okay?«

Ich nickte und setzte mich wieder in den Golfwagen. Lyle machte einen Anruf. »Malik, haben Sie ein paar Minuten Zeit, um Davis' Freundin durchs Labor zu führen? – Wir sind gleich da.« Dann fuhr er mich am Golfplatz vorbei und fragte mich unterwegs nach der Schule, nach meinen Noten und was meine Eltern beruflich machten. Ich sagte ihm, dass meine Mutter Lehrerin war.

»Und dein Vater ist nicht auf der Bildfläche?«

»Er ist tot.«

»Oh. Das tut mir leid.«

Er nahm eine Abzweigung, die durch ein Wäldchen zu einem rechteckigen Glaskasten führte. Auf einem Schild stand: LABOR.

Lyle brachte mich zur Tür, öffnete sie mit seinem Ausweis, dann verabschiedete er sich. Als die Tür hinter mir zufiel, entdeckte ich Malik, den Zoologen, der an einem Tisch stand und in ein Mikroskop starrte. Anscheinend hatte er mich nicht gehört. Das Labor war riesig; in der Mitte stand ein langer schwarzer Tisch, wie in den Chemiesälen bei uns in der Schule. Unter dem Tisch waren Fächer untergebracht, und auf dem Tisch standen die verschiedensten Gegenstände, von denen ich ein paar erkannte – Reagenzgläser, Kolben mit Flüssigkeiten –, und jede Menge, die ich nicht erkannte. Ich sah mir einen runden Apparat an, in dem lauter Reagenzgläser steckten.

»Einen Moment bitte«, sagte Malik. »Die Zellen leben außerhalb des Körpers nicht lang, und weil Tua nur 700 Gramm wiegt, versuche ich ihr so wenig wie möglich Blut abzuzapfen. Das ist übrigens die Zentrifuge.« Dann kam er zu mir, hielt ein Reagenzglas hoch, das offenbar Blut enthielt, und stellte es vorsichtig in einen Reagenzglasständer.

»Interessierst du dich für Biologie?«, fragte er.

»Ein bisschen.«

Er betrachtete das bisschen Blut am Boden des Reagenzglases und sagte: »Wusstest du, dass Tuataras Parasiten haben können, ohne davon krank zu werden? Tua hat zum Beispiel Salmonellen.«

»Ich weiß nicht viel über Tuataras.«

»Das tun die wenigsten, was schade ist, weil das Tuatara mit Abstand das aufregendste Reptil ist. Es ist wie ein Blick in die Urzeit.« Ich starrte Tuas Blut an.

»Es übersteigt unsere Vorstellungskraft, wie erfolgreich diese Spezies ist – Tuataras gibt es ungefähr tausendmal so lange wie uns Menschen. Denk mal darüber nach. Wenn unsere Spezies so alt wie das Tuatara werden würde, hätten wir noch nicht mal 0,1 Prozent unserer Geschichte hinter uns.«

»Unwahrscheinlich«, sagte ich.

»Sehr unwahrscheinlich. Deswegen liebt Mr. Pickett Tua so – weil sie so *erfolgreich* ist. Mit ihren 40 Jahren hat sie immer noch drei Viertel ihres Lebens vor sich.«

»Und er will ihr wirklich sein ganzes Vermögen vermachen?«

»Man kann Geld schlechter investieren«, antwortete Malik.

Ich war mir nicht sicher, ob ich seine Meinung teilte.

»Was mich am meisten fasziniert, und damit beschäftigt sich meine Forschung, ist ihre Evolutionsrate auf molekularer Ebene. Entschuldige bitte, wenn ich dich langweile.« Tatsächlich machte es Spaß, ihm zuzuhören. Malik war so begeistert, wenn er mit großen Augen von seiner Arbeit erzählte. Er schien sie wirklich zu mögen. Man traf nicht viele Erwachsene, denen es so ging.

»Nein, es ist interessant«, entgegnete ich.

»Hast du Biologie in der Schule?«

»Ja«, sagte ich.

»Dann weißt du auch, was DNA ist.« Ich nickte. »Weißt du auch, dass sich die DNA verändern kann? Mutationen des Erbguts sind der Motor der Artenvielfalt.«

»Ja«, sagte ich.

»Dann pass auf.« Er ging zu einem Mikroskop, das mit einem Computer verbunden war, und auf dem Monitor erschien das Bild eines mehr oder weniger runden Gebildes. »Das ist eine Zelle des Tuataras. Soweit wir wissen, haben sich die Tuataras in den letzten 200 Millionen Jahren kaum verändert, ja? Sie sehen genauso aus wie ihre Fossilien. Bei den Tuataras passiert alles ganz langsam. Sie erreichen spät ihre Reife – sie sind erst mit 30 ausgewachsen. Sie pflanzen sich langsam fort, legen nur alle vier Jahre Eier. Sie haben einen langsamen Stoffwechsel. Doch obwohl alles bei ihnen so langsam vonstattengeht und obwohl sie sich seit 200 Millionen Jahren äußerlich kaum verändert haben, ist ihre molekulare Evolutionsrate höher als bei jedem anderen uns bekannten Lebewesen.«

»Das heißt, sie mutieren schneller?«

»Ja, auf molekularer Ebene. Ihre Gene verändern sich schneller als die von Menschen, Löwen oder Fruchtfliegen. Was alle möglichen Fragen aufwirft: Haben einst alle Tiere so schnell mutiert? Was hat die molekulare Mutation verlangsamt? Wie kann sich ein Tier selbst so wenig verändern, wenn seine DNA es so schnell tut?«

»Und? Haben Sie die Antworten schon gefunden?«

Er lachte. »O nein, nein, nein. Ich bin weit davon entfernt. Was ich an der Wissenschaft so liebe, ist, dass man beim Forschen eigentlich keine Antworten findet. Man findet nur bessere Fragen.«

Ich hörte, wie hinter mir die Tür aufging. Davis. »Film?«, fragte er.

Ich bedankte mich bei Malik für die Einführung, und er sagte: »Jederzeit wieder. Vielleicht bist du nächstes Mal so weit, dass du sie streicheln kannst.«

Ich lächelte. »Das bezweifle ich.«

Davis und ich umarmten oder küssten uns nicht oder so was; wir schlenderten einfach nebeneinander den Weg hinauf, bis er sagte: »Noah hatte Ärger in der Schule.«

»Was ist passiert?«

»Anscheinend wurde er mit einem Joint erwischt.«

»Oje, tut mir leid. Musste er zur Polizei?«

»Nein, an der Aspen Hall rufen sie wegen so was nicht die Polizei.« Ich hätte ihm gern gesagt, dass sie bei uns an der öffentlichen Schule garantiert die Polizei gerufen hätten, aber ich behielt es für mich. »Er wird von der Schule suspendiert.«

Es war kalt genug, dass ich meinen Atem sehen konnte. »Vielleicht tut ihm das gut.«

»Na ja, er wurde schon zweimal suspendiert, und bis jetzt hat es ihm nicht gutgetan. Im Ernst, wer raucht mit 13 in der Schule Joints? Es ist, als legt er es darauf an, Ärger zu kriegen.«

»Tut mir leid.«

»Er braucht einen Vater«, sagte Davis. »Selbst wenn es ein schlechter Vater ist. Und ich kann das nicht – ich habe keine Ahnung, was ich mit ihm machen soll. Lyle hat heute versucht, mit ihm zu reden, aber Noah macht den Mund nicht auf – immer nur *cool, yeah, was geht, okay.* Ich weiß, dass er Dad vermisst, aber ich kann da auch nichts tun, verstehst du? Lyle ist nicht sein Vater. Ich bin nicht sein Vater. Tut mir leid, ich musste mal Dampf ablassen, und im Moment bist du die Einzige, mit der ich reden kann.«

Die Einzige dröhnte mir in den Ohren. Ich spürte, wie meine Handflächen zu schwitzen anfingen. »Lass uns einen Film ansehen«, sagte ich am Ende.

Im Kinosaal sagte er: »Mir ist ein Science-Fiction-Film eingefallen, der dir vielleicht gefällt. Er ist zwar ein bisschen bescheuert, aber auch ziemlich cool. Wenn du ihn doof findest, kannst du dir die nächsten zehn Filme aussuchen. Abgemacht?«

»Klar«, sagte ich. Der Film hieß *Jupiter Ascending,* und er war wirklich bescheuert und cool zugleich. Nach ein paar Minuten nahm ich Davis' Hand, und es fühlte sich okay an. Sogar ganz gut. Ich mochte seine Hände und die Art, wie er seine Finger in meine flocht, wie er mit dem Daumen kleine Kreise auf die weiche Haut zwischen meinem Daumen und meinem Zeigefinger malte.

Als der Film einen seiner vielen Höhepunkte erreichte, kicherte ich über irgendwas Superalbernes, und er fragte: »Findest du ihn gut?«

Und ich sagte: »Ja. Total albern, aber toll.«

Ich spürte, dass er mich immer noch ansah, also sah ich ihn an. »Ich weiß nicht, ob ich diese Situation missverstehe«, sagte er. Die Art, wie er lächelte, löste das dringende Bedürfnis in mir aus, ihn zu küssen. Seine Hand zu halten fühlte sich gut an, obwohl es sich früher oft nicht gut angefühlt hatte, und vielleicht war diesmal auch das Küssen anders.

Ich beugte mich über die ziemlich breiten Armlehnen zwischen uns und küsste ihn kurz auf die Lippen, und mir gefiel die Wärme seines Mundes. Ich wollte mehr, und ich berührte seine Wange. Und dann begann ich ihn richtig zu küssen und spürte, wie er den Mund öffnete. Ich wollte mit ihm zusammen sein wie ein ganz normaler Mensch. Ich wollte den berauschenden Schwindel der Intimität, den ich gespürt hatte, als wir uns Nachrichten schrieben. Das Küssen machte Spaß. Er war ein guter Küsser.

Aber dann kamen die Gedanken, und ich merkte, dass seine Spucke in meinem Mund lebendig war. Ich versuchte, mich so diskret wie möglich zurückzuziehen.

»Alles in Ordnung?«

»Mhm«, sagte ich. »Alles gut. Ich wollte nur …« Ich überlegte, was ein normaler Mensch sagen würde, so als müsste ich nur wie ein normaler Mensch reden, um als normaler Mensch durchzugehen, als könnte ich ein normaler Mensch werden.

»Lieber langsam?«, schlug er vor.

»Ja«, sagte ich. »Ja, genau.«

»Cool.« Er nickte zur Leinwand. »Auf die Szene habe ich gewartet. Pass auf. Die ist total abgefahren.«

Es gibt ein Gedicht von Edna St. Vincent Millay, das mir immer im Kopf geblieben ist, seit ich es zum ersten Mal las, und eine Stelle daraus geht so: »Vom dunklen Berg vor meine Tür geweht / drei Flocken, dann vier / und dann immer mehr.« Die ersten drei konnte man noch zählen und die vierte. Doch dann reichte die Sprache nicht mehr aus, und man musste sich zurückziehen und versuchen, den Schneesturm irgendwie zu überstehen.

Genau so war es mit der Spirale meiner Gedanken: Ich dachte an die Bakterien, die in mir lebten. Ich dachte an die Wahrscheinlichkeit, dass ein Prozentsatz dieser Bakterien bösartig war. Ich dachte an Kolibakterien, an *Campylobacter* und *Clostridium difficile*, die wahrscheinlich zu Davis' Mikrobiom gehörten.

Dann kam der vierte Gedanke. Und dann immer mehr.

»Ich muss mal aufs Klo«, sagte ich. »Ich bin gleich wieder da.«

Als ich aus dem Keller nach oben kam, fiel das letzte Licht des Abends durch die Fenster und färbte die weißen Wände hellrosa. Noah, der auf der Couch ein Videospiel spielte, sagte: »Aza?«

Ich drehte mich um und lief ins Bad. Ich wusch mir das Gesicht, starrte in den Spiegel, beobachtete mich beim Atmen. Ich sah mich lange an, versuchte einen Weg zu finden, den Sturm abzuschalten, den Lautlosschalter meines inneren Monologs zu finden. Ich strengte mich an.

Dann nahm ich das Desinfektionsmittel aus der Jackentasche und spritzte es mir in den Mund. Ich würgte ein bisschen, als ich mit dem brennenden Schleim gurgelte und ihn dann herunterschluckte.

»Seht ihr *Jupiter Ascending*?«, fragte Noah, als ich aus dem Bad kam.

»Ja.«

»Cool.« Als ich gerade wieder runtergehen wollte, sagte er: »Aza?« Ich ging zu ihm und setzte mich.

»Niemand will ihn finden.«

»Deinen Vater?«

»Ich kann an nichts anderes mehr denken. Ich … Ist es … Glaubst du, er würde einfach so verschwinden, ohne uns eine Nachricht zu schicken? Oder meinst du, er versucht es die ganze Zeit, und wir haben nur nicht kapiert, wo die Nachricht ist?«

Der Junge tat mir so leid. »Kann sein«, sagte ich. »Oder er wartet, bis es sicher ist.«

»Stimmt«, sagte Noah. »Ja, das ist logisch. Danke.« Ich wollte gerade aufstehen, als er fragte: »Aber hätte er uns nicht eine E-Mail schicken können? E-Mails kann man nicht zurückverfolgen, wenn er einen öffentlichen Hotspot benutzt. Oder eine SMS von einem Prepaid-Telefon, das er sich irgendwo besorgt?«

»Vielleicht hatte er Angst«, sagte ich. Ich versuchte, ihm zu helfen, aber vielleicht konnte ihm keiner helfen.

»Aber du suchst weiter, oder?«

»Ja«, sagte ich. »Natürlich, Noah.«

Dann griff er wieder nach dem Gamecontroller, mein Zeichen zu gehen.

Davis hatte den Film mitten in einer Sternenschlacht angehalten, und in seiner Brille spiegelte sich das grelle Licht der erstarrten Explosion, als er zu mir aufsah. Ich setzte mich neben ihn.

»Alles in Ordnung?«, fragte er.

»Tut mir echt leid«, sagte ich.

»Soll ich irgendwas anders machen …«

»Nein, es hat nichts mit dir zu tun. Es ist, also, ich … Ich kann im Moment nicht darüber sprechen.« Mir war schwindlig. Ich versuchte, nicht in seine Richtung zu atmen, damit er das Desinfektionsmittel nicht roch.

»Das ist okay«, sagte er. »Ich finde es gut, wie wir sind. Ich finde es gut, dass wir unseren eigenen Weg gehen.«

»Das ist nicht dein Ernst.«

»Doch.« Ich starrte die erstarrte Leinwand an und wartete, dass der Film weiterlief. »Ich habe gehört, wie du mit Noah geredet hast.«

Ich schmeckte wieder seine Spucke in meinem Mund, was hieß,

die Auszeit, die mir das Desinfektionsmittel gewährt hatte, war vorbei. Wenn ich seine Spucke immer noch schmecken konnte, war sie offensichtlich noch da. *Du musst mehr Desinfektionsmittel trinken.* Das ist lächerlich. Milliarden von Menschen küssen sich, ohne dass etwas Schlimmes passiert. *Du weißt, dass es dir besser geht, wenn du noch einen Schluck trinkst.*

»Er braucht professionelle Hilfe«, sagte ich. »Einen Psychologen oder so was.«

»Er braucht einen Vater.«

Wieso hast du ihn bloß geküsst? Du hättest es wissen müssen. Du hättest einen netten Abend verbringen können, aber du wolltest ja nicht. Das hast du jetzt davon. Hier geht es um Noah, nicht um mich. *Seine Bakterien schwimmen in dir herum. Sie kleben an deiner Zunge. Nicht mal reiner Alkohol kann sie abtöten.*

»Sollen wir einfach den Film weitersehen?«

Ich nickte, und während der nächsten Stunde saßen wir da, ohne uns zu berühren, während die Spirale immer enger wurde.

FÜNFZEHN

Als ich an diesem Abend nach Hause kam, ging ich sofort ins Bett, aber schlief nicht gleich ein. Ich fing mehrere Nachrichten an ihn an, die ich nicht abschickte, bis ich schließlich das Telefon weglegte und meinen Laptop aufklappte. Ich fragte mich, was aus Davis' Online-Leben geworden war – wo er hingegangen war, nachdem er seine Social-Media-Profile stillgelegt hatte.

Die Google-Treffer, die sein Name ergab, hatten hauptsächlich mit seinem Vater zu tun – »Vorstandsvorsitzender von Pickett Engineering erklärt in Interview, dass er seinen halbwüchsigen Söhnen keinen Cent hinterlässt«, und so weiter. Davis hatte seit dem Verschwinden weder Instagram noch Facebook, Twitter oder seinen Blog aktualisiert, und die Suche nach seinen zwei Nutzernamen dallgoodman und davisnotdave02 führten nur zu anderen Leuten.

Also begann ich nach ähnlichen Benutzernamen zu suchen, dallgoodman02, davisnotdave, davisnotdavid, und versuchte es bei Facebook und Blog-URLs mit Raten. Und dann, nach mehr als einer Stunde, kurz nach Mitternacht, kam ich endlich auf die Idee, nach dem Satz »die Blätter sind fort warum nicht auch du« zu suchen.

Ein einzelner Link tauchte auf, der zu einem Blog mit dem Benutzernamen isnotid02 führte. Die Website war vor zwei Monaten eingerichtet worden, und wie bei Davis' früherem Online-Tagebuch begannen die meisten Einträge mit einem Zitat, gefolgt von einem kurzen, kryptischen Text. Nur dass es auf dieser Website auch eine Registerkarte mit *Gedichten* gab. Ich klickte auf den Blog und scrollte zurück bis zum ersten Eintrag:

»Ich kann mit drei Worten alles zusammenfassen,
was ich über das Leben gelernt habe: Es geht weiter.«

Robert Frost

Vor 14 Tagen hat der ganze Mist angefangen. Mein Leben ist nicht unbedingt schlimmer geworden. Nur kleiner. Wenn man lange genug hochsieht, fängt man an, die eigene Winzigkeit zu spüren. Der Unterschied zwischen lebendig oder nicht lebendig – das ist etwas. Aber von den Sternen aus betrachtet, gibt es fast keinen Unterschied zwischen den verschiedenen Arten von lebendig, zwischen mir und dem frisch gemähten Gras, auf dem ich liege. Beide sind wir Unwahrscheinlichkeiten: das, was im Universum einem Wunder am nächsten kommt.

***

»Dann brach eine Planke der Vernunft /
und ich fiel und fiel …«

Emily Dickinson

Die Milchstraße besteht aus 100 Milliarden Sternen – einer für jeden Menschen, der je gelebt hat, ungefähr. Daran dachte ich heute

Abend, als ich unter dem Himmel lag. Für die Jahreszeit ist es zu warm, aber die Sicht auf die Sterne ist so klar, wie man es sich hierzulande nur wünschen kann. Irgendetwas an dem Blick nach oben gibt mir immer das Gefühl, ich falle.
Vorher habe ich meinen Bruder in seinem Zimmer weinen hören, und ich stand lange vor der Tür. Ich wusste, dass er wusste, dass ich da war, weil er versuchte, das Schluchzen zu unterdrücken, als er die Dielen knarren hörte. Ich stand einfach nur da, eine Ewigkeit, starrte die Tür an und schaffte es nicht, sie zu öffnen.

***

»Selbst die Stille / hat eine Geschichte zu erzählen.«
Jacqueline Woodson

Das Schlimmste daran, wirklich allein zu sein, ist der Gedanke an all die Male, als du dir gewünscht hast, die anderen würden dich einfach in Ruhe lassen. Jetzt hast du deine Ruhe, und alle sind weg, und du stellst fest, dass du keine gute Gesellschaft bist.

***

»Die Welt ist eine Kugel – je weiter du segelst,
desto näher kommst du nach Hause.«
Terry Pratchett

Manchmal gehe ich auf Google Maps und zoome wahllos Orte an, wo er sein könnte. Gestern Abend war S da, um mit uns zu besprechen, was jetzt passiert – was passiert, wenn er gefunden wird, was passiert, wenn nicht –, und irgendwann hat er gesagt: »Ihr versteht, dass ich von der Rechtsperson rede, nicht von der physischen Person.« Die Rechtsperson ist das, was über uns schwebt, was uns heimsucht. Die natürliche Person ist irgendwo auf dieser Landkarte.

***

»Ich bin verliebt in die Welt.«
Maurice Sendak

Wir sagen immer, wir sind unter dem Sternenhimmel. Das stimmt natürlich nicht – im Raum gibt es kein Unten oder Oben, und Sterne gibt es in allen Richtungen. Aber wir stellen uns unter sie, und das ist gut so. Wie oft wird der Mensch in unserer Sprache glorifiziert – wir sind *wer*, alle anderen Tiere sind *was* –, doch wenigstens den Sternen ordnet uns die Sprache unter.

Irgendwann tauchte eine *Sie* auf.

»Was bisher geschah, nur Vorspiel ist.«
William Shakespeare

Die Vergangenheit zu sehen oder jemand aus der Vergangenheit zu sehen kann wehtun, mir zumindest. Dann überkommt mich ein melancholischer Schmerz – und ich will die Vergangenheit zurückhaben, um jeden Preis. Egal, dass sie unwiederbringlich ist, egal, dass sie wahrscheinlich nicht mal so passiert ist, wie ich mich an sie erinnere – ich will zurück. Ich will, dass die Dinge wieder so sind, wie sie waren, oder so, wie ich sie in Erinnerung habe: Ganz. Aber aus irgendeinem Grund erinnert sie mich nicht an die Vergangenheit. Sie fühlt sich an wie Gegenwart.

Den nächsten Eintrag hatte er in der Nacht gepostet, nachdem er mir das Geld gegeben hatte, und er bestätigte mehr oder weniger, dass sie ich war.

»Erwach', mein Herz, erwach'.
Hast wohl geschlafen: Erwach'.«
William Shakespeare

Ich frage mich, ob ich es verbockt habe. Aber hätte ich es nicht getan, würde ich mir jetzt eine andere Frage stellen. Das Leben ist eine Reihe von Entscheidungen zwischen verschiedenen Fragen.

***

»Die Insel ist voll Lärm.«
William Shakespeare

Der Gedanke, ob sie mich auch noch mögen würde, wenn ich nicht ich wäre, ist widersinnig. Er hebelt sich selbst aus. Was ich mich frage, ist, würde sie mich mögen, wenn derselbe Körper und dieselbe Seele ein anderes Leben leben würden, ein kleineres Leben? Andererseits wäre ich dann natürlich nicht ich. Ich wäre jemand anderes. Die Vergangenheit ist eine Falle, in die man gegangen ist. Ein Albtraum, sagte Dädalus, aus dem ich aufzuwachen versuche.

Und dann der jüngste Eintrag:

»Und dies Geschöpf der Finsternis erkenn' ich
für meines an.«
William Shakespeare

Sie sagte – mehr als einmal –, der Meteorschauer findet statt, über den Wolken, auch wenn wir ihn nicht sehen. Wen interessiert, ob sie küssen kann? Sie kann durch die Wolken sehen.

Erst als ich alle Einträge gelesen hatte, fiel mir auf, dass die Absätze, in denen ich vorkam, mit Zitaten aus *Der Sturm* überschrieben waren. Ein bisschen hatte ich das Gefühl, ich drang in seine Privatsphäre ein, aber andererseits war es ein öffentlicher Blog, und es tat mir gut, Zeit mit seinen Worten zu verbringen, denn es war, wie Zeit mit ihm zu verbringen, nur nicht so furchterregend. Also klickte ich auf *Gedichte*.

Das erste lautete:

Die Schritte meiner Mutter
waren so leise
ich hörte sie kaum, als sie ging.

Ein anderes:

lass wahrheit nie schönheit in die quere kommen,
glaubte e. e. cummings.
»das ist das wunder, das die sterne auseinanderhält«,
schreibt er über Liebe und Sehnsucht.

Wahrscheinlich konnte er damit häufig landen,
wahrscheinlich war das der Zweck des Gedichts.
Aber Schwerkraft ist anders als Zuneigung:
Nur eines bleibt.

Und dann das erste Gedicht, geschrieben am Tag des ersten Blog-Eintrags, zwei Wochen nach dem Verschwinden seines Vaters.

Er trug mich mein Leben lang herum –
hob mich hoch, brachte mich hierhin, dorthin,
sagte: Komm, ich nehme dich mit, es wird lustig.
Doch das war es nie.
Man spürt das Gewicht seines Vaters erst,
wenn es von einem genommen wird.

Als ich das Gedicht zum zweiten Mal las, summte mein Telefon. Davis. Hi.

Ich: Hi.

Er: Liest du gerade meinen Blog?

Ich: … vielleicht. Ist das okay?

Er: Ich bin froh, dass du es bist. Meine Statistik sagt, jemand aus Indianapolis ist seit 30 Minuten auf der Website. Ich hatte schon Angst.

Ich: Warum?

Er: Ich will nicht, dass meine schrecklichen Gedichte in der Zeitung landen.

Ich: Das würde niemand tun. Außerdem, hör auf zu sagen, deine Gedichte wären schlecht.

Er: Wie hast du die Seite gefunden?

Ich: Ich habe »die Blätter sind fort warum nicht auch du« gegoogelt. Danach kann sonst niemand suchen.

Er: Tut mir leid, wenn ich paranoid bin, aber ich schreibe gern auf diesem Blog, und ich will ihn nicht löschen müssen.

Er: Es war schön, dich heute Abend zu sehen.

Ich: Ja.

Ich sah die Pünktchen, was hieß, dass er schrieb, aber es kam nichts, und nach einer Weile schrieb ich ihm.

Ich: Sollen wir über Facetime telefonieren?

Er: Gut.

Meine Finger zitterten leicht, als ich die Taste antippte, um den Videochat zu beginnen. Dann tauchte sein Gesicht auf dem Display auf, grau im Geisterlicht seines Telefons, und ich legte den Finger an die Lippen und sagte: »*Pssst*«, und wir sahen einander schweigend an, unsere kaum erkennbaren Gesichter und Körper vom schwachen Schein unserer Handys erleuchtet, intimer, als es in Wirklichkeit sein konnte.

Als ich sein Gesicht sah, das mich ansah, fiel mir auf, dass das Licht, das ihn sichtbar machte, aus einer Schleife kam: Unsere Bildschirme beleuchteten uns jeweils mit dem Licht aus dem Zimmer des anderen. Ich konnte ihn nur sehen, weil er mich sehen konnte. Bei all der Angst und Aufregung, ihm in dem körnigen silbernen Licht gegenüberzusitzen, hatte ich auf einmal nicht mehr das Gefühl, in meinem Bett zu sein, und er war nicht mehr in seinem. Stattdessen waren wir zusammen an einem nicht sinnlich erfassbaren Ort, fast als wären wir im Bewusstsein des anderen. Eine Nähe, die das echte Leben mit seinen echten Körpern niemals erreichen könnte.

Nachdem wir aufgelegt hatten, schrieb er mir eine Nachricht.
Ich mag uns. Wirklich.

Und irgendwie glaubte ich ihm.

SECHZEHN

Für eine Weile fanden wir Wege, wir zu sein – wir trafen uns manchmal im echten Leben, und wir schrieben und sahen uns täglich im Netz. Wir hatten einen Weg gefunden, im Riesenrad zu fahren, ohne das Riesenrad zu erwähnen. An manchen Tagen fiel ich tiefer in die Spirale als an anderen, aber das Pflaster zu wechseln half ein bisschen, und die Atemübungen und die Medikamente und alles andere halfen auch ein bisschen.

Mein Leben ging weiter – ich las Bücher und machte Hausaufgaben, schrieb Prüfungen und sah mit meiner Mutter fern, ich traf mich mit Daisy, wenn sie gerade nicht mit Mychal beschäftigt war, und ich blätterte immer wieder den College-Katalog durch und stellte mir die verschiedenen Möglichkeiten der Zukunft vor, die er versprach.

Und dann eines Abends, als mir langweilig war und ich die Zeit vermisste, als Daisy und ich unser halbes Leben bei Applebee's verbrachten, begann ich ihre *Star-Wars*-Geschichten zu lesen.

Daisys jüngste Geschichte »Rey sieht rot« war vor einer Woche erschienen. Ich war überrascht, als ich sah, dass sie Tausende von Malen gelesen worden war. Daisy schien eine richtige Berühmtheit zu sein.

Die Handlung, die von Rey erzählt wurde, fand auf Tatooine statt, wo die Turteltäubchen Rey und Chewbacca zwischenlandeten, um von einem Drei-Meter-Hünen namens Kalkino Fracht abzuholen. Chewie und Rey wurden von einem Mädchen mit blauen Haaren namens Ayala begleitet, das Rey als »meine beste Freundin und schwerste Bürde« beschrieb.

Sie trafen Kalkino bei einem Podrennen, und er versprach ihnen zwei Millionen Credits, wenn sie vier Kisten nach Utapau brachten.

»Irgendwie kommt mir das komisch vor«, sagte Ayala.
Ich verdrehte die Augen. Ayala verstand immer alles falsch. Und je nervöser sie war, desto schlimmer machte sie alles. Sie hatte die moralische Integrität eines Menschen, der noch nie in seinem Leben gehungert hatte. Ständig kritisierte sie, wie Chewie und ich unser Geld verdienten, ohne darüber nachzudenken, dass wir auch für ihren Lebensunterhalt aufkamen. Chewie stand für immer in Ayalas Schuld, weil ihr Vater vor vielen Jahren mit dem Leben bezahlt hatte, um Chewie zu retten. Chewie war ein Wookiee mit Prinzipien, selbst wenn es unbequem war. Ayalas Moralvorstellungen dagegen waren reine Bequemlichkeit, weil sie ihr Leben in Watte gepackt verbracht hatte.
Ayala murmelte: »Irgendwas stimmt da nicht.« Sie griff in ihre blaue Mähne, zog eine Strähne heraus und zwirbelte sie um ihren Finger. Ein nervöser Tick, einer von vielen.

Beim Lesen zog sich mein Magen immer mehr zusammen. Ayala war unerträglich. Sie störte Chewie und Rey an Bord des Millenniumsfalken beim Knutschen mit irgendwelchen nervigen Fragen zur Überlichtgeschwindigkeit, »die ein halbwegs cleverer Fünfjähriger beantworten könnte«. Sie verpfuschte die Lieferung, indem sie eine Frachtkiste öffnete, wobei einer der Generatoren so viel Energie abstrahlte, dass fast das ganze Raumschiff explodierte. An einer Stelle schrieb Daisy: »Ayala meinte es nicht böse, aber sie war einfach untauglich.«

Die Geschichte endete mit der erfolgreichen Auslieferung der Generatoren. Doch weil eine der Zellen wegen Ayala Energie verloren hatte, wussten die Empfänger, dass unsere unerschrockenen Helden gesehen hatten, was sich in den Kisten verbarg, woraufhin ein Kopfgeld auf sie ausgesetzt wurde – oder soll ich sagen auf *uns* –, was dazu führte, dass in der kommenden Episode noch mehr auf dem Spiel stand.

Es gab Dutzende von Kommentaren. Der letzte lautete: »ES TUT SO GUT, AYALA ZU HASSEN. DANKE, DASS DU SIE WIEDER REINGEBRACHT HAST.« Daisy hatte geantwortet: »Danke! Danke fürs Lesen!«

Ich las die Episoden in umgekehrter Reihenfolge und erfuhr, wie Ayala Chewie und Rey auf alle möglichen Arten das Leben schwer machte. Das einzige Mal, dass ich mich je nützlich gemacht hatte, war, als ich wegen einer Panikattacke auf einen Hutten namens Yantuh kotzte, der kurzfristig abgelenkt war, sodass Chewie einen Blaster erreichen und uns vor dem sicheren Tod retten konnte.

Ich las bis spät in die Nacht, und dann dachte ich lange darüber nach, was ich am nächsten Morgen zu Daisy sagen würde, und meine Gedanken kreisten zwischen stinksauer und zu Tode beschämt wie Geier über meinem Bett. Als ich am nächsten Morgen aufwachte, war ich völlig fertig – nicht bloß müde, sondern tief deprimiert. Ich sah mich, wie Daisy mich sah – planlos, hilflos, nutzlos. Eine Zumutung auf der ganzen Linie.

Auf dem Weg zur Schule hatte ich Herzklopfen vor Übermüdung, und ich dachte daran, wie ich als Kind Angst vor Monstern gehabt hatte. Ich hatte zwar gewusst, dass es Monster nicht wirklich gab. Aber ich wusste auch, dass Dinge, die nicht wirklich waren, mir wehtun konnten. Ich wusste, dass erfundene Dinge Macht besaßen und einen sogar umbringen konnten. Und dieses Gefühl hatte ich jetzt wieder, nach dem Lesen von Daisys Geschichten, als lauerte mir etwas Unsichtbares auf.

Ich dachte, ich würde bei Daisys Anblick wütend werden, aber als ich sie vor der Schule auf der Treppe sitzen sah, warm eingepackt gegen die Kälte, und sie mir mit dem Handschuh winkte, hatte ich das Gefühl, ich … ich hätte es nicht anders verdient. Als wäre Ayala das, was Daisy brauchte, um mich auszuhalten.

Als ich auf sie zuging, stand sie auf. »Alles in Ordnung, Holmesy?«, fragte sie. Ich nickte. Ich konnte nicht sprechen. Meine Kehle war wie zugeschnürt.

»Was ist los?«, fragte Daisy.

»Nur müde«, sagte ich.

»Holmesy, versteh mich nicht falsch, aber du siehst aus, als hättest du die ganze Nacht in einem Geisterhaus gespukt, und jetzt stehst du auf dem Parkplatz und willst Crystal Meth kaufen.«

»Das verstehe ich bestimmt nicht falsch.«

Sie legte den Arm um mich. »Ich meine, du bist natürlich trotzdem wunderschön. Du kannst gar nicht nicht wunderschön sein, Holmesy, egal, was du tust. Ich meine nur, du brauchst mehr Schlaf. Verwöhn dich ein bisschen, verstehst du?« Ich nickte und wand mich aus ihrem Arm. »Wir haben ewig nicht mehr zu zweit abgehangen«, sagte sie. »Kann ich nach der Schule mit zu dir kommen?«

Ich wollte Nein sagen, aber mir fiel ein, dass Ayala zu allem immer Nein sagte, und ich wollte nicht so sein wie mein erfundenes Ich. »Klar.«

»Mychal und ich treffen uns heute Abend zum Hausaufgabenmachen, aber wenn wir nach der Schule direkt zu dir gehen, habe ich 142 Minuten Zeit, was zufällig genau die Länge von *Angriff der Klonkrieger* ist.«

»Hausaufgaben?«, fragte ich.

Mychal tauchte hinter mir auf. »Wie lesen uns für Englisch gegenseitig *Mittsommernachtstraum* vor.«

»… im Ernst?«

»Was ist?«, fragte Daisy. »Ist nicht meine Schuld, dass wir so zuckersüß sind. Aber vorher Yoda-Lichtschwertkämpfe bei dir zu Hause. Cool?«

»Cool.«

»Abgemacht«, sagte sie.

Sechs Stunden später lagen wir nebeneinander auf Kissen gestützt auf dem Boden und verfolgten, wie Anakin Skywalker und Padmé sich in extremer Zeitlupe ineinander verliebten. Daisy behauptete, *Angriff der Klonkrieger* sei der unterschätzteste Film des ganzen *Star-Wars*-Epos. Ich fand ihn ziemlich beknackt, aber es machte Spaß, Daisy zuzusehen, wie sie ihn sah. Sie bewegte buchstäblich bei jedem Wort die Lippen.

Ich sah hauptsächlich auf mein Telefon, las Artikel über Picketts Verschwinden, suchte nach Hinweisen, die irgendetwas mit Joggern oder einem Jogger-Mund zu tun hatten. Ich hatte es ernst gemeint, als ich Noah versprochen hatte, ich würde weitersuchen, aber die Spuren, die wir hatten, führten nirgendwohin.

»Ich würde Jar Jar gerne gut finden, weil Jar Jar doof zu finden so ein Klischee ist, aber er ist einfach total ätzend«, sagte Daisy. »In meiner Fanfic habe ich ihn schon vor Jahren umgebracht. Es war toll.« Mir wurde flau im Magen, aber ich konzentrierte mich auf mein Telefon. »Was suchst du da?«, fragte sie.

»Ich sehe nur nach, ob es was Neues über die Suche nach Pickett gibt. Noah ist völlig fertig – ich weiß auch nicht. Ich würde ihm gern irgendwie helfen.«

»Holmesy, wir haben die Belohnung. Es ist vorbei. Dein Problem ist, dass du nicht weißt, wann du gewonnen hast.«

»Mhm«, sagte ich.

»Ich meine, Davis hat uns die Belohnung gegeben, damit wir die Sache fallenlassen. Also lass sie fallen.«

»Mhm, okay«, sagte ich. Ich wusste, dass sie recht hatte, aber sie brauchte nicht so fies zu sein.

Ich dachte, das Gespräch sei vorbei, aber nach ein paar Sekunden drückte sie auf Pause und fing wieder damit an: »Ich meine nur, das hier ist keine von diesen Geschichten, wo das arme mittellose Mädchen reich wird und am Ende feststellt, dass Wahrheit wichtiger ist als Geld, und dann wird sie zur Heldin, weil sie am Schluss wieder das arme mittellose Mädchen ist, verstanden? Wenn Pickett verschwunden bleibt, ist allen geholfen. Deshalb lass es gut sein.«

»Keiner will dir dein Geld wegnehmen«, sagte ich leise.

»Ich hab dich lieb, Holmesy, aber sei nicht blöd.«

»Okay«, sagte ich.

»Versprochen?«

»Ja, versprochen.«

»Wir brechen Herzen, keine Versprechen«, sagte sie noch.

»Du sagst immer, dass wäre dein Motto, aber du verbringst 99 Prozent deiner Zeit mit Mychal.«

»Außer dass ich im Moment mit dir und Jar Jar Binks rumhänge«, gab sie zurück.

Schweigend sahen wir den Film weiter. Als er zu Ende war, drückte sie meinen Arm und sagte: »Ich habe dich lieb.« Dann flitzte sie los zu Mychal.

SIEBZEHN

Später am gleichen Abend bekam ich eine Nachricht von Davis.

Er: Bist du da?

Ich: Ja. Facetime?

Er: Kann ich dich vielleicht IRL sehen?

Ich: Na gut, aber IRL bin ich nicht so lustig.

Er: Ich mag dich IRL. Passt es jetzt?

Ich: Jetzt ist gut.

Er: Zieh dich warm an. Es ist kalt draußen,
und der Himmel ist klar.

Ich fuhr mit Harold zur Pickett-Villa. Harold vertrug die Kälte nicht so gut, und ich bildete mir ein, ich konnte hören, wie sich sein Motor zusammenzog, aber für mich hielt er durch, der Gute.

Auf dem Weg vom Parkplatz zum Haus war mir eiskalt, obwohl

ich meine Winterjacke und Handschuhe trug. Wenn das Wetter gut ist, denkt man nie viel darüber nach, aber wenn es so kalt ist, dass der Atem dampft, kann man es nicht mehr ignorieren. Das Wetter entscheidet, wann du daran denkst, nicht umgekehrt.

Vor mir ging die Haustür auf. Davis saß neben Noah auf der Couch, und sie spielten das übliche Sternenschlacht-Spiel. »Hi«, sagte ich.

»Hey«, sagte Davis.

»Was geht«, sagte Noah.

»Hör mal, Kumpel«, sagte Davis und stand auf. »Ich gehe mit Aza raus, bevor sie die Jacke auszieht. Ich bin bald zurück, cool?« Er wuschelte Noah durchs Haar.

»Cool«, sagte Noah.

»Ich habe Daisys Geschichten gelesen«, sagte ich, als wir draußen waren. Wie immer war der Golfplatzrasen perfekt gemäht, obwohl der einzige Golfer in der Familie seit Monaten verschwunden war.

»Sie sind gut, oder?«

»Kann sein. Aber ich war ein bisschen abgelenkt davon, wie schrecklich Ayala ist.«

»Sie ist nicht so schlimm. Sie hat nur ihre Ticks.«

»Sie ist schuld an 100 Prozent aller Probleme in den Geschichten.«

Er rempelte mich liebevoll mit der Schulter an. »Ich mag sie, aber ich schätze, ich bin voreingenommen.«

Wir machten einen Spaziergang über das ganze Gelände, bis wir irgendwann vor dem Pool stehen blieben. Davis tippte in sein Smartphone, und die Poolabdeckung öffnete sich. Dann setzten wir uns nebeneinander auf zwei Liegen, und ich sah zu, wie der Dampf aus dem Pool in die kalte Luft stieg, während Davis sich zurücklehnte und in den Himmel sah. »Ich verstehe nicht, wie er sich so einbunkern kann, wo es diese Unendlichkeit gibt, in die er sich fallen lassen könnte.«

»Wer?«

»Noah.« Ich sah, wie Davis die Hand in die Jackentasche schob. Er zog etwas raus und spielte damit herum. Erst dachte ich, es sei ein Kuli oder so was, aber als er das Ding wie ein Taschenspieler durch die Finger gleiten ließ, merkte ich, dass es die Iron-Man-Figur war. »Lach nicht«, sagte er. »Es war eine harte Woche.«

»Ich finde nur, dass Iron Man kein richtiger Super…«

»Du brichst mir das Herz, Aza. Also, siehst du Saturn da oben?« Und dann benutzte er Iron Man als Zeigestock und erklärte mir den Unterschied zwischen Planeten und Sternen und wo die verschiedenen Konstellationen waren. Er erzählte mir, dass unsere Galaxie eine riesige Spirale war, wie viele andere Galaxien auch. »Jeder Stern, den wir sehen, ist in dieser Spirale. Sie ist riesengroß.«

»Hat sie einen Mittelpunkt?«

»Ja«, sagte er. »Ja, unsere ganze Galaxie rotiert um ein supermassereiches schwarzes Loch. Aber ganz langsam. Ich meine, unser Sonnensystem braucht für eine Runde so was wie 225 Millionen Erdjahre.«

Ich fragte ihn, ob die galaktischen Spiralen unendlich waren, und er sagte Nein, und dann fragte er nach meinen Spiralen.

Ich erzählte ihm von dem Mathematiker Kurt Gödel, der krankhafte Angst davor hatte, vergiftet zu werden, und nur das essen konnte, was seine Frau für ihn zubereitete. Doch eines Tages wurde seine Frau krank und musste ins Krankenhaus, woraufhin Gödel nichts mehr aß. Ich sagte, obwohl Gödel gewusst haben muss, dass Verhungern die größere Gefahr für ihn darstellte, als vergiftet zu werden, konnte er einfach nicht essen, und deshalb verhungerte er. Mit 71 Jahren. Er lebte 71 Jahre mit seinem Dämon, doch am Ende kriegte der Dämon ihn doch.

Als ich mit der Geschichte fertig war, fragte Davis: »Hast du Angst, dass es dir auch so geht?«

Und ich antwortete: »Es ist seltsam zu wissen, dass man gestört ist und nichts dagegen tun kann, weißt du? Es ist nicht so, dass man sich für normal hält. Mir ist klar, dass da ein Problem ist. Aber ich kann es einfach nicht lösen. Weil man es nie wissen kann, verstehst du? Wenn man Gödel ist, kann man einfach nie wissen, ob man nicht doch vergiftet wird.«

»Hast du Angst, dass es dir auch so geht?«, fragte er wieder.

»Ich habe vor vielen Dingen Angst.«

Wir redeten weiter, so lange, dass die Sterne über uns weiterwanderten, und irgendwann fragte er: »Wollen wir schwimmen?«

»Bisschen kalt«, sagte ich.

»Der Pool ist beheizt«, gab er zurück. Er stand auf, zog sich das Hemd aus und stieg vor meinen Augen aus den Jeans. Es gefiel mir, ihm dabei zuzusehen, wie er die Jeans abstreifte. Er war dünn, aber ich mochte seinen Körper – die schmalen, doch markanten Muskeln seines Rückens, seine Beine mit der Gänsehaut. Frierend sprang er ins Wasser. »Großartig«, sagte er.

»Ich habe keine Badesachen dabei.«

»BH und Unterhose sind auch nichts anderes als ein Bikini.« Ich lachte, dann zog ich die Jacke aus und stand auf.

»Könntest du dich bitte umdrehen?«

Davis drehte sich zum schwach erleuchteten Terrarium, in dem sich eine zukünftige Milliardärin irgendwo im künstlichen Unterholz versteckte.

Ich zog meine Jeans und den Pullover aus. Ich fühlte mich nackt, auch wenn ich nicht splitternackt war, aber dann ließ ich die Hände sinken und sagte: »Okay, du kannst schauen.« Ich ließ mich neben ihm ins warme Wasser hinab. Er legte mir unter Wasser die Hände um die Taille, aber er versuchte nicht mich zu küssen. Das Terrarium ragte hinter ihm auf, und als meine Augen sich an die Dunkelheit gewöhnt hatten, sah ich auf einem Ast das Tuatara, das uns mit einem seiner rotschwarzen Augen anstarrte.

»Tua beobachtet uns«, flüsterte ich.

»So ein Schwein«, sagte Davis, dann drehte er sich um und starrte zurück. Tuas grüne Haut war mit einer Art gelbem Moos bewachsen, und ich konnte ihre kleinen Zähne sehen, als sie durch das leicht geöffnete Maul atmete. Plötzlich zuckte sie mit ihrem kleinen Krokodilschwanz, und Davis erschrak so, dass er sich an mir festhielt. Dann lachte er. »Ich hasse dieses Vieh.«

Es war bitterkalt, als wir aus dem Wasser kamen. Wir hatten keine Handtücher dabei, und so rannten wir mit den Kleidern im Arm zur Villa zurück. Noah saß immer noch auf der Couch und spielte. Ich huschte an ihm vorbei und lief die Marmortreppe hinauf.

Als wir wieder angezogen waren, gingen wir in Davis' Zimmer. Er stellte den Iron Man auf den Nachttisch, dann kniete er sich vor sein Teleskop, um mir zu zeigen, wie es funktionierte. Er tippte ein paar Koordinaten in eine Fernbedienung, und das Teleskop bewegte sich automatisch. Als es fertig war, beugte sich Davis über die Linse, dann ließ er mich sehen.

»Das ist Tau Ceti«, erklärte er. Das Teleskop hatte so nah herangezoomt, dass ich außer Dunkelheit und einem zitternden Kreis aus weißem Licht nichts erkannte. »Er ist zwölf Lichtjahre entfernt, ein sonnenähnlicher Stern, etwas kleiner als die Sonne. Zwei seiner Planeten könnten sogar bewohnbar sein – unwahrscheinlich, aber vorstellbar. Tau Ceti ist mein Lieblingsstern.« Ich wusste nicht, was ich sehen sollte – ich sah bloß einen Kreis, an dem nichts besonders war. Aber dann erklärte Davis es mir.

»Ich mag Tau Ceti, weil ich mir immer vorstelle, wie jemand aus Tau Cetis Sonnensystem unsere Sonne betrachtet. Im Moment kommt dort unser Licht von vor zwölf Jahren an – das Licht, in dem meine Mutter noch drei Jahre zu leben hatte. Unser Haus wird gerade gebaut, und meine Eltern streiten sich dauernd über den Grundriss der Küche. In dem Licht, das sie dort in diesem Moment sehen, sind wir beide noch Kinder. Wir haben das Beste und das Schlimmste noch vor uns.«

»Wir haben immer noch das Beste und das Schlimmste vor uns«, sagte ich.

»Ich hoffe nicht«, entgegnete er. »Ich hoffe inständig, dass ich das Schlimmste hinter mir habe.«

Ich riss mich vom zwölfjährigen Licht Tau Cetis los und sah Davis an. Dann nahm ich seine Hand, und ein Teil von mir wollte ihm sagen, dass ich ihn liebte, aber ich war mir nicht sicher, ob es stimmte. Unsere Herzen waren an der gleichen Stelle gebrochen. Das ist so etwas wie Liebe, aber vielleicht nicht ganz dasselbe.

Es war scheiße, wenn jemand aus der eigenen Familie tot war, und ich verstand, was er meinte, wenn er bei dem alten Licht Trost suchte. Ich wusste auch, dass er sich in drei Jahren einen neuen Lieblingsstern suchen würde, mit älterem Licht, zu dem er hinaufblicken konnte. Wenn die Zeit kam, würde er einen noch weiter entfernten Stern lieben, und so weiter, weil man nie zulassen durfte, dass das Licht die Gegenwart einholte. Damit man nicht vergaß.

Deswegen sah ich mir Dads Fotos auf dem Handy an. Es war genau das Gleiche. Auch Fotos sind Licht und Zeit.

»Ich sollte gehen«, sagte ich leise.

»Können wir uns am Wochenende sehen?«

»Ja«, sagte ich.

»Können wir beim nächsten Mal zu dir gehen?«

»Klar«, sagte ich. »Wenn es dich nicht stört, von meiner Mutter schikaniert zu werden.«

Er versicherte mir, dass es ihn nicht störte, und dann umarmten wir uns zum Abschied, und als ich ihn allein ließ, kniete er sich wieder vor das Teleskop.

Als ich nach Hause kam, erzählte ich meiner Mutter, dass Davis am Wochenende gern vorbeikommen wollte. »Ist er dein Freund?«, fragte sie.

»Ich schätze schon«, sagte ich.

»Respektiert er dich als gleichberechtigte Partnerin?«

»Ja.«

»Hört er dir genauso zu, wie du ihm zuhörst?«

»Na ja, ich bin nicht gut im Reden. Aber, ja. Er hört mir zu. Er ist wirklich sehr, sehr lieb, und außerdem musst du mir irgendwann einfach vertrauen, weißt du?«

Sie seufzte. »Das Einzige, was ich auf der Welt will, ist, dich zu beschützen. Vor Kummer, vor Stress, vor allem.« Ich umarmte sie. »Du weißt, dass ich dich lieb habe.«

Ich lächelte. »Ja, Mom. Ich weiß, dass du mich lieb hast. Mach dir deswegen keine Sorgen.«

Abends im Bett las ich Davis' Blog.

»Zweifle du am Sternenfeuer, /
Zweifle an der Sonne Gang.«
William Shakespeare

Natürlich *geht* die Sonne nicht – das heißt, sie geht schon, aber nicht um uns herum. Selbst Shakespeare ging von grundlegenden Wahrheiten aus, deren Grundlage sich als falsch herausstellte. Wer weiß, an welche Lügen ich glaube, oder du. Und wer weiß, woran wir nicht zweifeln sollten.
Heute, unter dem Himmel, fragte sie mich: »Warum stehen vor den Texten, in denen ich vorkomme, Zitate aus dem *Sturm*? Liegt es daran, dass wir Schiffbrüchige sind?«
Ja. Ja, es liegt daran, dass wir Schiffbrüchige sind.

Ich klickte auf Neuladen, nur für den Fall, und tatsächlich tauchte ein neuer Eintrag auf, den er vor wenigen Minuten gepostet hatte.

»Es gibt einen Ausdruck in der klassischen Musik:
›draußen auf der Wiese spielen‹. Gemeint sind die Abende,
die man nur so beschreiben kann: Es gab keine Wände,
keine Notenständer, nicht mal Instrumente. Es gab
keine Decke, keinen Boden, wir waren alle draußen
auf der Wiese. Der Ausdruck beschreibt ein Gefühl.«
Tom Waits

Ich weiß, dass sie das hier gerade liest. (Hallo.) Ich hatte heute Abend das Gefühl, wir waren draußen auf der Wiese, nur dass wir keine Musik gespielt haben. Bei den besten Gesprächen erinnert man sich nicht an das, worüber man gesprochen hat, sondern daran, wie es sich angefühlt hat. Es war, als wären wir gar nicht da, als wir nebeneinander am Pool lagen. Es war, als wären wir an einem Ort, den kein Körper besuchen kann, einem Ort ohne Boden, ohne Wände, ohne Instrumente.

Das hätte wirklich das Ende des Abends sein sollen. Aber statt einzuschlafen, beschloss ich, mich zu quälen, indem ich weitere Ayala-Geschichten las.

Ich verstand nicht, wie Davis sie mögen konnte. Sie war grauenhaft – vollkommen selbstbezogen und immer nur anstrengend. Bei einer Partyszene stellt Rey fest: »Wenn Ayala dabei ist, ist es keine richtige Party; auf richtigen Partys amüsieren sich die Leute.«

Irgendwann konnte ich nicht mehr, doch ich schaffte es trotzdem nicht, den Laptop wegzustellen und einzuschlafen. Stattdessen las ich auf Wikipedia über Fanfiction und *Star Wars*, und schließlich landete ich bei demselben alten Artikel über das Mikrobiom und bei den Studien darüber, wie die mikrobiotische Zusammensetzung sich verändern und in manchen Fällen zum Tod führen kann.

Irgendwo stieß ich auf den Satz: »Das Säugetiergehirn empfängt einen konstanten Strom interozeptiver Informationen von der Darmflora, den es mit weiteren interozeptiven Informationen aus dem Körperinneren sowie mit kontextueller Information aus der Umwelt kombiniert, bevor über die sogenannte Darm-Hirn-Achse, die eigentlich treffender Darm-Hirn-Informationszyklus heißen müsste, eine komplexe Reaktion an Zielzellen im Magen-Darm-Trakt geschickt wird.«

Ich war mir bewusst, dass ein solcher Satz die meisten Menschen kaltließ, aber mich erfüllte er mit blankem Entsetzen. Hier stand es schwarz auf weiß: Meine Bakterien beeinflussten meine Gedanken – vielleicht nicht direkt, aber durch die Informationen, die sie ständig von meinem Darm in mein Gehirn schickten. *Vielleicht denkst du diesen Gedanken gerade gar nicht. Vielleicht ist dein Denken entzündet.* Ich hätte nicht so viel im Internet surfen sollen. Ich hätte einschlafen sollen. *Zu spät.*

Ich sah nach, ob durch den Türspalt Licht zu sehen war, um sicherzugehen, dass meine Mutter im Bett war, bevor ich ins Bad schlich. Ich wechselte das Pflaster und sah mir das alte genau an. Da war Blut. Nicht viel, aber Blut. Hellrosa. Die Wunde ist nicht entzündet. Sie blutet, weil sie noch nicht verheilt ist. *Aber vielleicht ist sie doch entzündet.* Nein. *Woher willst du das wissen? Hast du sie heute früh überhaupt gesäubert?* Bestimmt. Ich säubere sie immer. *Bist du dir sicher?* Verdammt noch mal.

Ich wusch mir die Hände, klebte ein neues Pflaster auf, aber ich wurde immer tiefer hineingezogen. Leise öffnete ich den Medizinschrank. Nahm das nach Aloe duftende Desinfektionsmittel heraus. Trank einen Schluck, dann noch einen. Mir war schwindlig. Tu das nicht. Das Zeug ist reiner Alkohol. Davon wirst du krank. *Lieber noch einen.* Ich kippte mir noch einen Schluck auf die Zunge. Das reicht. Jetzt bist du sauber. *Nur noch einen letzten Schluck*. Ich trank. Hörte das Rumoren in meinem Darm. Mein Magen bäumte sich auf.

Manchmal spült man die gesunden Bakterien raus, und genau dann kriegt man C. difficile. *Sei vorsichtig*. Toll, erst soll ich das Zeug trinken und dann doch nicht.

Zurück in meinem Zimmer auf der Decke, schwitzend, Haut feucht, leichenstarr. Kann keinen klaren Gedanken fassen. Das Trinken von Desinfektionsmitteln macht dich nicht gesünder, du hirnverbrannter Idiot. *Aber die Dinger können mit deinem Gehirn reden. SIE können deinem Gehirn sagen, was es denken soll, und du nicht. Wer schmeißt hier den Laden?* Hör auf, bitte.

Ich versuchte, den Gedanken nicht zu denken, aber wie ein Hund an der Leine kam ich immer nur ein kleines Stück weg, bevor mir das Halsband die Kehle zuzog. Mein Magen rumpelte.

Nichts funktionierte. Selbst dem Gedanken nachzugeben hatte mir nur einen Augenblick Ruhe verschafft. Ich musste an die Frage denken, die Frau Dr. Singh mir vor Jahren gestellt hatte, als es zum ersten Mal so schlimm war. *Hast du das Gefühl, dass du für dich selbst ein Risiko darstellst?* Aber was war das Risiko, und was war das Selbst? Ich war nicht kein Risiko, aber ich konnte nicht sagen, für wen oder was, Pronomen und Objekte verschwammen vor lauter Abstraktion, die Wörter verschwanden in dem nicht-sprachlichen Strudel. *Du bist ein Wir. Du bist ein Du. Du bist eine Sie, ein Es, Sie Mehrzahl.* Ein Königreich für ein Ich.

Ich spürte, wie ich den Halt verlor, aber selbst das ist eine Metapher. Spürte, wie ich fiel, auch das ist eine. Kann das Gefühl nicht beschreiben, kann nur sagen, ich bin nicht ich. Geschmiedet auf dem Amboss einer anderen Seele. Bitte lass mich hier raus. Wer immer mich erfunden hat, lass mich hier raus. Alles, um hier rauszukommen.

Aber ich kam nicht raus.

Drei Flocken kamen, dann vier.

Und dann immer mehr.

ACHTZEHN

Mom weckte mich um 6 Uhr 50. »Hast du den Wecker verschlafen?«

Ich blinzelte. Es war noch dunkel in meinem Zimmer. »Alles bestens.«

»Wirklich?«

»Mhm.« Ich kämpfte mich aus dem Bett.

32 Minuten später war ich in der Schule. Ich sah aus wie ein Wrack, aber ich hatte längst keine Ambitionen mehr, meine Mitschüler an der White River High optisch zu beeindrucken.

Daisy saß allein auf den Stufen. »Du siehst müde aus«, begrüßte sie mich. Es war bewölkt, einer dieser Tage, an denen die Existenz der Sonne eine reine Hypothese ist.

»War eine lange Nacht. Wie geht's dir?«

»Toll, nur dass ich in letzter Zeit viel zu wenig von meiner besten Freundin sehe. Hast du heute Zeit? Applebee's?«

»Klar«, sagte ich.

»Außerdem braucht meine Mutter mein Auto, kannst du mich mitnehmen?«

Ich überstand das Mittagessen, den üblichen Small Talk mit meiner Mutter, die sich Sorgen wegen meiner »müden Augen« machte, Geschichte und Mathe. In jedem Raum überzogen die grauenhaften Neonröhren alles mit einer Schicht Übelkeit, und der Tag dehnte sich ewig, bis mich das letzte Klingeln endlich erlöste. Ich schleppte mich zu Harold, setzte mich hinters Steuer und wartete auf Daisy.

Ich hatte nicht viel geschlafen. Ich konnte nicht klar denken. Desinfektionsmittel ist mehr oder weniger reiner Alkohol; man kann das Zeug nicht trinken. Wahrscheinlich sollte ich Dr. Singh anrufen, aber dann müsste ich mit ihrem Sekretariat reden und irgendjemand Fremdem erzählen, dass ich verrückt war. Außerdem war die Vorstellung unangenehm, wie sie zurückruft, mit mitleidiger Stimme, und nachfragt, ob ich jeden Tag meine Medikamente nehme. Sie helfen sowieso nicht. Nichts hilft. Drei verschiedene Medikamente und fünf Jahre Verhaltenstherapie, und nichts war besser geworden.

Ich zuckte zusammen, als Daisy die Beifahrertür aufriss. »Alles in Ordnung?«, fragte sie.

»Mhm«, sagte ich. Ich ließ den Motor an. Spürte, wie sich meine Wirbelsäule aufrichtete. Ich fuhr rückwärts aus dem Parkplatz und reihte mich in die Schlange vor dem Schultor ein. »Du hast dir nicht mal die Mühe gemacht, meinen Namen zu verändern.« Meine Stimme war piepsig, aber wenigstens hatte ich sie wiedergefunden.

»Was?«

»Ayala, Aza. Anfang des Alphabets, Ende und wieder zurück. Mit meinen Ticks. Mit meinem Charakter. Alle, die deine Geschichten lesen, wissen, was du wirklich über mich denkst. Mychal. Davis. Wahrscheinlich die ganze Schule.«

»Aza«, sagte Daisy. Mein richtiger Name klang falsch aus ihrem Mund. »Du bist nicht …«

»Ach, leck mich.«

»Ich schreibe diese Geschichten, seit ich elf bin, und *du hast nie eine einzige davon gelesen.*«

»Du hast mich nie darum gebeten.«

»Erstens habe ich dich wohl darum gebeten. Oft. Und dann hatte ich die Nase voll, weil du immer gesagt hast, du liest sie, aber es nie getan hast. Zweitens hätte ich dich überhaupt nicht bitten müssen sollen. Du hättest deine ewige gottverdammte Selbstbeobachtung ruhig mal für drei Sekunden unterbrechen können, um einen einzigen Gedanken daran zu verschwenden, wofür sich andere Leute interessieren. Also, ich habe Ayala in der siebten Klasse erfunden. Ich gebe zu, das war fies, aber sie ist längst ihr eigener Charakter. Sie ist nicht du, okay?« Wir schoben uns immer noch im Schneckentempo über den Schülerparkplatz. »Ich meine, ich habe dich echt lieb, und du kannst nichts dafür, aber deine Ticks sind manchmal wirklich wie eine schriftliche Einladung an die Katastrophe.«

Endlich fuhr ich durch das Tor auf die Meridian Street nach Norden zur Autobahn. Daisy redete natürlich weiter. Das tat sie immer. »Tut mir leid, okay? Ich hätte Ayala vor Jahren sterben lassen sollen. Aber ja, du hast recht, sie ist auch eine Art Ventil für mich – ich meine, Holmesy, du bist *echt anstrengend.*«

»Ach ja, das Einzige, was du in den letzten Monaten von unserer Freundschaft hattest, sind 50 000 Dollar und einen Freund. Du hast recht, ich bin ein schrecklicher Mensch. Wie hast du in deiner Geschichte geschrieben? Untauglich? Ich bin untauglich.«

»Aza, sie ist nicht du. Aber du bist ... extrem mit dir selbst beschäftigt. Ich meine, ich weiß, dass du psychische Probleme hast und so weiter, aber sie machen dich echt ... Du weißt schon.«

»Nein, ich weiß es nicht. Was machen sie mich?«

»Mychal hat mal gesagt, du bist wie Senf. Super in kleinen Dosen, aber viel von dir ist echt … viel.«

Ich sagte nichts.

»Tut mir leid. Das hätte ich nicht sagen sollen.«

Ich hielt an einer roten Ampel, und als es grün wurde, trat ich ein bisschen zu fest auf Harolds Gaspedal. Ich spürte die Hitze in meinen Wangen, aber ich wusste nicht, ob ich heulen oder schreien wollte. Daisy redete weiter. »Du weißt doch, was ich meine. Zum Beispiel: Wie heißen meine Eltern mit Vornamen?«

Ich antwortete nicht. Ich wusste es nicht. Ich holte tief Luft und versuchte, meinen Herzschlag zurück in meinen Brustkorb zu drücken. Es war nicht nötig, dass Daisy mir erklärte, wie beschissen ich war. Das wusste ich längst.

»Was sind sie von Beruf? Wann warst du das letzte Mal bei mir – vor fünf Jahren? Angeblich sind wir beste Freundinnen, Holmesy, aber du weißt nicht mal, ob ich ein Haustier habe, verdammt noch mal. Du hast keine Ahnung, wie mein Leben ist. Du bist so, so krankhaft unneugierig, dass du nicht mal weißt, was du nicht weißt.«

»Du hast eine Katze«, flüsterte ich.

»Du hast keinen blassen Schimmer. Für dich ist alles so scheißeinfach. Du bildest dir ein, du und deine Mom, ihr seid arm dran oder so was, dabei hast du eine Zahnspange. Du hast ein Auto und einen Laptop und das ganze Zeug, und du denkst, das wäre *normal*. Du denkst, es wäre normal, in einem Haus zu wohnen und dein eigenes Zimmer zu haben und eine Mutter, die dir bei den Hausaufgaben hilft. Du merkst gar nicht, wie privilegiert du bist, dabei hast du *alles*. Du weißt nicht, wie es für mich ist, und du fragst auch nie. Ich teile mir das Zimmer mit meiner nervenden achtjährigen

Schwester, von der du nicht mal den Namen kennst. Und du regst dich auf, dass ich mir ein Auto kaufe, statt fürs College zu sparen, dabei hast du *keine Ahnung*. Du willst, dass ich eine echte selbstlose Heldin bin, die über Geld und solchen Dingen steht, aber das ist gequirlte Scheiße, Holmesy. Armut ist nicht edel oder so was. Armut ist einfach nur scheiße. Du kennst mein Leben nicht. Du hast dich nie dafür interessiert, und deshalb darfst du auch nicht über mich urteilen.«

»Sie heißt Elena«, sagte ich leise.

»Du denkst, dein Leben wäre schwer, und in deinem Gehirn sieht es sicher auch so aus, aber … Du checkst es einfach nicht, weil deine Privilegien für dich so normal sind wie die Luft zum Atmen. Ich dachte, dieses Geld, ich dachte, es macht uns gleicher. Ich habe immer versucht, mit dir mitzuhalten, ich habe gelernt, auf dem Telefon so schnell zu tippen, wie du es auf dem Computer tust, und ich dachte, das Geld bringt uns näher, aber in Wirklichkeit zeigt es mir nur … wie verwöhnt du bist. Ich meine, du hattest all das Zeug die ganze Zeit, und du weißt einfach nicht, wie viel leichter es das Leben macht, weil du nie, nie, nie über das Leben anderer Leute nachdenkst.«

Ich hatte das Gefühl, ich müsse mich übergeben. Ich fuhr auf die Autobahn. In meinem Kopf drehte sich alles. Ich hasste mich, ich hasste sie. Ich fand, sie hatte recht und nicht recht, fand, ich hatte es verdient oder auch nicht.

»Glaubst du, für mich ist es leicht?«

»Ich meine nicht …«

Ich sah sie an. »HÖR ENDLICH AUF! Herrgott noch mal, seit zehn Jahren hörst du nicht zu reden auf. Tut mir echt leid, wenn es nicht witzig ist, mit mir rumzuhängen, weil ich in meinem Kopf gefangen bin. Aber stell dir mal vor, wie es ist, in meinem Kopf gefangen zu sein, ohne Ausgang, ohne Pause, weil das nämlich mein Leben ist. Um Mychals schlaue Analogie zu übernehmen, stell dir vor, du kriegst immer NUR Senf zu essen, nichts als Senf, die ganze Zeit, und wenn du mich so sehr hasst, dann hör endlich auf, mich zu fragen …«

»HOLMESY!«, schrie sie, aber es war zu spät. Als ich aufsah, bekam ich gerade noch mit, dass ich immer mehr Gas gegeben hatte, während der Verkehr immer langsamer wurde. Ich hatte nicht mal Zeit zu bremsen, bevor wir in den SUV vor uns hineinkrachten. Im nächsten Moment krachte jemand von hinten in uns rein. Reifen quietschten. Hupen. Noch ein Rums, nicht ganz so laut. Dann Stille.

Ich versuchte Luft zu holen, aber es ging nicht, weil jeder Atemzug wehtat.

Ich fluchte, aber es kam nur *aaahhhhhggg* heraus. Ich griff nach der Tür, aber ich war noch angeschnallt. Ich sah Daisy an, die mich ansah. »Alles in Ordnung?«, schrie sie. Ich merkte, dass ich bei jedem Atemzug stöhnte. In meinen Ohren klingelte es. »Ja«, sagte ich. »Und du?« Mir war schwindlig vor Schmerzen. Am Rand meines Gesichtsfelds zog Dunkelheit auf. »Ich glaube schon«, sagte sie. Die Welt verschwand in einem Tunnel, und ich schnappte nach Luft. »Bleib, wo du bist, Holmesy. Du bist verletzt. Wo ist dein Handy? Wir müssen den Notarzt rufen.«

Das Handy. Ich schnallte mich ab und schob die Tür auf. Ich versuchte aufzustehen, aber der Schmerz zwang mich wieder auf den Sitz. Scheiße. *Harold*. Eine Frau im Hosenanzug ging vor mir in die Knie und sah mir in die Augen. Sie sagte, ich solle mich nicht bewegen, aber ich musste. Ich stemmte mich hoch, und der Schmerz machte mich kurz blind, aber dann verteilten sich die schwarzen Punkte, sodass ich den Schaden erkennen konnte.

Harolds Motorhaube war genauso eingedrückt wie der Kofferraum. Er sah aus wie eine seismografische Aufzeichnung. Nur der Fahrgastraum war unversehrt – Harold ließ mich nie im Stich, selbst wenn ich ihn im Stich ließ.

Ich hielt mich an ihm fest, als ich zum Heck taumelte. Versuchte, den Kofferraum zu öffnen, aber die Haube klemmte. Ich fing an, auf die Kofferraumhaube einzuhämmern und schrie mit jedem Atemzug: »Scheiße, o Gott, o Gott, o Gott, er ist kaputt. Harold hat einen Totalschaden.«

»Ist das dein Ernst?«, rief Daisy, als sie um Harold herumkam. »Du regst dich wegen des verdammten Autos auf? Es ist bloß ein *Auto*, Holmesy. Wir wären fast *gestorben*, und du heulst wegen dem *Blechschaden*?«

Ich hämmerte weiter auf den Kofferraum ein, bis Harolds Nummernschild runterfiel, aber die Haube ging nicht auf.

»Du *heulst* wegen des *Autos*?«

Ich konnte den Riegel sehen; ich kriegte ihn nur nicht auf, und als ich die Haube hochzustemmen versuchte, vernebelte mir der Schmerz in den Rippen die Sicht, aber dann schaffte ich es doch irgendwann, die Haube weit genug hochzudrücken, dass ich die Hand hineinschieben konnte. Ich tastete im Kofferraum herum, bis ich Dads Handy fand. Das Display war kaputt.

Ich versuchte es einzuschalten, aber unter dem Geäst des gesprungenen Glases schimmerte der Bildschirm nur schwach grau. Ich schleppte mich wieder zur Fahrerseite, ließ mich in Harolds Sitz sinken und legte die Stirn aufs Lenkrad.

Ich wusste, dass die Fotos gespeichert waren, dass keine Daten verloren waren. Aber es war sein Handy gewesen, verstehst du? Er hatte es in der Hand gehalten, er hatte hineingesprochen. Er hatte mich damit fotografiert.

Ich fuhr mit dem Daumen über das kaputte Glas und weinte, bis ich eine Hand auf der Schulter spürte. »Ich bin Franklin. Du hattest einen Autounfall. Ich bin von der Feuerwehr. Versuch dich nicht zu bewegen. Der Krankenwagen ist unterwegs. Wie heißt du?«

»Aza. Ich bin nicht verletzt.«

»Rede einfach mit mir, Aza. Weißt du, welcher Tag heute ist?«

»Das ist Dads Handy«, sagte ich. »Das ist Dads Handy, und …«

»Ist das sein Wagen? Hast du Angst, dass er sauer ist? Aza, ich mache das hier schon sehr lange, und ich kann dir versprechen, dass dein Vater nicht sauer auf dich ist. Er wird froh sein, dass es dir gut geht.«

Ich hatte das Gefühl, ich wurde innerlich zerrissen, als würde die Supernova meiner Ichs explodieren und gleichzeitig implodieren. Es tat weh zu weinen, aber ich hatte so lange nicht geweint, und ich wollte nie mehr damit aufhören. »Wo tut es weh?«, fragte er.

Ich zeigte auf die rechte Seite meines Brustkorbs. Eine Frau kam, und sie berieten sich, ob ich ein Wirbelsäulenbrett bräuchte. Ich versuchte zu sagen, dass mir schwindlig war, und dann merkte ich, wie ich fiel, obwohl ich gar nicht mehr fallen konnte.

Als ich aufwachte, war ich an eine Trage gegurtet und starrte die Decke eines Krankenwagens an, während ein Mann mir eine Sauerstoffmaske aufs Gesicht drückte, in der Ferne hörte ich Sirenen, und immer noch dieses Klingeln in meinen Ohren. Dann fiel ich wieder, immer tiefer, und dann lag ich in einem Krankenhausbett auf einem Flur, und Mom beugte sich über mich, Wimperntusche tropfte von ihren roten Augen. »Mein Baby, o Gott, mein Baby. Wie geht es dir?«

»Gut«, sagte ich. »Ich glaube, ich hab mir nur eine Rippe gebrochen. Aber Dads Telefon ist kaputt.«

»Das ist egal. Wir haben alles gespeichert. Sie haben angerufen und gesagt, du hattest einen Unfall, aber sie konnten mir nicht sagen, ob du …«, und dann fing sie zu weinen an. Sie sank an Daisys Schulter, und erst da merkte ich, dass Daisy auch da war, mit einem roten Striemen am Schlüsselbein.

Ich drehte mich weg, zum grellen Neonlicht über meinem Bett, und spürte die heißen Tränen auf meinem Gesicht, und irgendwann sagte meine Mutter: »Ich kann dich nicht auch noch verlieren.«

Eine Frau kam und nahm mich mit zum CT. Fast war ich erleichtert, von Mom und Daisy wegzukommen, weg von dem Strudel aus Angst und Schuldgefühlen, weil ich als Tochter und als Freundin so ein Fehlschlag war.

»Autounfall?«, fragte die Frau, als sie mich an einer Wand vorbeischob, auf der in Schönschrift das Wort *Güte* stand.

»Ja«, antwortete ich.

»Die Gurte können Schaden anrichten, auch wenn sie einem das Leben retten«, sagte sie.

»Ja. Muss ich ein Antibiotikum nehmen?«

»Das muss die Ärztin entscheiden. Sie kommt, sobald wir die Ergebnisse haben.«

Irgendein Mittel wurde in meine Infusion geleitet, von dem ich das Gefühl hatte, ich machte mir in die Hose, dann schoben sie mich in die Röhre des CT-Geräts und lieferten mich anschließend wieder bei meiner völlig aufgelösten Mutter ab. Ich wurde den Klang ihrer brechenden Stimme nicht los, als sie gesagt hatte, sie könne mich nicht auch noch verlieren. Als sie im Zimmer auf und ab lief, gepresst durch geschürzte Lippen atmend, und mit dem Taschentuch an ihrem Make-up herumtupfte, vibrierten ihre Nerven auch in mir.

Daisy redete ausnahmsweise nicht viel. »Du kannst ruhig gehen, wenn du willst«, sagte ich irgendwann.

»Willst du, dass ich gehe?«, fragte sie.

»Wie du willst«, sagte ich. »Wirklich.«

»Ich bleibe.« Und dann saß sie schweigend da, während ihr Blick von mir zu meiner Mutter und wieder zurück wanderte.

NEUNZEHN

»Eine gute und eine schlechte Nachricht«, sagte die Frau in dem dunkelblauen OP-Kittel, als sie ins Zimmer kam. »Die schlechte Nachricht ist, du hast eine Leberruptur. Die gute Nachricht ist, es ist nur ein Kapselriss. Das heißt, du bleibst ein paar Tage zur Beobachtung auf der Intensivstation, damit wir aufpassen können, dass die Blutung zurückgeht, und es wird ein paar Wochen wehtun, aber dagegen verschreiben wir dir gleich ein Schmerzmittel. Fragen.«

»Sie wird wieder gesund?«, fragte meine Mutter.

»Ja. Falls sich die Blutung verschlimmert, müssen wir operieren, aber der Radiologe ist optimistisch. Ein Kapselriss ist die harmloseste Form einer Leberruptur. Ihre Tochter hatte großes Glück.«

»Sie wird wieder gesund«, wiederholte meine Mutter.

»Wie gesagt, wir behalten sie ein paar Tage unter ständiger Beobachtung, und dann muss sie eine gute Woche das Bett hüten. Ungefähr sechs Wochen, und sie ist wieder ganz die Alte.«

Meine Mutter vergoss Tränen der Dankbarkeit, während ich über den Ausdruck *ganz die Alte* stolperte. »Brauche ich Antibiotika?«, fragte ich.

»Wahrscheinlich nicht. Falls wir operieren müssten, ja, aber wie es aussieht nicht.« Ich spürte eine Woge der Erleichterung. Kein

Antibiotikum. Kein gesteigertes Risiko, *C. difficile* zu bekommen. Ich musste nur so schnell wie möglich hier raus.

Die Ärztin fragte mich nach meinen Medikamenten. Dann schrieb sie etwas in eine Tabelle und sagte: »Gleich bringt dich jemand nach oben, und vorher bekommst du noch etwas gegen die Schmerzen.«

»Warten Sie«, sagte ich. »Was heißt nach oben?«

»Wie ich gesagt habe, du muss ein paar Nächte hierbleiben, damit wir dich …«

»Warten Sie, nein nein nein nein. Ich kann nicht im Krankenhaus bleiben.«

»Liebling«, sagte meine Mutter. »Du musst.«

»Nein, das geht nicht, wirklich nicht. Das hier, also, es geht einfach auf gar keinen Fall, dass ich heute hier übernachte. Bitte. Komm, wir gehen einfach nach Hause.«

»Davon können wir nur abraten.«

O Gott. Pass auf, es ist okay. Die meisten Menschen, die ins Krankenhaus müssen, kommen gesünder raus, als sie reingegangen sind. Fast alle, wirklich. *C.-difficile*-Infektionen treten fast ausschließlich bei postoperativen Patienten auf. Du bekommst nicht einmal ein Antibiotikum. *O nein nein nein nein nein nein nein.*

Von allen Orten im Schlund des Strudels war ich ausgerechnet hier gelandet, im dritten Stock eines Krankenhauses in Carmel, Indiana.

Daisy ging, als ich nach oben gebracht wurde, doch Mom blieb, legte sich auf den Liegesessel neben meinem Bett, das Gesicht zu mir gewandt.

In der Nacht spürte ich ihren Atem, als sie mit verschmierten

Augen und geöffneten Lippen schlief, und die Mikroben aus ihrer Lunge streiften mein Gesicht. Ich konnte mich nicht auf die Seite legen, weil ich trotz der Schmerzmittel höllische Schmerzen hatte, und wenn ich nur den Kopf abwandte, wehte ihr Atem mir die Haare ins Gesicht, also musste ich es aushalten.

Sie rührte sich, öffnete die Augen. »Alles in Ordnung?«

»Ja«, sagte ich.

»Tut es weh?« Ich nickte. »In einem Gedicht von Sekou Sundiata heißt es, der wichtigste Teil deines Körpers ist ›nicht das Herz, die Lunge oder das Gehirn. Der größte, der wichtigste Teil deines Körpers ist der Teil, der wehtut.‹« Mom legte mir die Hand auf den Arm und schlief wieder ein.

Obwohl ich ziemlich high von dem Morphium war, oder was sie mir gegeben hatten, konnte ich nicht schlafen. Ich hörte das Gepiepse aus dem Nebenzimmer, außerdem war es nicht sehr dunkel, und ständig kamen wohlmeinende Fremde herein, um mir Blut abzunehmen und/oder Blutdruck zu messen. Aber vor allem wusste ich: Ich wusste, dass *C. difficile* in meinen Körper eindrang, dass die Luft voll davon war. Auf dem Telefon googelte ich Fallbeispiele von Patienten, die wegen eines Nierensteins oder einer Gallenblasen-OP ins Krankenhaus kamen, und als sie entlassen wurden, waren sie völlig kaputt.

Die Sache ist, *C. difficile* steckt in jedem von uns. Es lebt in der Darmflora und kreucht vor sich hin; bis es irgendwann außer Kontrolle gerät, sich übermäßig vermehrt und von innen angreift. Manchmal passiert es einfach so. Manchmal passiert es, weil man fremdes *C. difficile* aufnimmt, das sich ein bisschen vom eigenen unterscheidet, und dann vermischen sich die Stämme und ZACK.

Ich hatte Zuckungen in Armen und Beinen, während mein Gehirn ratterte, auf der Suche nach irgendeiner Lösung. Meine Infusion piepte. Ich konnte mich nicht mal erinnern, wann ich das letzte Mal das Pflaster gewechselt hatte. *C. difficile* war um mich und in mir. Es konnte außerhalb des Körpers monatelang überleben, auf der Lauer nach einem neuen Wirt. Das Gewicht aller großen Tiere auf der Welt zusammen – Menschen, Kühe, Pinguine, Haie – beträgt rund 1,1 Milliarden Tonnen. Das Gewicht aller Bakterien auf der Erde zusammen beträgt 400 Milliarden Tonnen. Sie überwiegen uns.

Aus irgendeinem Grund hatte ich das Lied »Can't Stop Thinking About You« im Kopf. Je mehr ich über den Song nachdachte, desto unheimlicher wurde er mir. Ich meine, der Refrain – *can't stop can't stop can't stop thinking about you* – tut so, als wäre es irgendwie süß oder romantisch, wenn die Gedanken ständig um eine Person kreisen, aber es ist nichts Süßes oder Romantisches dabei, wenn ein Junge auf die Art an dich denkt, wie ich an *C. difficile* denke. Ich kann nicht aufhören zu denken, suche nach irgendwas, was mir Halt gibt in dieser stürmischen See der Gedanken. Das Strudel-Bild. Daisy hasst dich, zu Recht. Davis' mikrobengetränkte Zunge an deinem Hals. Der warme Atem deiner Mutter. Krankenhausnachthemd, schweißnass an deinem Rücken. Beim Absturz ins Bodenlose irgendein Ich, das schreit: *Hol mich hier raus hol mich hier raus hol mich hier raus bitte ich tue alles,* aber die Gedanken drehen sich nur und drehen sich, die Spirale wird immer enger, der Jogger-Mund, die Unerträglichkeit von Ayala, Aza und Holmesy und allen meinen unvereinbaren Ichs, meine Selbstbezogenheit, der Schmutz in meinen Gedärmen, *denk an irgendwas anderes als dich selbst du widerlicher Narzisst.*

Ich griff nach dem Telefon und schrieb eine SMS an Daisy. Tut mir leid, dass ich keine gute Freundin war. Ich muss ständig daran denken.

Sie schrieb sofort zurück: Schon gut. Wie geht es dir?

Ich: Dein Leben interessiert mich, tut mir leid,
dass ich dir das nicht gezeigt habe.

Daisy: Holmesy, beruhig dich, alles ist gut.
Tut mir leid, dass wir uns gestritten haben.
Wir vertragen uns wieder, alles wird gut.

Ich: Es tut mir so leid. Ich kann nicht geradeaus
denken.

Daisy: Hör auf dich zu entschuldigen.
Bist du high von den Schmerzmitteln?

Ich antwortete nicht, aber ich konnte an nichts anderes denken als an Daisy, an Ayala und vor allem an die Bakterien in mir und um mich, und gleichzeitig wusste ich, wie selbstbezogen es war, mich so aufzuplustern und die *C.-difficile*-Infektionen anderer zu meiner hypothetischen zu machen. Böse. Ich drückte mir den Daumennagel in den Finger, um zu überprüfen, ob der Moment echt ist, aber ich kann mir nicht entkommen. Kann niemand küssen, kann nicht Auto fahren, kann in der wirklichen erfahrbaren bewohnten Welt nicht funktionieren. Wie kannst du nur davon träumen, ein College zu besuchen, das weit weg ist, das ein Vermögen kostet, in einem Wohnheim mit lauter Fremden, mit denen du Bad und Mensa teilst, wo du keine Privatsphäre hast, um ungestört sein zu können? Ich musste in Indianapolis studieren, falls ich je wieder klar genug denken konnte, um überhaupt studieren zu können. Ich würde bei meiner Mutter wohnen und nach dem Studium auch. Ich würde nie ein selbstständiger Erwachsener werden; es war unvorstellbar, dass ich irgendeinen Beruf ergriff. Wenn ich im Bewerbungsgespräch gefragt wurde: *Was ist Ihre größte Schwäche*?, würde ich sagen, dass ich einen guten Teil meiner Arbeitszeit mit meinen Zwangsneurosen verbrächte, denn ich war von einem namen- und gestaltlosen Dämon besessen, und falls das ein Problem wäre, wäre es besser, mich gar nicht erst einzustellen.

Gedanken sind wie Bakterien, die dich besiedeln. Ich dachte an die Darm-Hirn-Achse. *Vielleicht bist du schon weg. Die Insassen kontrollieren den Knast.* Weniger Person als Schwarm. Keine Biene, sondern der Bienenstock.

Ich ertrug den Atem meiner Mutter im Gesicht nicht mehr. Meine Hände schwitzten. Ich spürte, wie ich mir entglitt. *Du weißt, was du tun musst.* »Kannst du dich bitte umdrehen?«, flüsterte ich, aber sie antwortete nur mit ihrem Atem. *Du musst bloß aufstehen.*

Ich griff nach dem Telefon, um Daisy zu schreiben, aber die Buchstaben verschwammen auf dem Display, und Panik machte sich in mir breit. *Siehst du den Desinfektionsmittelspender neben der Tür. Das ist der einzige Weg.* Es ist dumm. Wenn es funktionieren würde, wären Alkoholiker die gesündesten Menschen der Welt. *Du musst dir nur die Hände und den Mund desinfizieren.* Denk an was anderes, verdammt noch mal. *Steh auf.* ICH HASSE ES, IN DIR FESTZUSITZEN. *Du bist ich.* Bin ich nicht. *Du willst, dass es dir besser geht, und du weißt, was zu tun ist.* Davon muss ich kotzen. *Dann weißt du, dass du sauber bist.* Das kann ich nicht wissen. *Steh auf*. Nicht mal ein Ich, nur eine grundfalsche Argumentationskette. *Steh endlich auf!* Die Ärztin hat gesagt, ich soll im Bett bleiben. Das Letzte, was ich will, ist eine OP. *Steh jetzt auf und roll den Infusionsständer zur Wand.* Lass mich in Ruhe. *Roll den Infusionsständer zur Tür.* Bitte! *Und dann pumpst du Desinfektionsschaum in die Hände und säuberst sie gründlich, und dann pumpst du noch mal Desinfektionsschaum in die Hand und nimmst ihn in den Mund und spülst damit deine schmutzige Mundhöhle aus.* Aber das Zeug ist Alkohol, und ich habe einen Leberriss. *WILLST DU AN C. DIFFICILE STERBEN?* Nein, aber das ist kein vernünftiger Gedanke. *DANN STEH AUF UND ROLL DEN GOTTVERDAMMTEN INFUSIONSSTÄNDER ZU DEM DESINFEKTIONSMITTELSPENDER AN DER WAND, DU LOSER.* Bitte, lass mich in Ruhe. Ich tue alles. Ich gebe auf. Du kannst meinen Körper haben. Ich will nicht mehr. *Du stehst jetzt auf.* Nein, tu ich nicht. Ich bin mein Weg, nicht mein Wille. *Du stehst jetzt auf.* Bitte. *Du gehst zum Desinfektionsmittelspender.* Cogito, ergo non sum. Schwitze. *Du hast es schon.* Nichts tut so weh. *Du hast es schon.* Hör auf, bitte. Gott, hör auf. *Du wirst es nie mehr los.* Du wirst es nie mehr los. *Du kriegst dich nie zurück.* Du kriegst dich nie zurück. *Willst du daran sterben?* Willst du daran sterben? *Weil genau das passiert.* Genau das passiert, *passiert,* passiert, *passiert,* passiert.

Ich kämpfte mich aus dem Bett. Einen Moment dachte ich, ich würde vor Schmerz in Ohnmacht fallen. Ich hielt mich an der Stange des Infusionsständers fest und setzte einen Fuß vor den anderen. Ich hörte, dass meine Mutter sich bewegte. Es war mir egal. Ich drückte auf den Spender, verrieb den Schaum in meinen Händen. Drückte noch mal und nahm den Schaum in den Mund.

»Aza, was machst du da?«, fragte meine Mutter. Ich schämte

mich, aber ich tat es noch einmal, weil ich musste. »Aza, hör auf damit!«

Ich hörte, wie meine Mutter aufstand, merkte, dass sich mein Zeitfenster schloss, also nahm ich noch eine Handvoll Schaum in den Mund und begann zu würgen. Übelkeit stieg in mir hoch, dann übergab ich mich, sengender Schmerz hinter den Rippen, als meine Mutter mich am Arm packte. Das blassblaue Krankenhausnachthemd voll gelber Galle.

Eine Stimme aus einem Lautsprecher irgendwo hinter mir. »Hier spricht Schwester Wallace.«

»Meine Tochter übergibt sich. Ich glaube, sie hat Desinfektionsmittel getrunken.«

Ich wusste, wie widerlich ich war. Ich wusste es. Jetzt wusste ich es sicher. Ich war nicht von einem Dämon besessen. Ich war der Dämon.

ZWANZIG

Am nächsten Morgen erwachst du in einem Krankenhausbett und starrst an die Decke. Vorsichtig, sachte tastest du dein Bewusstsein ab. Du fragst dich: *Ist es vorbei?*

»Das Krankenhausessen sah nicht so lecker aus, deshalb habe ich dir Frühstück gemacht«, sagt deine Mutter. »Cheerios.« Du siehst an dir runter, wo dein formloser Körper unter einem gestärkten weißen Laken liegt.

Du sagst: »Cheerios *macht* man nicht«, und deine Mom lacht. Am Fuß des Betts steht ein riesiger Blumenstrauß auf dem Tisch, auffällig riesig, in einer riesigen Kristallvase. »Von Davis«, sagt deine Mutter. Etwas näher, über deinem formlosen Körper, schwebt ein Tablett mit Essen. Du schluckst. Du siehst die Cheerios in der Milch dümpeln. Dir tut alles weh. Dir geht ein Gedanke durch den Kopf. *Wer weiß, was du beim Schlafen eingeatmet hast.*

Es ist nicht vorbei.

Du liegst da, denkst nicht mal richtig, außer dass du zu überlegen versuchst, wie du den Schmerz beschreiben könntest. Als könntest du ihn austreiben, indem du Worte für ihn findest. Wenn du ihn echt machst, wenn du ihn sehen, riechen, anfassen kannst, dann kannst du ihn auch umbringen. Du denkst, er ist wie Gehirnbrand. Wie Ungeziefer, das dich von innen auffrisst. Wie ein Messer im Bauch. Spirale. Strudel. Schwarzes Loch.

Die offiziellen Wörter – Angststörung, Zwangsgedanken, Panikattacke, Depression – transportieren so wenig. Vielleicht wurde die Metapher als Reaktion auf den Schmerz erfunden. Vielleicht mussten wir dem diffusen tiefen Schmerz, der sich sowohl dem Verstand als auch den Sinnen verweigert, eine Gestalt geben.

Kurz bildest du dir ein, es ginge dir besser. Du hattest gerade einen funktionierenden Gedankengang, mit Motor, Rädern, Sitzen und allem Drum und Dran. Deine Gedanken. Erdacht von dir. Aber dann ist da eine Welle der Übelkeit, eine Faust im Brustkorb, kalter Schweiß, heiß auf der Stirn. *Du hast es in dir, es vermehrt sich. Es verdrängt alles, nimmt von dir Besitz, und es wird dich umbringen. Es frisst sich aus dir heraus.* Und mit winziger Stimme, halb erstickt von dem unfassbaren Grauen, schaffst du es, die Worte herauszubringen, die du sagen musst. »Ich habe ein Problem, Mom. Ein echtes Problem.«

EINUNDZWANZIG

Die Erzählkurve geht so: In den wahren Wahnsinn abgestiegen, beginne ich, Verbindungen zu ziehen, die Licht in den auf Eis gelegten Fall vom Verschwinden Russell Picketts bringen. Meine hartnäckige Zwanghaftigkeit führt dazu, dass ich alle möglichen Gefahren missachte und das Vermögen, das Daisy und mir in den Schoß gefallen ist, aufs Spiel setze. Ich konzentriere mich ganz auf das ungelöste Rätsel, überzeugt, dass seine Klärung das höchste Ziel ist, dass Aussagesätze grundsätzlich besser als Fragesätze sind und dass ich, wenn ich trotz meines Wahnsinns die Lösung finde, auch die Lösung für meinen Wahnsinn finde. Ich werde eine große Kriminalistin, nicht trotz, sondern wegen des Kurzschlusses in meinem Gehirn.

Ich weiß nicht, mit wem ich am Ende in den Sonnenuntergang davonreite, Davis oder Daisy, jedenfalls tue ich es. Man sieht uns von hinten, eine schwarze Silhouette Hand in Hand vor dem acht Minuten alten Licht unseres Heimatsterns.

Außerdem begreife ich nebenbei, dass ich der Herr meiner Sinne bin, dass meine Gedanken – wie Dr. Singh so schön sagt – nur Gedanken sind. Ich begreife, dass ich meine Geschichte selbst erzähle, dass ich frei bin und emanzipiert und der Lotse meines Verstandes, o yeah, und … Nein. So war es nicht.

Ich war weder hartnäckig noch brillant, und ich ritt auch nicht in den Sonnenuntergang davon – in Wirklichkeit sah ich, eine Weile lang, fast überhaupt kein Tageslicht.

Die Wirklichkeit war brutal und unerträglich öde: Ich lag im Krankenhaus und hatte *Schmerzen*. Meine Rippen taten weh, mein Gehirn tat weh, meine Gedanken taten weh, und ich durfte acht Tage lang nicht nach Hause.

Zuerst dachten sie, ich hätte ein Alkoholproblem – dass ich mich am Desinfektionsmittel bedient hätte, weil ich so verzweifelt einen Drink brauchte. Die Wahrheit war so viel schräger und unlogischer, sodass niemand wirklich daran glaubte, bis sie Dr. Singh anriefen. Als Dr. Singh auf meine Station kam, stellte sie einen Stuhl an mein Bett und setzte sich. »Zwei Dinge sind passiert«, erklärte sie. »Erstens, du nimmst deine Medikamente nicht wie verordnet.«

Ich sagte ihr, ich hätte sie fast jeden Tag genommen, was sich wahr *anfühlte*, aber nicht wahr war. »Ich hatte das Gefühl, sie sind schlecht für mich«, gab ich irgendwann zu.

»Aza, du bist eine intelligente junge Frau. Du glaubst selbst nicht, dass das Trinken von Desinfektionsmitteln, während du mit einer Leberverletzung im Krankenhaus liegst, einen Fortschritt auf dem Weg deiner Genesung darstellt.« Ich starrte sie wortlos an. »Wie sie dir bestimmt erklärt haben, ist das Trinken von Desinfektionsmitteln *gefährlich* – nicht nur wegen des Alkohols, sondern auch wegen der anderen giftigen Chemikalien, die nicht zum Verzehr geeignet sind. Der Vorfall verträgt sich also nicht mit deiner Behauptung, dass du deine Medikamente nicht nimmst, weil du denkst, sie wären schlecht für dich.« Sie sagte es so nachdrücklich, dass ich nur nickte.

»Das Zweite, was passiert ist, ist der Autounfall, ein traumatisches Erlebnis, das jedem zu schaffen machen würde.« Ich starrte sie weiter an. »Wir müssen dich auf ein anderes Medikament umstellen, eines, das besser wirkt, das du akzeptierst und das du regelmäßig nimmst.«

»Keins wirkt.«

»Keins hat bis jetzt gewirkt«, berichtigte sie mich.

Dr. Singh kam jeden Morgen, und am Nachmittag kam ein anderer Arzt, um nach meiner Leber zu sehen. Beide waren mir willkommen, und wenn nur aus dem Grund, dass meine allgegenwärtige Mutter für eine kurze Weile aus dem Zimmer geschickt wurde, wenn sie kamen.

Am letzten Tag saß Dr. Singh an meinem Bett und legte mir die Hand auf die Schulter. Sie hatte mich noch nie berührt. »Ich verstehe, dass dein Krankenhausaufenthalt wahrscheinlich nicht das Beste für deine Angstzustände war.«

»Mhm«, sagte ich.

»Hast du das Gefühl, du stellst eine Gefahr für dich selbst dar?«

»Nein«, sagte ich. »Ich habe nur riesige Angst und jede Menge invasive Gedanken.«

»Hast du gestern Desinfektionsmittel getrunken?«

»Nein.«

»Ich bin nicht hier, um dich zu verurteilen, Aza. Ich kann dir nur helfen, wenn du ehrlich zu mir bist.«

»Ich bin ehrlich. Ich habe keins getrunken.« Zum Teil, weil sie den Desinfektionsmittelspender aus meinem Zimmer entfernt hatten.

»Hast du daran gedacht?«

»Ja.«

»Du brauchst keine Angst vor dem Gedanken zu haben. Ein Gedanke ist keine Handlung.«

»Ich muss ständig daran denken, dass ich *C. difficile* bekomme. Ich will einfach nur sichergehen, dass ich nicht …«

»Desinfektionsmittel zu trinken hilft nicht dagegen.«

»Was hilft dann?«

»Zeit. Therapie. Deine Medikamente.«

»Ich habe das Gefühl, die Schlinge zieht sich immer weiter zu, und ich will raus, aber wenn ich mich wehre, wird der Knoten noch enger. Die Spirale zieht sich zusammen, verstehen Sie?«

Sie sah mir tief in die Augen. Fast dachte ich, sie würde anfangen zu weinen oder so was. »Aza, du wirst nicht daran sterben.«

Nach meiner Entlassung aus dem Krankenhaus kam Dr. Singh zweimal die Woche zu uns nach Hause, um nach mir zu sehen. Ich bekam ein neues Medikament, und Mom achtete darauf, dass ich es jeden Morgen einnahm. Ich durfte nicht aufstehen, außer um aufs Klo zu gehen, damit meine Leber nicht wieder riss.

Ich fehlte zwei Wochen in der Schule. 14 Tage Leben, auf einen Satz reduziert, weil ich nicht beschreiben kann, was in dieser Zeit passierte. Ich hatte Schmerzen, die ganze Zeit, auf eine Art, für die die Sprache keine Worte hat. Es war langweilig. Es war vorhersehbar. Es war wie ein Irrgarten, von dem man weiß, dass er keinen Ausgang hat. Es ist nicht schwer zu sagen, *wie* es war, aber es ist unmöglich zu sagen, *was* es war.

Sowohl Daisy als auch Davis versuchten, mich zu besuchen, aber ich wollte in meinem Krankenbett allein sein. Ich las nicht und sah auch nicht fern; nichts von beidem konnte mich ablenken.

Ich lag einfach nur da, starr von oben bis unten, fast katatonisch, während meine Mutter nicht von meiner Seite wich und meine Ruhe alle paar Minuten mit einer als Aussage getarnten Frage störte. Es wird jeden Tag ein bisschen besser? Heute geht's dir ganz gut? Es geht aufwärts? Die Inquisition der Deklarationen.

Eine Zeit lang stellte ich nicht mal mein Telefon an, eine Entscheidung, die Dr. Singh unterstützte. Als ich es schließlich wieder einschaltete, überfiel mich eine widersprüchliche Angst. Ich wollte gleichzeitig viele Nachrichten finden und keine.

Wie sich herausstellte, hatten sich über 30 Leute gemeldet – nicht nur Daisy und Davis, sondern auch Mychal und andere Freunde, sogar ein paar Lehrer.

Ich kehrte an einem Montag Anfang Dezember in die Schule zurück. Ich war mir nicht sicher, ob das neue Medikament half, aber wenigstens grübelte ich nicht mehr, ob ich es nehmen sollte. Ich fühlte mich bereit. Als wäre ich in die Welt zurückgekehrt, zwar nicht ganz die Alte, aber trotzdem irgendwie ich selbst.

Mom fuhr mich zur Schule. Harold hatte einen Totalschaden, außerdem traute ich mich sowieso nicht hinters Steuer.

»Aufgeregt oder nervös?«, fragte Mom. Sie hatte beide Hände am Lenkrad, auf zehn und zwei Uhr.

»Nervös«, sagte ich.

»Deine Lehrer, deine Freunde, alle haben Verständnis, Aza. Sie wollen nur, dass es dir gut geht, und unterstützen dich 100 Prozent, und wenn nicht, mache ich Hackfleisch aus ihnen.«

Ich lächelte ein bisschen. »Es ist nur, alle wissen Bescheid. Dass ich durchgedreht bin oder so was.«

»Ach Liebste«, sagte sie. »Du bist nicht *durchgedreht*. Du warst schon immer durchgedreht.« Jetzt lachte ich, und sie streckte die Hand aus und drückte meinen Arm.

Daisy wartete auf den Stufen auf mich. Mom hielt an, und ich stieg aus, das Gewicht des Rucksacks unangenehm auf meinen noch wunden Rippen. Es war kalt, aber die Sonne strahlte hell, obwohl sie gerade erst aufgegangen war, und ich musste blinzeln. War eine Weile her, dass ich so viel draußen war.

Daisy sah anders aus. Ihr Gesicht wirkte irgendwie frischer. Ich brauchte einen Moment, bis ich merkte, dass sie eine neue Frisur hatte, einen kinnlangen Bob, der ihr richtig gut stand.

»Kann ich dich in den Arm nehmen, ohne dir deine Leber zu zerquetschen?«

»Tolle Frisur«, sagte ich, als wir uns umarmten.

»Lieb von dir, aber wir wissen beide, dass es ein Reinfall ist.«

»Hör mal«, sagte ich. »Es tut mir wirklich leid.«

»Mir auch, aber wir haben einander schon vergeben, und jetzt leben wir glücklich bis ans Ende unserer Tage.«

»Ehrlich«, sagte ich. »Ich schäme mich wegen …«

»Ich doch auch«, gab sie zurück. »Aber du musst unbedingt meine neue Geschichte lesen. Sie ist eine 15 000 Wörter lange Entschuldigung und spielt auf dem postapokalyptischen Mond Jedha. Was ich sagen wollte, Holmesy, ist, ja, du bist anstrengend, und ja, deine Freundin zu sein ist harte Arbeit. Aber du bist der faszinierendste Mensch, dem ich je begegnet bin, und du bist überhaupt nicht wie Senf. Du bist wie Pizza, und das ist das größte Kompliment, das ich überhaupt machen kann.«

»Es tut mir wirklich leid, Daisy, dass ich nicht …«

»Herrgott, Holmesy, du bist echt nachtragend. Du bist mein Lieblingsmensch. Ich möchte neben dir begraben sein. Wir teilen uns einen Grabstein, und er soll die Inschrift haben: ›Holmesy und Daisy / machten alles zusammen / außer Schweinkram.‹ Wie geht's dir überhaupt?« Ich zuckte die Schultern. »Soll ich einfach weiterreden?« Ich nickte. »Du kennst doch den Ausdruck: *Jemand hört sich gern reden*? Ich höre mich wirklich gern reden. Ich habe eine Radiostimme.« Sie drehte sich um, ging die Treppe hoch und reihte sich in die Schlange vor den Metalldetektoren ein. »Ich weiß, was du dich fragst. Du fragst dich: Ist Daisy immer noch mit Mychal zusammen? Und wo ist ihr Auto? Was ist mit ihren Haaren passiert? Die Antworten lauten Nein, verkauft und ich musste mir die Haare abschneiden lassen, weil mir Elena mit Absicht drei Kaugummis in die Haare geklebt hat, als ich schlief. Waren lange zwei Wochen, Holmesy. Soll ich ins Detail gehen?«

Ich nickte.

»Mit Vergnügen«, antwortete sie, als wir die Metalldetektoren passiert hatten. »Also, bei Mychal hat am Ende mein Drang gesiegt, jung und wild und frei zu sein – nach unserer Nahtoderfahrung dachte ich: *Will ich meine Jugend wirklich einer eheähnlichen Beziehung opfern?* Und da habe ich zu Mychal gesagt: ›Lass uns eine offene Beziehung führen.‹ Und er sagte: ›Nein.‹ Und ich sagte: ›Bitte.‹ Und er sagte: ›Ich will lieber eine monogame Beziehung.‹ Und ich sagte: ›Ich will einfach nicht, dass diese, äh, Sache mein Leben dominiert.‹ Und er sagte: ›Ich bin keine Sache.‹ Und dann haben wir Schluss gemacht. Ich glaube, streng genommen hat am Ende er Schluss gemacht, aber es war eine dieser Geschichten, wo nur ein dreiköpfiges Kammergericht feststellen könnte, wer schuldig im Sinne der Anklage war.

Und mein Auto – es hat sich rausgestellt, dass Autos auch im Unterhalt teuer sind und gefährlich noch dazu, und weil ich den

Wagen weniger als 60 Tage hatte, habe ich mein Geld zurückbekommen, und jetzt fahre ich für den Rest meines Lebens mit Uber, weil das fast so ist, als hätte ich *jedes* Auto, außerdem steht mir als Reiche ein Chauffeur zu. Soll ich weitermachen?«

Inzwischen waren wir bei meinem Spind, und ich war überrascht, dass mir die Zahlenkombination noch einfiel. Um mich herum waren so viele menschliche Körper. Ich konnte es kaum glauben. Dann öffnete ich den Spind. Ich hatte keine Hausaufgaben gemacht. Ich hinkte in allem hinterher. Im Flur war es extrem laut, extrem voll. »Ja«, sagte ich.

»Kein Problem. Ich könnte den ganzen Tag so weitermachen. Noch ein Grund, warum wir füreinander bestimmt sind – du bist so gut darin, nicht zu reden. Also, Elena, sie hat mir mit Absicht Kaugummi in die Haare geklebt, als ich schlief. Als ich am nächsten Morgen gefragt habe: ›Warum habe ich Kaugummi in den Haaren?‹, hat sie gelacht. Und ich habe gesagt: ›Elena, du hast keinen Humor. Es ist nicht witzig, jemand in die Scheiße zu reiten. Oder fändest du es witzig, wenn ich dir das Bein breche?‹ Aber da hat sie wieder nur gelacht. Also habe ich mir diesen schicken Haarschnitt zugelegt, und im Ernst, ich habe ihn knallhart aus Elenas College-Konto bezahlt. Stell dir vor, meine Eltern haben mich gezwungen, für Elena ein College-Konto anzulegen. Kurzum, die Mychal-Geschichte hat unseren Mittagstisch ein bisschen krampfig gemacht, das heißt, wir machen draußen ein Picknick für zwei. Ich weiß, dass es ein bisschen zu kalt für ein Picknick ist, aber in der Cafeteria neben Mychal ist es noch eisiger, das kannst du mir glauben. Hast du auch so Bock auf Bio? In 47 Minuten sind nur noch die abgenagten Knochen übrig. Gott, es ist viel passiert, seit du den Verstand verloren hast. Oder darf ich das nicht sagen?«

»Mein Problem ist eher, dass ich meinen Verstand nicht verlieren kann«, entgegnete ich. »Ich kann ihm nicht entkommen.«

»Genauso geht es mir mit meiner Jungfräulichkeit«, sagte Daisy. »Noch so ein Grund, warum Mychal und ich zum Scheitern verurteilt waren – er will keinen Sex, außer es ist die *wahre Liebe*. Ich weiß zwar, dass Jungfräulichkeit ein frauenfeindliches, repressives soziales Konstrukt ist, aber ich will sie trotzdem loswerden, und dieser Knabe druckst herum, als wären wir in einem Jane-Austen-Roman. Ich wünschte, Jungs hätten nicht so viele Gefühle, mit denen ich mich rumschlagen muss. Ich bin doch keine Psychiaterin.« Daisy begleitete mich zur Tür meines Unterrichtsraums, öffnete sie, und dann begleitete sie mich an meinen Tisch. Ich setzte mich. »Du weißt, dass ich dich lieb habe, oder?« Ich nickte. »Mein ganzes Leben dachte ich, ich wäre der Star eines wahnsinnig tiefsinnigen Liebesfilms, und dann stellt sich raus, dass es die ganze Zeit eine Freundinnenkomödie war. Ich muss zu Mathe. Schön, dich zu sehen, Holmesy.«

Daisy hatte übrig gebliebene Pizza zum Picknick mitgebracht. Wir saßen unter der großen Eiche der Schule auf halbem Weg zu den Sportplätzen. Es war eiskalt, und wir hatten beide unsere Winterjacken an und die Kapuzen auf, und meine Jeans war ganz steif vom kalten Boden.

Ich hatte keine Handschuhe dabei, also schob ich die Hände in die Taschen. Es war kein Picknickwetter.

»Ich habe viel über Pickett nachgedacht«, sagte Daisy.

»Ach ja?«

»Ja, also – als du weg warst, musste ich die ganze Zeit darüber nachdenken, wie seltsam es ist, seine Kinder allein zu lassen, ohne sich von ihnen zu verabschieden. Ehrlich, ich habe fast Mitleid mit ihm. Wie krank muss man sein, wenn man sich nicht wenigstens irgendwo ein Wegwerf-Handy kauft und seinen Jungs eine Nachricht schickt, dass man noch am Leben ist?«

Ich hatte mehr Mitleid mit dem 13-jährigen Jungen, der jeden Morgen aufwachte und dachte, vielleicht ist heute der große Tag. Und dann spielt er jeden Abend Videospiele, um den dumpfen Schmerz des Wissens zu betäuben, dass sein Vater nicht genug Vertrauen oder nicht genug Liebe hat, um sich bei ihm zu melden – sein Vater, der ihm in seinem Testament ein Reptil vorgezogen hat. »Noah tut mir mehr leid als Pickett«, sagt ich.

»Du hattest immer Verständnis für den Jungen«, sagte sie. »Mehr als für deine beste Freundin.« Ich warf ihr einen finsteren Blick zu, und sie lachte, aber ich wusste, dass es kein Witz war.

»Was sind deine Eltern von Beruf?«, fragte ich.

Daisy lachte wieder. »Mein Vater arbeitet im Museum. Beim Wachdienst. Es macht ihm Spaß, weil er voll auf die Geschichte von Indiana abfährt, aber eigentlich muss er bloß aufpassen, dass niemand das Mastodon anfasst. Meine Mutter arbeitet bei einer Reinigung in Broad Ripple.«

»Hast du ihnen von dem Geld erzählt?«

»Ja. Deswegen hat Elena jetzt ein College-Konto. Sie haben mich gezwungen, zehn Riesen einzuzahlen. Mein Vater meinte: ›Wenn Elena an Geld gekommen wäre, hätte sie dasselbe für dich getan.‹ Dass ich nicht lache.«

»Waren sie nicht sauer?«

»Weil ich mit 50 000 Dollar durch die Tür spaziert bin? Nein, Holmesy, sie waren nicht sauer.«

In meiner Jackentasche spürte ich, dass meine Mittelfingerkuppe nässte. Ich musste vor Geschichte das Pflaster wechseln, musste das ganze nervende Ritual durchziehen. Aber im Moment saß ich gerne neben Daisy. Ich sah gerne zu, wie mein warmer Atem in der Kälte dampfte.

»Wie geht es Davis?«, fragte sie.

»Ich habe noch nicht mit ihm gesprochen«, antwortete ich. »Ich habe mit niemandem gesprochen.«

»Dann war es wohl ziemlich schlimm.«

»Ja.«

»Tut mir leid.«

»Du kannst nichts dafür.«

»Hast du … Denkst du manchmal daran, dich umzubringen?«

»Ich habe gedacht, dass ich so nicht mehr sein will.«

»Bist du immer noch …«

»Ich weiß es nicht.« Ich atmete lange aus und sah zu, wie sich der Dampf in der Winterluft auflöste. »Ich glaube, ich bin vielleicht wie der White River. Nicht schiffbar.«

»Aber das ist es ja gerade, Holmesy. Die Moral von der Geschichte ist, dass sie die Stadt trotzdem gebaut haben, verstehst du? Man arbeitet mit dem, was man hat. Sie hatten einen miesen Fluss, aber sie haben es geschafft, eine ganz gute Stadt drum herumzubauen. Vielleicht keine supertolle Stadt. Aber keine schlechte. Du bist nicht der Fluss. Du bist die Stadt.«

»Du meinst, ich bin nicht schlecht?«

»Genau. Du bist eine solide Zwei plus. Und wenn man es schafft, in einer Drei-minus-Lage eine Zwei plus zu bauen, ist das eine ziemliche Leistung.«

Ich lachte. Daisy legte sich hin und zeigte auf den Platz neben sich. Dann sahen wir unserem nebligen Atem nach, die Köpfe am

Fuß der einsamen Eiche, der rauchgraue Himmel vom Muster der kahlen Äste zerteilt.

Ich weiß nicht, ob ich Daisy davon erzählt hatte – ob sie sich in diesem Moment hingelegt hatte, weil sie wusste, wie sehr ich den Anblick des zersplitterten Himmels liebte. Ich dachte daran, dass sich die Äste in meinem Blickfeld schnitten, obwohl sie zum Teil weit voneinander entfernt waren, so wie die Sterne in Kassiopeia weit voneinander entfernt waren und trotzdem irgendwie nah für mich.

»Ich wünschte, ich würde es verstehen«, sagte Daisy.

»Macht nichts« sagte ich. »Keiner versteht den anderen, nicht richtig. Wir sind alle in uns selbst gefangen.«

»Hasst du dich wirklich? Hasst du es, du zu sein?«

»Da ist kein Ich zum Hassen. Wenn ich in mich reinsehe, finde ich keine richtige Person – nur einen Haufen Gedanken und Verhaltensweisen und Umstände. Und vieles davon fühlt sich nicht an, als würde es mir gehören. Dinge, die ich weder denken noch tun will. Wenn ich nach dem wahren Ich oder so was suche, finde ich einfach nichts. Es ist wie bei diesen russischen Puppen, weißt du? Wenn man eine aufmacht, steckt eine kleinere darin, in der noch eine kleinere steckt und so weiter, bis man irgendwann die kleinste Matrjoschka findet, und die ist massiv. Nur dass ich das Gefühl habe, bei mir gibt es keine, die massiv ist. Sie werden einfach immer kleiner.«

»Das erinnert mich an eine Geschichte, die meine Mutter erzählt hat«, sagte Daisy.

»Was für eine Geschichte?«

Ich hörte ihre Zähne klappern, aber keine von uns wollte sich vom Anblick des zerstückelten Himmels trennen. »Also, ein Wissenschaftler hält vor einem vollen Hörsaal einen Vortrag über die Entstehung des Lebens, und er erklärt, dass die Erde vor Milliarden von Jahren aus einer Wolke kosmischem Staub entstanden ist. Eine Zeit lang war die Erde sehr heiß, aber dann kühlte sie so weit ab, dass sich die Ozeane bildeten. Und in den Ozeanen entstand einzelliges Leben, und über Milliarden von Jahren wurde das Leben immer komplexer und vielfältiger, bis sich vor ungefähr 250 000 Jahren der Mensch entwickelt hat. Dann haben wir immer fortschrittlicheres Werkzeug gebraucht, bis wir irgendwann Raumschiffe bauen konnten und so weiter.

Er erklärt also die ganze Geschichte der Erde und des Lebens darauf, und am Ende fragt er, ob es Fragen gebe. Ganz hinten meldet sich eine alte Frau und sagt: ›Das klingt ja alles ganz nett, Herr Professor, aber in Wahrheit ist die Erde eine flache Scheibe, die auf dem Rücken einer Riesenschildkröte ruht.‹

Der Wissenschaftler will sich einen Spaß machen und fragt die Frau: ›Aha, aber wenn es so ist, worauf steht dann die Riesenschildkröte?‹

Die Frau antwortet: ›Sie steht auf dem Rücken einer anderen Riesenschildkröte.‹

Doch das reicht dem Wissenschaftler nicht, und er fragt: ›Und worauf steht diese Schildkröte?‹

Und die alte Frau sagt: ›Sie haben es nicht verstanden, Professor. Es sind Schildkröten bis untenhin.«

Ich lachte. »Schildkröten bis untenhin.«

»Verdammte Schildkröten bis untenhin, Holmesy. Du suchst die letzte Schildkröte, aber so funktioniert das nicht.«

»Weil es Schildkröten bis untenhin sind«, widerholte ich, und dabei hatte ich so etwas wie eine spirituelle Erkenntnis.

In den letzten Minuten der Mittagspause besuchte ich Mom in ihrem Klassenzimmer. Ich zog die Tür hinter mir zu und setzte mich vor sie an ein Pult. Ich warf einen Blick auf die Uhr an der Wand. 13 Uhr 08. Noch sechs Minuten. Mehr brauchte ich nicht.

»Hallo«, sagte ich.

»Der erste Tag läuft gut?« Mom schnäuzte sich die Nase. Sie war erkältet, aber sie konnte keine Krankheitstage mehr nehmen, weil sie meinetwegen zwei Wochen gefehlt hatte.

»Ja«, sagte ich. »Hör mal zu. Davis hat mir Geld gegeben. Viel Geld. Ungefähr 50 000 Dollar. Ich habe es nicht ausgegeben oder so. Ich spare es für das Studium.« Sie legte die Stirn in Falten. »Es war ein Geschenk«, erklärte ich.

»Wann?«

»Also, vor ein paar Monaten.«

»Das ist kein Geschenk. Eine Kette ist ein Geschenk. 50 000 Dollar sind … kein Geschenk. Wenn ich du wäre, würde ich Davis das Geld zurückgeben«, sagte sie. »Du willst nicht das Gefühl haben, du stehst in seiner Schuld.«

»Aber ich bin nicht du«, sagte ich. »Und das Gefühl habe ich nicht.«

Nach einem Moment sagte sie: »Das ist wahr. Das bist du nicht.« Ich wartete darauf, dass sie noch etwas sagte, dass sie mir erklärte, warum es falsch war, das Geld zu behalten.

Am Ende sagte sie: »Es ist dein Leben, Aza. Aber ich glaube, wenn du dir deine psychische Verfassung in den letzten paar Monaten ansiehst …«

»Das Geld hatte nichts damit zu tun. Ich bin schon lange krank.«

»Nicht so krank. Du musst gesund werden, Aza. Für mich. Ich kann nicht noch jemand …«

»O Gott, Mom, bitte hör auf, das zu sagen. Ich weiß, du willst keinen Druck auf mich ausüben, aber du tust so, als würde ich dir extra wehtun. Als wäre es Körperverletzung, was ich tue. Und das macht alles noch zehntausendmal schlimmer. Ich strenge mich wirklich an, aber ich kann nicht *für dich* gesund werden, okay?«

Nach einer Minute sagte sie: »An dem Tag, als du aus dem Krankenhaus entlassen wurdest, habe ich dich ins Bad getragen. Dann habe ich dich wieder ins Bett getragen und habe dich zugedeckt. Da ist mir klar geworden, dass ich dich wahrscheinlich nie wieder tragen werde. Du hast recht. Ich sage immer, ich darf dich nicht verlieren, dabei werde ich dich natürlich verlieren. Ich verliere dich jetzt schon. Und das ist ein schwerer Gedanke. Ein schwerer, schwerer Gedanke. Aber du hast recht. Du bist nicht ich. Du triffst deine eigenen Entscheidungen. Und wenn du das Geld für deine Ausbildung sparst und verantwortungsvolle Entscheidungen triffst, tja, dann bin ich …« Sie beendete den Satz nicht, weil es zum Unterricht klingelte.

»Okay«, sagte ich.

»Ich habe dich lieb, Aza.«

»Ich habe dich auch lieb, Mom.« Ich wollte noch mehr sagen, wollte die Worte finden, die die magnetischen Pole meiner Liebe zu meiner Mutter ausdrückten: *danke tut mir leid danke tut mir leid*. Aber ich schaffte es nicht, und außerdem hatte es geklingelt.

Vor Geschichte passte Mychal mich ab. »Hey, wie geht's?«, fragte er.

»Ganz gut, und dir?«

»Daisy und ich haben Schluss gemacht.«

»Ich habe es gehört.«

»Ich bin völlig fertig.«

»Tut mir leid.«

»Sie ist nicht mal traurig, und deswegen komme ich mir noch blöder vor. Sie findet, ich soll drüber wegkommen, aber alles erinnert mich an sie, Holmesy. Und dass sie mich ignoriert und nicht in die Cafeteria geht und so weiter – könntest du nicht, ich meine, könntest du nicht für mich mit ihr reden?«

Im gleichen Moment entdeckte ich Daisy mitten im Gedränge, den Kopf gesenkt. »Daisy!«, rief ich. Sie ging weiter, und ich rief noch einmal, noch lauter. Schließlich sah sie auf und schob sich durch die Menge zu uns.

Ich zog sie und Mychal zusammen. »Ihr könnt beide mit mir über euch sprechen, aber ihr könnt nicht mit euch über euch sprechen. Das müsst ihr lernen, weil es mich nervt. Cool? Cool. Ich habe jetzt Geschichte.«

Während der Stunde schickte mir Daisy eine Nachricht. Danke. Wir haben beschlossen, nur gute Freunde zu sein.

Ich: Cool.

Sie: Aber die Art von guten Freunden,
die ein bisschen knutschen, nachdem sie
beschlossen haben, nur gute Freunde
zu sein.

Ich: Das klappt bestimmt super.

Sie: Irgendwie klappt immer alles.

Da ich das Telefon schon mal draußen hatte und wir in Geschichte sowieso einen Film sahen, beschloss ich, Davis eine Nachricht zu schicken. Tut mir leid, dass ich mich so lange nicht gemeldet habe. Hallo. Ich vermisse dich.

Er schrieb sofort zurück. Wann kann ich dich sehen?

Ich: Morgen?

Er: Um sieben bei Applebee's?

Ich: Klingt gut.

ZWEIUNDZWANZIG

Ich dachte, es sei kein Problem, als ich mich am nächsten Abend hinters Steuer von Moms silbernem Toyota Camry setzte, um zu Applebee's zu fahren, aber die Erinnerung an den Unfall verfolgte mich. Es kam mir surreal und wundersam vor, dass so viele Autos aneinander vorbeifahren konnten, ohne zusammenzustoßen. Ich dachte ständig, jedes Scheinwerferpaar, das mir entgegenkam, würde unweigerlich auf meine Spur schwenken. Ich erinnerte mich an den Knall des Aufpralls, der Harold ausgelöscht hatte, an die Stille danach, die Schmerzen in den Rippen. Ich dachte daran, dass der wichtigste Teil des Körpers der war, der wehtat, ich dachte an Dads Handy, das für immer hinüber war. Ich versuchte, mir die Gedanken zuzugestehen, denn sie zu verdrängen führte nur dazu, dass sie sich noch breiter machten. Auf eine Art funktionierte es – wie alles andere auch.

Ich kam eine Viertelstunde zu früh bei Applebee's an. Davis war auch schon da, und er umarmte mich am Eingang, bevor wir uns setzten. Ein Gedanke tauchte in meinem Kopf auf, so klar wie die Sonne am blauen Himmel: *Er wird seine Bakterien in deinen Mund stecken wollen.*

»Hallo«, sagte ich.

»Ich habe dich vermisst«, sagte er.

Nach der stressigen Autofahrt gab mein Gehirn Gas. Ich redete mir ein, einen Gedanken zu haben war nicht gefährlich. Gedanken waren keine Taten, Gedanken sind nur Gedanken.

Dr. Singh sagte gerne, ein unwillkommener Gedanke sei wie ein vorbeifahrendes Auto, wenn du am Straßenrand stehst. Und ich redete mir ein, ich musste nicht einsteigen. Es war nicht meine Entscheidung, ob der Gedanke kam oder nicht, sondern die, ob ich mich von ihm mitnehmen ließ oder nicht.

Und dann stieg ich ein.

Ich rutschte in eine der Nischen, und statt sich mir gegenüberzusetzen, setzte er sich neben mich, Hüfte an Hüfte. »Ich habe ein paarmal mit deiner Mutter telefoniert«, sagte er. »Ich glaube, langsam kriege ich sie rum.«

Was soll's, wenn er dir seine Bakterien in den Mund stecken will? Küssen macht Spaß. Küssen fühlt sich gut an. Ich will ihn küssen. *Aber du willst kein* Campylobacter *bekommen.* Bekomme ich nicht. *Dann bist du wochenlang krank. Vielleicht musst du Antibiotika nehmen.* Hör auf. *Und dann kriegst du* C. difficile. *Oder du kriegst gleich Epstein-Barr.* Hör auf. *Und dann bist du gelähmt, und das nur, weil du ihn geküsst hast, dabei wolltest du eigentlich gar nicht, weil es total widerlich ist, jemand deine Zunge in den Mund zu schieben.* »Bist du da?«, fragte er.

»Was? Ja«, sagte ich.

»Ich habe gefragt, wie es dir geht.«

»Gut«, sagte ich. »Ehrlich gesagt, im Moment nicht so gut, aber im Allgemeinen gut.«

»Warum nicht gut im Moment?«

»Könntest du dich auf die andere Seite des Tisches setzen?«

»Äh, ja, klar.« Er stand auf und setzte sich auf die Bank gegenüber, und es ging mir schon besser. Zumindest einen kurzen Moment.

»Ich kann das nicht«, sagte ich.

»Was kannst du nicht?«

»Das hier«, sagte ich. »Ich kann nicht, Davis. Ich weiß nicht, ob ich je dazu in der Lage sein werde. Verstehst du, ich weiß, dass du darauf wartest, dass es mir besser geht. Und ich freue mich über deine Nachrichten und alles, wirklich. Es ist … Du bist wahnsinnig lieb, aber … Also so, wie es im Moment ist, das sind bei mir wohl noch die rosigen Zeiten.«

»Ich mag dich so, wie du im Moment bist.«

»Nein, tust du nicht. Du willst rumknutschen und nebeneinandersitzen und Sachen machen, die normale Paare machen. Ist doch völlig klar.«

Eine Minute lang sagte er nichts. »Vielleicht findest du mich einfach nicht attraktiv?«

»Das ist es nicht«, sagte ich.

»Vielleicht doch.«

»Ist es nicht. Es ist ja nicht so, dass ich dich nicht küssen will oder dass es mir keinen Spaß macht, dich zu küssen, oder so was. Ich … Mein Gehirn sagt mir, Küssen ist eins von einer Reihe von Dingen, die mich am Ende umbringen. Buchstäblich umbringen. Aber es geht nicht mal wirklich ums *Sterben* – ich meine, selbst wenn ich wüsste, dass ich im Sterben liege und ich würde dir einen Abschiedskuss geben, hätte ich keine Angst vor dem Tod, sondern vor den 80 Millionen Bazillen, die wir gerade ausgetauscht haben. Ich weiß, dass ich mich nicht mit einer Krankheit angesteckt habe, als wir uns eben berührt haben, zumindest wahrscheinlich nicht. O Gott, ich kann es nicht mal aussprechen, weil ich so panische

Angst davor habe. Ich kann es nicht in Worte fassen, verstehst du? Ich kann einfach nicht.«

Ich merkte, dass ich ihm wehtat. Ich sah es daran, wie er mit den Augen blinzelte. Ich wusste, dass er es nicht verstand, dass er es nicht verstehen konnte. Kein Wunder. Es ergab keinen Sinn. Es war eine Geschichte voller Löcher.

»Das klingt echt schlimm«, sagte er. Ich nickte nur. »Hast du das Gefühl, es wird besser?« Das war die Geschichte, die immer alle hören wollten – aus Dunkelheit wurde Licht, aus Schwäche Stärke, Zerbrochenes wurde wieder ganz. Ich selbst eingeschlossen.

»Vielleicht«, sagte ich. »Ehrlich gesagt fühle ich mich extrem zerbrechlich. Ich habe das Gefühl, man hätte mich mit Klebeband zusammengeklebt.«

»Das Gefühl kenne ich.«

»Wie geht es dir?«, fragte ich.

Er zuckte die Schultern.

»Wie geht es Noah?«, fragte ich.

»Nicht gut.«

»Und das heißt?«, sagte ich.

»Er vermisst unseren Vater. Es ist, als gäbe es ihn doppelt: Der Mini-Rowdy, der schlechten Wodka trinkt und in seiner kleinen Achtklässler-Gang auf dicke Hose macht. Und das Kind, das manchmal nachts zu mir ins Bett kommt und weint. Manchmal habe ich den Verdacht, er denkt, wenn er sich schlecht genug benimmt, muss Dad irgendwann aus seinem Versteck kommen.«

»Sein Herz ist gebrochen«, sagte ich.

»Ja. Pech. Geht's uns nicht allen so? Es ist … Eigentlich würde ich lieber nicht über mein Leben reden, wenn es dir recht ist.« Mir fiel auf, dass Davis wahrscheinlich genau das an mir mochte, was

Daisy so gegen den Strich ging – dass ich nicht viel nachfragte. Alle anderen waren so gnadenlos neugierig auf das Leben des Milliardärssohns, aber ich war immer viel zu sehr mit mir selbst beschäftigt gewesen, um ihn zu löchern.

Langsam kam die Unterhaltung zum Erliegen. Irgendwie redeten wir miteinander wie Menschen, die sich früher einmal nahegestanden hatten – wir brachten uns auf den neuesten Stand, ohne das Leben gemeinsam zu erleben. Als Davis irgendwann die Rechnung bezahlte, wusste ich, dass wir, was immer wir gewesen waren, nicht mehr waren.

Trotzdem schrieb ich ihm, als ich zu Hause im Bett lag. Bist du da?

Du kannst nicht anders, antwortete er, und ich kann nicht so.

Ich: Warum?

Er: Ich habe das Gefühl, du magst mich nur
auf Distanz. Ich brauche das Gefühl, auch aus
nächster Nähe gemocht zu werden.

Mehrmals schrieb ich zurück und löschte es wieder, schrieb und löschte. Am Ende antwortete ich nicht.

Als ich am nächsten Tag in der Cafeteria auf unseren Tisch zuging, wurde ich von Daisy abgefangen. »Holmesy, wir müssen unter vier Augen reden.« Sie setzte mich an einen fast leeren Tisch neben ein paar Neuntklässler.

»Hast du wieder mit Mychal Schluss gemacht?«

»Nein, natürlich nicht. Das Tolle daran, Nur-Freunde zu sein, ist, dass man nicht Schluss machen *kann.* Ich habe das Gefühl, mit diesem Nur-Freunde-Ding habe ich das Geheimnis des Universums gelöst. Nein, aber wir haben ein Abenteuer vor uns.«

»Wirklich?«

»Hast du das Gefühl, dein Grips ist soweit wiederhergestellt, dass du zum Beispiel unter die Stadt Indianapolis abtauchen könntest, um dir eine Guerilla-Kunstausstellung anzusehen?«

»Eine was?«

»Also, du erinnerst dich doch an die Idee, die ich für Mychal hatte, diese fotografische Montage von zu Unrecht verurteilten Häftlingen zu machen?«

»Eigentlich war es mehr seine ...«

»Verlieren wir uns nicht in Details, Holmesy. Was ich meine, ist, dass er das Projekt verwirklicht und bei diesem supercoolen Kunstkollektiv namens Known City eingereicht hat, und jetzt wird sein Bild in einer Ausstellung namens Underground Art gezeigt. Am Freitag in einer Popup-Galerie, die nur eine Nacht geöffnet ist, und zwar unten im Pogue's-Run-Tunnel.« Der Pogue's-Run-Tunnel, der zum White River führte, gehörte zu dem Teil der Kanalisation, den Pickett Engineering hätte ausbauen sollen, womit sie aber nie fertig geworden waren. Ein abgefahrener Ort für eine Kunstausstellung.

»Ich möchte Freitagabend lieber nicht in einer illegalen Popup-Galerie verbringen.«

»Es ist nicht *illegal.* Sie haben eine Genehmigung. Es ist nur mega-underground.« Ich verzog das Gesicht. »Das ist die coolste Veranstaltung, die es je in Indianapolis geben wird, und mein Nur-Freund zeigt seine Kunst in der Ausstellung. Natürlich bist du nicht verpflichtet mitzukommen, aber ... Komm mit.«

»Ich will nicht das fünfte Rad am Wagen sein.«

»Ich bin total nervös, und alle Leute da sind viel cooler als ich. Ich brauche meine beste Freundin an meiner Seite.«

Ich öffnete den Zip-Beutel, nahm mein Erdnussbutter-Honig-Sandwich heraus und biss hinein.

»Du denkst darüber nach«, stellte sie aufgeregt fest.

»Ich denke darüber nach«, gab ich zu.

Und dann schluckte ich runter und sagte: »Na gut, ich komme mit.«

»Ja! Ja! Wir holen dich am Freitag um Viertel nach sechs ab. Es wird toll.«

Sie strahlte mich an, und ich konnte nicht anders, als zurückzulächeln. Leise, ohne zu wissen, ob sie mich hörte, sagte ich: »Ich hab dich lieb, Daisy. Ich weiß, dass du das ständig zu mir sagst, und ich sag es nie, aber es stimmt. Ich hab dich lieb.«

»O Gott, Holmesy. Jetzt werd bloß kein Weichei.«

Mychal und Daisy standen Punkt Viertel nach sechs bei mir vor der Tür. Sie trug schwarze Strumpfhosen und ein Kleid, das unter der riesigen Daunenjacke verschwand, und Mychal trug einen silbergrauen Anzug, der ihm ein bisschen zu groß war. Ich hatte ein langärmeliges T-Shirt, Jeans und eine Jacke an. »Ich wusste nicht, dass man sich für die Kloake schick machen muss«, sagte ich verlegen.

»Die *Kunst*-Kloake.« Daisy strahlte. Ich überlegte, ob ich mich umziehen sollte, aber sie nahm mich am Arm und erklärte: »Holmesy, du siehst wunderschön aus. Du siehst aus wie … du.«

Ich stieg hinten in Mychals Minivan, und als wir über die Michigan Road nach Süden fuhren, legte Daisy eins unserer Lieblingslieder auf: »You're the One«. Daisy und ich grölten mit, und Mychal lachte. Sie war die Leadsängerin, ich war der Hintergrundchor und sang immer nur: »You're everything everything everything«, und genau dieses Gefühl hatte ich. Du bist gleichzeitig das Feuer und das Wasser, das es löscht. Du bist der Erzähler, der Held und die Nebenfigur. Du bist der Autor und die Geschichte. Du bist jemandes Irgendwas, aber du bist auch du.

Das nächste Lied war ein Liebeslied, und jetzt sangen Daisy und Mychal, und ich dachte an die Schildkröten bis untenhin. Ich dachte, vielleicht hatten die alte Dame und der Professor beide recht. Nämlich, dass die Welt Milliarden von Jahren alt ist und dass das Leben das Produkt genetischer Mutationen ist und so weiter. Aber die Welt ist auch die Geschichten, die wir über sie erzählen.

Mychal bog in die 10. Straße ein, und nach ein paar Hundert Metern erreichten wir ein Swimmingpool-Fachgeschäft mit der flackernden Neonschrift ROSENTHAL POOLS. Der Parkplatz war schon halb voll. Daisy stellte die Musik ab, als Mychal parkte. Wir stiegen aus und fanden uns in einer seltsamen Mischung aus Hipstern Mitte zwanzig und älteren Paaren wieder. Alle schienen sich zu kennen, und wir blieben lange schweigend neben Mychals Auto stehen und sahen uns um, bis eine ganz in Schwarz gekleidete Frau um die vierzig auf uns zukam und fragte: »Geht ihr in die Ausstellung?«

»Ich, äh, ich bin Mychal Turner«, sagte Mychal. »Ich habe ein Bild in der Ausstellung.«

»Häftling 101?«

»Ja, genau. Das bin ich.«

»Ich bin Frances Oliver. Ich halte *Häftling 101* für eine der stärksten Arbeiten in der Ausstellung. Und ich bin die Kuratorin, also muss ich es wissen. Kommt, gehen wir zusammen runter. Ich bin wahnsinnig neugierig, mehr über deinen Schaffensprozess zu erfahren.«

Frances überquerte mit Mychal und uns im Schlepptau den Parkplatz, aber alle paar Sekunden blieb sie stehen und sagte: »Oh, ich muss euch unbedingt jemand vorstellen …« Und dann blieben wir eine Weile stehen, um einen Künstler oder Sammler oder Sponsor kennenzulernen. Nach und nach wurde Mychal von all den Leuten belagert, die *Häftling 101* liebten, und als wir eine Zeit lang hinter ihm hergetrottet waren, nahm mich Daisy schließlich bei der Hand und sagte zu Mychal: »Wir gehen schon mal runter in die Ausstellung. Genieß es. Ich bin stolz auf dich.«

»Ich kann mitkommen«, bot er an und wandte sich von der Gruppe Studenten vom Herron-College, der Kunsthochschule, ab.

»Nein, Mychal, du bleibst hier und amüsierst dich. Du musst die ganzen Leute kennenlernen, damit sie deine Bilder kaufen.« Er strahlte, küsste sie und kehrte zu seinen Fans zurück.

Durch die Bäume am Ende des Parkplatzes sahen wir den Lichtkegel einer Taschenlampe, die jemand hin und her schwenkte. Also stiegen wir den kleinen Abhang hinunter, wo sich das Gebüsch zu einem weiten Betonbecken öffnete. In der Mitte plätscherte ein kleines Rinnsal, das man leicht mit einem Schritt überqueren konnte. Wir gingen zu dem bärtigen Mann mit der Taschenlampe, der sich als Kip vorstellte und uns zwei Helme mit Lampen und eine Taschenlampe in die Hand drückte. »Ihr geht in den Tunnel, und nach ungefähr 200 Metern nehmt ihr die erste Abzweigung links und seid in der Galerie.«

Ich ließ das Licht meiner Helmlampe stromabwärts über das Rinnsal gleiten. Ein Stück weiter öffnete sich der Eingang des Tunnels wie ein lichtschluckendes Quadrat im Hang. Direkt davor lag ein umgekippter Einkaufswagen, der an einem bemoosten Felsen festhing. Als wir auf den Tunneleingang zugingen, sah ich zu den schwarzen Silhouetten der kahlen Ahornbäume hinauf, die über uns den Himmel zerteilten.

Das Wasser lief an der linken Tunnelseite entlang, und wir gingen auf einem erhöhten Gehsteig rechts. Gestank schlug uns entgegen, Kloake und süßlicher Fäulnisgeruch.

Ich dachte, ich würde mich daran gewöhnen, aber das war nicht der Fall.

Nach ein paar Schritten hörten wir Ratten, die im Kanalbett herumhuschten. Wir hörten auch Stimmen – hallende, unverständliche Gespräche, die scheinbar von allen Seiten kamen. Unsere Helmlampen strahlten die mit Graffiti bemalten Wände an – gesprayte Tags in Bubble-Buchstaben, Schablonenbilder und Sprüche. Daisys Lampe blieb am Bild einer fetten Ratte hängen, die aus einer Weinflasche trank, und darunter stand: DER RATTENKÖNIG KENNT DEINE GEHEIMNISSE. Eine andere Botschaft, die aussah wie mit weißer Wandfarbe geschrieben, lautete: WICHTIG IST NICHT, WIE DU STIRBST, SONDERN ALS WER DU STIRBST.

»Ganz schön gruselig«, flüsterte Daisy.

»Warum flüsterst du?«

»Ich habe Angst«, sagte sie. »Sind wir schon 200 Meter gegangen?«

»Keine Ahnung«, antwortete ich. »Aber ich höre Leute.« Ich drehte mich um und leuchtete zum Tunneleingang. Hinter uns waren ein paar Erwachsene und winkten uns zu. »Siehst du? Alles in Ordnung.«

Das Rinnsal war inzwischen eher eine träge Pfütze als ein fließendes Gewässer; wir sahen eine Ratte, die rüberlief, ohne sich auch nur die Nase nass zu machen. »Das war eine Ratte«, stellte Daisy mit erstickter Stimme fest.

»Sie wohnt hier«, gab ich zurück. »Wir sind die Eindringlinge.« Wir gingen weiter. Das einzige Licht der Welt schien der gelbe Schein der Helmlampen und Taschenlampen zu sein. Fast war es, als hätten sich die Menschen hier unten in Lichtkegel verwandelt, die in kleinen Gruppen durch den Tunnel hüpften.

Vor uns bogen die Lichter ab, in einen quadratischen Nebentunnel, der etwa 2,50 Meter hoch war. Wir machten einen großen Schritt über das Wasser, passierten ein altes Schild mit der Aufschrift PROJEKT DER PICKETT ENGINEERING und betraten den Tunnel.

Die Kunstwerke wurden nur von den Helm- und Taschenlampen beleuchtet, sodass die Gemälde und Fotos an den Wänden ständig auftauchten und wieder verschwanden. Um Mychals Bild ganz zu sehen, musste man sich an die andere Tunnelseite stellen. Es war wirklich toll – *Häftling 101* sah aus wie ein echter Mensch, dabei bestand er aus den Details von 100 Verhaftungsfotos, die Mychal zusammengetragen hatte, von Männern, die wegen Mordes verurteilt und später entlastet worden waren. Selbst aus der Nähe hätte ich nicht sagen können, dass *Häftling 101* kein echter Mensch war.

Die anderen Kunstwerke waren auch cool – große abstrakte Gemälde aus grellen geometrischen Figuren, eine Skulptur aus alten Holzstühlen, die sich bedrohlich bis zur Decke stapelten, das überlebensgroße Foto eines Kindes, das mitten auf einem riesigen abgeernteten Maisfeld allein auf einem Trampolin hüpfte – aber Mychals gefiel mir am besten, und zwar nicht nur, weil ich ihn kannte.

Nach einer Weile hörten wir lärmende Stimmen, und die Galerie wurde voller. Jemand hatte einen CD-Player mitgebracht, und die Musik hallte von den Tunnelwänden wider. Plastikbecher wurden herumgereicht und Weinflaschen, und die Lautstärke schwoll an. Obwohl es hier unten eiskalt war, fing ich an zu schwitzen. Also fragte ich Daisy, ob sie einen Spaziergang mit mir machte.

»Einen Spaziergang?«

»Ja, einfach den Tunnel entlang oder so.«

»Du willst im Tunnel spazieren gehen?«

»Ja. Na ja, wir müssen nicht.«

Sie zeigte in die Dunkelheit jenseits unserer Helmlampen. »Du schlägst vor, dass wir einfach in das schwarze Loch da spazieren.«

»Keine größere Wanderung. Nur mal gucken, was es da zu sehen gibt.«

Daisy seufzte. »Na gut. Gehen wir spazieren.«

Schon nach einer Minute war die Luft wieder frischer. Der Tunnel vor uns war stockdunkel und bog sich in einer sanften Krümmung von der Party weg, bis hinter uns kein Licht mehr zu sehen war. Wir hörten zwar die Musik und die Leute noch, aber sie fühlten sich weit weg an, wie wenn man mit dem Auto an einer Party vorbeifuhr.

»Ich verstehe nicht, wie du hier unten so unmenschlich ruhig bleiben kannst, Holmesy, knöcheltief in Rattenscheiße, fünf Meter unter der Innenstadt. Aber bei dem Gedanken, deine Fingerspitze könnte entzündet sein, kriegst du eine Panikattacke.«

»Ich weiß es auch nicht«, sagte ich. »Das hier ist einfach nicht bedrohlich.«

»Rein objektiv ist es das«, gab sie zurück.

Ich griff mir an den Helm und knipste die Lampe aus. »Mach mal dein Licht aus«, sagte ich.

»Auf keinen Fall.«

»Mach es aus. Es kann nichts passieren.« Sie knipste die Lampe aus, und die Welt wurde schwarz. Ich spürte, wie meine Augen sich darauf einzustellen versuchten, aber es war kein Licht da, auf das sie sich einstellen könnten. »Du kannst die Wände nicht sehen, oder? Du kannst die Ratten nicht sehen. Wenn du dich ein paarmal um deine Achse drehst, weißt du nicht mehr, wo es reingeht und wo es rausgeht. Das ist bedrohlich. Stell dir vor, wir könnten nicht miteinander reden, wir könnten einander nicht atmen hören. Stell dir vor, wir hätten keinen Tastsinn und wir könnten nebeneinanderstehen, ohne es zu merken.

Stell dir vor, du suchst jemanden oder du suchst dich selbst, aber du hast keine Sinne, du hast keine Möglichkeit rauszufinden, wo die Wände sind, wo es vor und zurück geht, wo Wasser ist und wo Luft. Du hast keine Sinne und keine Gestalt – du hast das Gefühl, du kannst nur beschreiben, was du bist, indem du beschreibst, was du nicht bist, und du schwebst unkontrolliert in einem Körper herum. Du kannst nicht entscheiden, wen du magst oder wo du lebst oder wann du isst oder wovor du Angst hasst. Du bist gefangen, vollkommen allein, in dieser Dunkelheit. Das ist bedrohlich. Das hier« – ich knipste die Taschenlampe wieder an –, »das ist Kontrolle. Das ist Macht. Da sind vielleicht Ratten und Spinnen und so. Aber wir leuchten sie an, nicht umgekehrt. Wir wissen, wo die Wände sind, wo es reingeht, wo es rausgeht. Das«, sagte ich und machte das Licht wieder aus, »ist, wie ich mich fühle, wenn ich Angst habe. Das hier« – ich knipste die Taschenlampe wieder an – »ist ein verdammter Parkspaziergang.«

Wir gingen eine Weile schweigend weiter. »Ist es so schlimm?«, fragte sie schließlich.

»Manchmal«, antwortete ich.

»Aber irgendwann kriegst du die Taschenlampe wieder an«, sagte sie.

»Bis jetzt schon.«

Als wir weitergingen und die Musik hinter uns immer leiser wurde, beruhigte sich Daisy ein bisschen. »Ich denke darüber nach, ob ich Ayala abmurksen soll«, sagte sie. »Würdest du das persönlich nehmen?«

»Nein«, sagte ich. »Aber ich fange gerade an, sie zu mögen.«

»Hast du die letzte Geschichte gelesen?«

»Als sie nach Ryloth fliegen, um die Energiewandler auszuliefern? Ich mochte die Szene, als Rey und Ayala auf den Typen in der Bar warten und reden. Deine Actionszenen sind super, aber am besten gefallen mir die Dialoge. Ach, und danke, dass du mich mit dem Twi'lek verkuppelt hast. Ich meine, Ayala. Wenn ich deine Geschichten lese, habe ich das Gefühl, es ist echt, ich wäre wirklich da.«

»Danke«, sagte sie. »Ich schätze, dann sollte ich sie nicht umbringen.«

»Mir ist es egal, ob du sie umbringst. Aber wenn, dann lass sie als Heldin sterben.«

»Natürlich. Auf jeden Fall. Ich dachte, sie opfert sich für die Gemeinschaft à la *Rogue One*. Wäre dir das recht?«

»Von mir aus gerne.«

»Gott, wird der Gestank hier immer schlimmer, oder was?«

»Jedenfalls nicht besser«, sagte ich. Es roch immer stärker wie verfaulender Abfall und ungespültes Klo, und als wir an einem Seitentunnel vorbeikamen, wollte Daisy umkehren. Ich konnte weiter vorne einen kleinen grauen Punkt schimmern sehen und wollte wissen, was dort war.

Also gingen wir weiter, und allmählich hörten wir die Geräusche der Stadt, und die Luft wurde besser, weil wir uns der Außenwelt näherten. Der graue Punkt wurde größer, bis wir das Ende des Tunnels erreichten. Die Öffnung war roh und unfertig – das Rinnsal, das eigentlich vom White River weggeleitet werden sollte, drippelte einfach hinein, über die Betonkante sieben Meter in die Tiefe.

Ich blickte mich um. Es war nach zehn, aber ich hatte die Stadt noch nie so strahlend hell gesehen. Ich konnte alles erkennen: das grüne Moos auf den Felsen unten im Fluss; den goldenen Schaum am Fuß des Wasserfalls; die Bäume in der Ferne, die sich über das Wasser beugten wie ein Kirchenschiff; die Stromleitungen unter uns, die schlaff über dem Fluss hingen; eine riesige silberne Getreidemühle, die im Mondlicht seltsam reglos wirkte; die Speedway- und Chase-Bank-Neonschilder am Horizont.

Indianapolis war so flach, dass es keine natürlichen Aussichtspunkte gab; es war keine Stadt der atemberaubenden Panoramen. Aber hier bot sich mir ein Ausblick, an dem unwahrscheinlichsten Ort. Die Stadt dehnte sich unter und hinter mir aus, und es dauerte einen Moment, bis mir wieder einfiel, dass Nacht war, dass diese silberglänzende Landschaft das war, was über der Erde für Dunkelheit gehalten wurde.

Daisy überraschte mich, als sie sich auf die Betonkante setzte und die Beine baumeln ließ. Ich ließ mich auf der anderen Seite des Rinnsals nieder, und dann saßen wir lange da und sahen zusammen das gleiche Bild.

An diesem Abend waren Daisy und ich draußen auf der Wiese, und wir redeten über Unis und Küssen und Religion und Kunst, und ich hatte nicht das Gefühl, ich würde einen Film sehen, in dem wir uns unterhielten, sondern ich war wirklich dabei. Ich hörte ihr zu, und ich wusste, dass sie mir auch zuhörte.

»Ich frage mich, ob sie diesen Kanal je fertig kriegen«, bemerkte Daisy irgendwann.

»Ich hoffe nicht«, sagte ich. »Ich meine, klar bin ich für sauberes Wasser und so, aber es wäre auch schön, an diesen Ort zurückkehren zu können, in zehn oder zwanzig Jahren. Statt beim zehnjährigen Highschool-Abschluss zu sein, wäre ich lieber hier.« *Mit dir*, wollte ich sagen.

»Aha«, sagte sie. »Der Pogue's Run soll schmutzig bleiben, weil man von dem unvollendeten Staubeckentunnel so eine tolle Aussicht hat. Danke, Russell Pickett, für deine Korruption und Unfähigkeit.«

»Pogue's *Run*«, murmelte ich. »Warte mal, wo fängt der Pogue's Run noch mal an? Wo mündet er?«

»Die Mündung ist da, wo er endet, nicht da, wo er anfängt. Das hier ist die Mündung.« Ich sah zu, wie sie eins und eins zusammenzählte. »Pogue's Run. Heilige Scheiße, Holmesy. Mit Jogger meinte er den *Run*. Wir sitzen im Mund des Joggers.«

Ich stand auf. Aus irgendeinem Grund hatte ich das Gefühl, Pickett könnte direkt hinter uns stehen und auf die Idee kommen, uns von der Tunnelkante in den Fluss zu stoßen. »Jetzt läuft es mir auch eiskalt über den Rücken«, sagte ich.

»Was sollen wir machen?«

»Nichts«, sagte ich. »Nichts. Wir kehren um und gehen zurück zur Party und hängen mit den Kunstfuzzis rum, und dann fahren wir pünktlich nach Hause.« Ich machte mich auf den Weg in Richtung der leisen Musik. »Ich spreche mit Davis, damit er Bescheid weiß. Er muss entscheiden, ob er es Noah sagen will. Ansonsten sagen wir keinem ein Wort.«

»Okay«, sagte sie und beeilte sich, mir nachzukommen. »Ich meine, glaubst du, er ist *jetzt hier*?«

»Ich weiß es nicht«, sagte ich. »Ich glaube, das geht uns nichts an.«

»Schon«, sagte sie. »Aber wie hätte er die ganze Zeit hier unten sein können?« Ich hatte einen Verdacht, aber ich sprach ihn nicht aus. »O Gott, dieser Gestank …«, sagte sie, dann biss sie sich auf die Zunge.

Eigentlich sollte es befriedigend sein, ein Geheimnis zu lüften; das Schließen der Akte sollte dem Geist seine verdiente Ruhe bringen. Aber so war es nicht. Die Wahrheit war immer eine Enttäuschung. Als wir auf der Suche nach Mychal wieder durch die Popup-Galerie streiften, hatte ich nicht das Gefühl, ich hätte die letzte Matrjoschka gefunden. Es hatte sich nichts geklärt. Wie der Zoologe über die Forschung gesagt hatte: Man findet nie Antworten, sondern immer nur bessere Fragen.

Endlich fanden wir Mychal, der neben seinem Bild an der Wand lehnte und sich mit zwei älteren Damen unterhielt. Daisy mischte sich ein und nahm seine Hand. »Tut mir echt leid, wenn ich stören muss«, sagte sie. »Aber der berühmte Künstler muss pünktlich ins Bett.«

Mychal lachte, und zu dritt wanderten wir durch den Tunnel zum silberleuchtenden Parkplatz und stiegen in Mychals Mini-Van. Kaum hatte ich die Tür geschlossen, sagte er: »Das war der tollste Abend meines Lebens. Danke, dass ihr hier seid. O Gott, das war das Beste was mir je passiert ist. Ich habe das Gefühl, ich werde ein Künstler, ein richtiger Künstler. Das war Wahnsinn. War es für euch auch gut?«

»Erzähl uns alles«, sagte Daisy, ohne auf die Frage einzugehen.

Als ich nach Hause kam, saß Mom mit einer Tasse Tee am Tisch. »Puh, was ist das für ein Gestank?«

»Kloake, Schweiß, Schimmel – eine Mischung.«

»Ich mache mir Sorgen, Aza. Ich mache mir Sorgen, dass du deine Verbindung zur Realität verlierst.«

»Tue ich nicht«, sagte ich. »Ich bin bloß müde.«

»Heute Abend bleibst du hier und redest mit mir.«

»Worüber?«

»Darüber, wo du warst, was du gemacht hast, mit wem du es gemacht hast. Über dein *Leben*.«

Und so erzählte ich ihr alles. Ich erzählte ihr, dass Daisy, Mychal und ich bei einer Popup-Kunstausstellung unter der Innenstadt gewesen waren und dass ich mit Daisy zum Ende von Picketts unfertigem Tunnel gegangen war. Ich erzählte ihr von dem Ausdruck »draußen auf der Wiese«. Und ich erzählte ihr vom Jogger-Mund und davon, dass ich glaubte, dass Pickett vielleicht irgendwo dort unten war, und von dem Gestank.

»Sagst du es Davis?«, fragte sie.

»Ja.«

»Aber nicht der Polizei?«

»Nein«, sagte ich. »Wenn ich es der Polizei sage und er wird tot da unten gefunden, dann gehört Davis und Noah nicht mal mehr das Haus, in dem sie wohnen. Dann gehört alles dem Tuatara.«

»Dem Tua-was?«

»Dem Tuatara. Es sieht aus wie eine große Eidechse, ist aber keine Eidechse. Es ist ein Nachfahre der Dinosaurier. Die Viecher werden 150 Jahre alt, und Pickett hat in seinem Testament sein ganzes Vermögen seinem zahmen Tuatara vermacht. Die Villa, die Firma, alles.«

»Der Irrsinn des Reichtums«, murmelte meine Mutter. »Manchmal denkt man, man verschwendet Geld, aber in Wirklichkeit verschwendet das Geld uns.« Sie starrte in ihren Tee und dann wieder zu mir. »Aber nur, wenn man es anbetet. Man ist immer nur der Diener dessen, was man anbetet.«

»Wir müssen also aufpassen, was wir anbeten«, sagte ich. Sie lächelte, und dann schickte sie mich unter die Dusche. Als ich unter dem Wasserstrahl stand, fragte ich mich, was ich anbeten würde, wenn ich älter war, und wie das meinen Lebensweg in die eine oder die andere Richtung lenken würde. Ich war immer noch am Anfang. Ich konnte immer noch alles werden.

DREIUNDZWANZIG

Am nächsten Morgen, einem Samstag, wachte ich auf und fühlte mich richtig ausgeschlafen, während Schneeregen gegen mein Fenster prasselte. In Indianapolis gab es im Winter selten Pulverschnee, der zum Schlittenfahren und Schneeballwerfen taugte; der ortsübliche Niederschlag nannte sich »winterliche Mischung« und hatte vor allem Graupel, Schneeregen und Wind im Gepäck.

Es war nicht mal besonders kalt, um die zwei Grad plus, aber der Wind heulte ums Haus. Ich stand auf, zog mich an, aß Cornflakes, nahm eine Tablette und sah ein bisschen fern mit Mom. Den ganzen Morgen schob ich vor mir her, was ich mir vorgenommen hatte – ich griff nach dem Telefon, fing eine Nachricht an, dann legte ich es wieder weg. Dann nahm ich es wieder, aber nein. Doch nicht. Nie schien der richtige Zeitpunkt da zu sein. Der richtige Zeitpunkt kommt natürlich nie.

Ich weiß noch, nachdem mein Vater starb, war sein Tod für mich eine Zeit lang gleichzeitig real und irreal. Ich konnte ihn noch wochenlang heraufbeschwören. Ich stellte mir vor, wie er reinkam, nass geschwitzt nach dem Rasenmähen, und wie er versuchte, mich zu umarmen, aber ich wand mich los, weil ich Schweiß schon damals eklig fand.

Oder ich lag in meinem Zimmer auf dem Boden und las, und

wenn ich zur geschlossenen Tür sah, konnte ich mir vorstellen, wie er reinkam. Dann war er da, und ich sah zu ihm hoch, wenn er sich runterbeugte, um mir einen Kuss aufs Haar zu geben.

Aber mit der Zeit wurde es immer schwerer, ihn herbeizudenken, seinen Geruch zu riechen, zu spüren, wie er mich hochhob. Mein Vater war plötzlich gestorben, aber gleichzeitig starb er über einen Zeitraum von Jahren. Irgendwie starb er immer noch – und das hieß wohl auch, dass er immer noch lebte.

Die Leute tun immer so, als gäbe es eine klare Grenze zwischen der Erinnerung und der Fantasie, aber die gibt es nicht, jedenfalls nicht bei mir. Ich erinnere mich an das, was ich mir ausgedacht habe, und denke mir aus, woran ich mich erinnere.

Kurz nach Mittag schrieb ich Davis endlich eine Nachricht: Wir müssen reden. Kannst du heute vorbeikommen?

Er antwortete: Es ist niemand hier, der sich um Noah kümmert. Kannst du kommen?

Ich muss allein mit dir sprechen, schrieb ich. Ich wollte, dass die Entscheidung bei Davis lag, ob er es seinem Bruder sagte oder nicht.

Ich kann um halb sechs da sein.

Danke. Bis nachher.

Der Tag wälzte sich quälend langsam dahin. Ich versuchte zu lesen, an Daisy zu schreiben, fernzusehen, aber nichts half, die Uhr weiterzudrehen. Ich wusste nicht einmal, was besser wäre – wenn die Welt in diesem Moment stehen blieb oder nach dem Moment, der vor mir lag.

Um Viertel vor fünf las ich im Wohnzimmer ein Buch, während Mom Rechnungen bezahlte. »Davis kommt nachher vorbei«, sagte ich.

»In Ordnung. Ich muss ein paar Erledigungen machen. Brauchst du was vom Supermarkt?«

Ich schüttelte den Kopf.

»Du bist nervös?«

»Könnten wir uns vielleicht darauf einigen, dass ich dir sage, wenn es von meiner Psyche was zu berichten gibt, statt dass du immer fragst?«

»Ich schaffe es einfach nicht, mir keine Sorgen zu machen, Liebling.«

»Ich weiß, aber genauso wenig schaffe ich es, deine Sorgen nicht zentnerschwer auf meinem Herzen zu spüren.«

»Ich versuche es.«

»Danke, Mom. Ich hab dich lieb.«

»Ich hab dich auch lieb. Sehr.«

Ich ging die unendliche Zahl der Fernsehsender durch, keiner davon in irgendeiner Weise interessant, bis ich Davis – leise, unsicher – an der Tür klopfen hörte.

»Hey«, sagte ich und umarmte ihn.

»Hey«, sagte er. Ich zeigte auf die Couch, und er setzte sich. »Wie geht es dir?«

»Ich muss dir etwas sagen«, begann ich. »Davis, dein Vater. Ich weiß jetzt, was er wahrscheinlich mit dem Jogger-Mund meinte. Die Mündung von Pogue's Run, dem nicht fertig gewordenen Staubeckentunnel der Firma.«

Davis zuckte zusammen, dann nickte er. »Bist du dir sicher?«

»Ziemlich sicher«, sagte ich. »Ich glaube, er ist vielleicht noch da unten. Daisy und ich waren gestern Nacht dort, und …«

»Habt ihr ihn gesehen?«

Ich schüttelte den Kopf. »Nein. Aber die Mündung des Run, der Mund des Joggers. Es passt alles zusammen.«

»Aber das war bloß eine Notiz auf seinem Handy. Meinst du, er kann die ganze Zeit da unten gewesen sein? Er hat sich in der Kanalisation versteckt?«

»Vielleicht«, sagte ich. »Aber … also, ich weiß nicht.«

»Aber?«

»Ich will dir keine Angst machen, aber da war so ein komischer Geruch. Da unten hat es ziemlich schlecht gerochen.«

»Das könnte alles Mögliche sein«, sagte er. Aber ich sah die Angst in seinem Gesicht.

»Ich weiß, natürlich. Es könnte alles Mögliche sein.«

»Ich habe nie gedacht … Ich habe nie den Gedanken zugelassen …« Und dann versagte seine Stimme. Das Geräusch, das er machte, hörte sich an, als würde der Himmel zerreißen. Er sank gegen mich, und ich hielt ihn fest. Spürte den Seegang seines Brustkorbs.

Noah war nicht der Einzige, der seinen Vater vermisste. »O Gott, o Gott, er ist tot, nicht wahr?«

»Das wissen wir nicht«, sagte ich. Aber irgendwie wusste er es. Es musste einen Grund geben, warum es keine Spur, keine Nachricht gab: Sein Vater war schon lange nicht mehr da.

Davis legte sich hin, und ich legte mich neben ihn auf das enge muffige Sofa. Er sagte immer wieder: *Was soll ich denn jetzt machen, was soll ich denn jetzt machen?*, das Gesicht an meine Schulter gedrückt. Ich fragte mich, ob es ein Fehler war, es ihm zu erzählen. *Was soll ich denn jetzt machen?*, fragte er wieder und wieder, flehentlich.

»Du machst einfach weiter«, sagte ich. »Ihr habt sieben Jahre Zeit. Egal, was wirklich passiert ist, aus juristischer Sicht ist er noch sieben Jahre am Leben, und so lange habt ihr das Haus und alles. Das ist eine lange Zeit, um ein neues Leben aufzubauen, Davis. Vor sieben Jahren kannten wir uns noch nicht mal, weißt du?«

»Jetzt haben wir niemand mehr«, murmelte er. Ich wünschte, ich hätte ihm sagen können, dass er mich hatte, dass ich für ihn da war, aber das stimmte nicht.

»Du hast deinen Bruder«, sagte ich.

Da brach er wieder zusammen, und wir lagen eine lange Zeit aneinandergeschmiegt da, und irgendwann kam meine Mutter vom Einkaufen zurück. Davis und ich erschraken und setzten uns hastig auf, auch wenn wir nichts Schlimmes getan hatten.

»Ich wollte nicht stören«, sagte Mom.

»Ich wollte gerade gehen«, sagte Davis.

»Das musst du nicht«, sagten Mom und ich gleichzeitig.

»Doch, ich muss«, sagte er. Er legte den Arm um mich, drückte mich. »Danke«, flüsterte er, auch wenn ich nicht wusste, ob ich ihm einen Gefallen getan hatte.

Davis blieb einen Moment in der Tür stehen und sah zurück zu mir und Mom. Wahrscheinlich wirkten wir auf ihn wie eine Bilderbuchfamilie. Ich dachte, er würde noch etwas sagen, aber er winkte nur, schüchtern und verlegen, und dann verschwand er.

Es war ein ruhiger Abend im Hause Holmes. Es hätte jeder beliebige Abend sein können. Ich arbeitete an einem Aufsatz über den amerikanischen Bürgerkrieg. Draußen löste sich der Tag, der sowieso nicht richtig hell gewesen war, restlos in Dunkelheit auf. Ich sagte zu Mom, dass ich ins Bett ging, zog mir den Schlafanzug an, putzte mir die Zähne, wechselte das Pflaster an meinem Finger, kroch ins Bett und schrieb an Davis. Hi.

Als er nicht antwortete, schrieb ich an Daisy. Hab mit Davis gesprochen.

Sie: Wie war's?

Ich: Nicht so toll.

Sie: Willst du, dass ich vorbeikomme?

Ich: Ja.

Sie: Bin schon unterwegs.

Eine Stunde später lagen Daisy und ich auf meinem Bett, jede mit ihrem Laptop auf dem Schoß. Ich las ihre neue Ayala-Geschichte. Jedes Mal, wenn ich lachte, fragte sie: »Was ist so lustig?«, und ich sagte es ihr. Als ich fertig war, lagen wir einfach nur nebeneinander im Bett und starrten an die Decke.

»Tja«, sagte Daisy nach einer Weile. »Am Ende ist alles gut gegangen.«

»Wie meinst du das?«

»Unsere Heldinnen wurden reich, und keiner wurde verletzt.«

»*Alle* wurden verletzt«, entgegnete ich.

»Ich meine, niemand wurde körperlich verletzt.«

»Und meine Leber?«

»Ach ja. Die hatte ich ganz vergessen. Wenigstens ist niemand gestorben.«

»Harold ist tot! Und möglicherweise Pickett!«

»Holmesy, ich versuche hier ein Happy End zu haben. Mach es mir doch nicht so schwer.«

»Ich bin so Ayala«, sagte ich.

»Aber echt.«

»Das Problem bei Happy Ends ist«, sagte ich, »dass sie entweder nicht richtig glücklich sind, oder sie sind kein richtiges Ende, verstehst du? Im richtigen Leben werden manche Dinge besser, und manche Dinge werden schlechter. Und irgendwann stirbst du.«

Daisy lachte. »Und wie immer schafft es Aza ›Und irgendwann stirbst du‹ Holmesy, uns daran zu erinnern, wie die Geschichte wirklich ausgeht, nämlich mit der Auslöschung unserer Spezies.«

Ich lachte. »Ja, aber das ist auch das einzig richtige Ende.«

»Nein, das stimmt nicht, Holmesy. Du suchst dir die Enden aus und die Anfänge. Du kannst den Rahmen wählen, verstehst du? Du entscheidest vielleicht nicht, was auf dem Bild ist, aber wenigstens kannst du dir den Ausschnitt aussuchen.«

Davis schrieb nicht mehr, selbst als ich ihm nach ein paar Tagen noch eine Nachricht schickte. Aber er schrieb ein Update auf seinem Blog.

»Wie dieses Scheines lockerer Bau, so werden
Die wolkenhohen Türme, die Paläste,
Die hehren Tempel, selbst der große Ball,
Ja, was daran nur Teil hat, untergehn

Und, wie dies leere Schaugepräng' erblasst,
Spurlos verschwinden.«
William Shakespeare

Ich sehe ein, dass nichts von Dauer ist. Aber warum muss ich alle so vermissen?

VIERUNDZWANZIG

Einen Monat später, kurz nach den Weihnachtsferien, stand ich morgens auf und stellte für Mom und mich Cheerios und zwei Schalen auf den Tisch. Ich aß vor dem Fernseher, als sie noch im Schlafanzug und ganz verstrubbelt reinkam. »Ich habe total verschlafen«, sagte sie. »Zu oft auf Schlummern gedrückt.«

»Ich habe dir Frühstück gemacht.«

Als sie sich mit ihrer Schale zu mir aufs Sofa setzte, sagte sie: »Cheerios macht man nicht.« Ich lachte, und sie aß ein paar Löffel, und dann sprang sie auf, um sich anzuziehen. Immer auf Achse, meine Mutter.

Als ich wieder zum Fernseher sah, lief das rote Breaking-News-Band unten am Bildrand. Ein Reporter stand vor dem Tor zum Anwesen der Picketts. Ich suchte nach der Fernbedienung und schaltete den Ton ein.

»Aus gut informierter Quelle wissen wir, dass Pickett zwar noch nicht eindeutig identifiziert ist, aber die Polizei geht davon aus, dass es sich bei der Leiche, die in einem Nebenarm des Pogue's-Run-Tunnels gefunden wurde, tatsächlich um den milliardenschweren Baulöwen Russell Davis Pickett Senior handelt. Ein den Ermittlungen nahestehender Gewährsmann hat Eyewitness News berichtet, dass Pickett höchstwahrscheinlich, ich zitiere, ›wenige

Tage nach seinem Verschwinden an Unterkühlung starb‹. Während wir noch auf die offizielle Bestätigung warten, berichten verschiedene Quellen, dass die Polizei die Leiche nach einem anonymen Hinweis gefunden hat.«

Ich schrieb Davis sofort. Ich habe gerade die Nachrichten gesehen. Es tut mir so leid, Davis. Ich weiß, ich sage das oft, aber es stimmt. Es tut mir so leid.

Er antwortete nicht gleich, also schrieb ich noch eine Nachricht: Ich wollte dir noch sagen, dass Daisy und ich kein Wort zur Polizei gesagt haben. Wir haben mit niemandem darüber gesprochen.

Dann sah ich die Pünktchen, als er schrieb. Ich weiß. Wir waren es. Noah und ich haben uns gemeinsam dafür entschieden.

Mom kam herein und legte sich Ohrringe an, während sie in die Schuhe schlüpfte. Anscheinend hatte sie den letzten Teil des Berichts gehört, denn sie sagte: »Aza, du solltest dich bei Davis melden. Das ist ein schlimmer Tag für ihn.«

»Ich habe ihm schon geschrieben«, sagte ich. »Er und sein Bruder haben der Polizei den Hinweis gegeben.«

»Kannst du dir vorstellen, dass das ganze Vermögen jetzt an die Eidechse fällt?« Davis und Noah hätten sieben Jahre warten können, bis Pickett für tot erklärt worden wäre – sieben Jahre in dem schönen Haus, sieben Jahre im Überfluss –, aber sie hatten sich dafür entschieden, alles dem Tuatara zu überlassen.

»Ich schätze, sie konnten ihren Vater nicht da unten lassen«, sagte ich. »Vielleicht hätte ich nichts sagen sollen.« Es war meine Schuld. Ein eiskaltes Unbehagen packte mich. Ich hatte sie dazu gezwungen, sich zu entscheiden, ob ihnen ihr Vater oder ihr Leben wichtiger war.

»Sei gnädig mit dir«, sagte Mom. »Es ist doch klar, dass die

Wahrheit wichtiger ist als das Haus, außerdem landen sie ja nicht auf der Straße, Aza.«

Ich versuchte ihr zu glauben, aber das Gefühl hatte schon angefangen, in mir zu keimen. Einen Moment lang versuchte ich zu widerstehen, aber nur einen Moment. Dann zog ich das Pflaster ab und bohrte den Fingernagel in die Stelle, die gerade verheilt war.

Als ich die Wunde im Bad wusch und ein neues Pflaster daraufklebte, starrte ich mich im Spiegel an. Ich würde immer so sein, ich würde diese Verhaltensweisen immer haben. Ich konnte sie nicht überwinden. Ich konnte den Drachen niemals besiegen, weil der Drache auch ich war. Mein Ich und meine Krankheit waren lebenslang miteinander verknüpft.

Ich dachte an Davis' Blog, an das Robert-Frost-Zitat: »Ich kann mit drei Worten alles zusammenfassen, was ich über das Leben gelernt habe: Es geht weiter.«

Und mit dir geht es auch weiter, ob du mit dem Strom schwimmst oder dagegen. Zumindest flüsterte ich mir das ein. Bevor ich das Bad verließ, schrieb ich ihm noch eine Nachricht. Sehen wir uns wieder?

Ich sah das »…«, aber er antwortete nicht.

»Wir müssen los«, sagte Mom. Ich kam aus dem Bad, nahm meine Jacke und meine Mütze vom Haken und betrat unsere eisige Garage. Während Mom noch ihren Kaffee austrank, fummelte ich am Garagentor, schob es hoch und setzte mich auf den Beifahrersitz. Ich sah wieder auf mein Telefon, wartete auf eine Antwort. Mir war kalt, aber ich schwitzte, und meine Mütze sog den Schweiß auf. Ich dachte an Davis, der wieder seinen eigenen Namen in den Nachrichten hören musste. *Mach weiter*, sagte ich zu mir, und ich versuchte, es durch den Äther auch zu ihm zu sagen.

In den nächsten Monaten machte ich weiter. Es ging mir besser, ohne dass ich geheilt war. Daisy und ich belegten einen Workshop für seelische Gesundheit und einen Fanfiction-Kurs, damit wir bei der College-Bewerbung nächstes Jahr ein paar außerschulische Aktivitäten vorzuweisen hatten, auch wenn wir in beiden Kursen die einzigen Teilnehmer waren. Wir verbrachten die meisten Abende zusammen, bei ihr, bei mir oder bei Applebee's, manchmal mit Mychal, aber meistens ohne – meistens waren wir nur zu zweit und sahen Filme, machten Hausaufgaben oder redeten über Gott und die Welt. Es war so einfach, mit Daisy draußen auf der Wiese zu sein.

Natürlich vermisste ich Davis. In den ersten Tagen sah ich ständig aufs Telefon, wartete auf seine Antwort, aber allmählich verstand ich, dass wir füreinander ein Teil der Vergangenheit geworden waren. Trotzdem vermisste ich ihn. Ich vermisste auch meinen Vater. Und Harold. Ich vermisste sie alle. Das Leben ist Sehnsucht.

Und dann sahen Daisy und ich eines Aprilabends den Auftritt unserer Lieblingsband im Fernsehen, die sich nur für diese eine Show, irgendeine drittklassige Musikpreisverleihung, wiedervereinigt hatten. Gerade hatten sie das lippensynchrone Playback von »It's Gotta Be You« brillant über die Bühne gebracht, als es plötzlich an der Tür klopfte. Es war fast elf, zu spät für Besuch, und ich hatte Herzrasen, als ich die Tür aufmachte.

Draußen stand Davis in einem karierten Buttondown-Hemd und Skinny-Jeans. Er hatte einen großen Karton dabei.

»Oh, hallo«, sagte ich.

»Das ist für dich«, erklärte er und überreichte mir den Karton, der nicht so schwer war, wie er aussah. Ich trug ihn ins Haus und stellte ihn auf dem Esstisch ab, und als ich mich umdrehte, war Davis schon wieder auf dem Weg zum Auto.

»Warte«, sagte ich. »Komm her.« Ich streckte die Hand nach seiner aus. Er nahm sie, und wir gingen zusammen in den Garten. Das Wasser im Fluss stand hoch, und man hörte irgendwo im Dunkeln sein Rauschen. Ich spürte die warme Luft an den Unterarmen, als ich mich unter der großen Esche ins Gras legte. Davis legte sich neben mich, und ich zeigte ihm, wie der Himmel von hier aussah, zersplittert von den Zweigen, die gerade erst Blätter austrieben.

Er erzählte, dass Noah und er nach Colorado zogen, weil Noah einen Platz in einem Internat für traumatisierte Kinder bekommen hatte. Davis würde den Schulabschluss dort an der örtlichen Highschool machen. Sie hatten ein Haus gemietet. »Es ist kleiner als die Villa«, sagte er. »Aber dafür ohne Tuatara.«

Er fragte mich, wie es mir ging, und ich sagte, dass es mir meistens ganz gut ging. Vier Wochen zwischen den Sitzungen bei Dr. Singh.

»Wann reist ihr ab?«, fragte ich.

»Morgen«, sagte er, was den Small Talk für eine Weile erstickte.

»Okay«, sagte ich dann. »Was sehen wir hier?«

Er lachte leise. »Also, da oben ist Jupiter, natürlich. Sehr hell heute Abend. Und das da ist Arktur.« Er drehte sich ein bisschen und zeigte zu einem anderen Teil des Himmels. »Und das ist der Große Wagen, und wenn du der Linie dieser beiden Sterne folgst, genau da, das ist Polaris, der Nordstern.«

»Warum habt ihr der Polizei gesagt, wo sie suchen sollen?«, fragte ich.

»Die Ungewissheit hat Noah aufgefressen. Mir ist klar geworden … Ich schätze, mir ist klar geworden, dass ich endlich der große

Bruder sein muss, verstehst du? Das ist im Moment meine wichtigste Aufgabe. Und Noah musste wissen, warum sich sein Vater nicht bei ihm gemeldet hat. Das war viel wichtiger als alles Geld, und deshalb haben wir angerufen.«

Ich griff nach seiner Hand und drückte sie. »Du bist ein guter Bruder.«

Er nickte. Ich sah im grauen Licht, dass er ein bisschen weinte. »Danke«, sagte er. »Ich würde am liebsten sehr, sehr lange in diesem Moment bleiben.«

»Ja«, sagte ich.

Wir schwiegen einvernehmlich, und ich spürte die Größe des Himmels über mir, die unvorstellbare Weite von allem – den Polarstern anzusehen, dessen Licht 425 Jahre alt war, und dann Jupiter anzusehen, weniger als eine Lichtstunde entfernt. In der mondlosen Dunkelheit waren wir nur Zeugen des Lichts, und ich spürte einen Hauch von der Kraft, die Davis zur Astronomie gezogen haben musste. Es war eine Erleichterung, die eigene Bedeutungslosigkeit so deutlich gezeigt zu bekommen. Ich begriff etwas, was Davis wahrscheinlich längst wusste: Spiralen werden unendlich klein, je weiter man ihnen hineinfolgt, aber sie werden auch unendlich groß, je weiter man ihnen hinausfolgt.

Und ich wusste, dass ich mich an dieses Gefühl erinnern würde, unter dem zersplitterten Himmel, bevor die Maschinerie des Schicksals uns zu einer oder einer anderen Sache schliff, an diesen Moment, als wir immer noch alles werden konnten.

Als ich dalag, dachte ich, vielleicht würde ich Davis für den Rest meines Lebens lieben. Wir liebten uns wirklich – vielleicht hatten wir es uns nie gesagt, und vielleicht waren wir nie *ver*liebt gewesen, aber die Liebe war da. Ich liebte ihn, und ich dachte, vielleicht sehe ich ihn nie wieder. Dann müsste ich ihn für immer vermissen, und wäre das nicht schrecklich?

Aber wie sich herausstellt, ist es gar nicht so schrecklich, denn ich kenne ein Geheimnis, das sich mein damaliges Ich dort unter dem Himmel nicht vorstellen konnte: Ich weiß, dass sie weitermachen würde. Sie würde erwachsen werden, sie würde Kinder bekommen, die sie liebt. Sie würde, obwohl sie ihre Kinder liebte, zu krank werden, um sich um sie zu kümmern, käme in eine Klinik. Es würde ihr wieder besser gehen und dann wieder schlechter. Ich weiß, ein Therapeut würde zu ihr sagen: *Schreib alles auf*.

Und während du die Geschichte aufschreibst, wird dir klar, dass die Liebe keine Tragödie, kein Scheitern ist, sondern ein Geschenk.

Du erinnerst dich an deine erste Liebe, weil sie dir zeigt, weil sie der Beweis dafür ist, dass du lieben kannst und geliebt werden kannst, dass außer Liebe nichts auf der Welt verdient ist, dass Liebe sowohl der Weg ist, der dich zum Menschen macht, als auch der Grund.

Aber unter jenem Himmel, deine Hand – nein, meine – nein, unsere – in seiner, weißt du das alles noch nicht. Du weißt nicht, dass du in dem Karton auf dem Esstisch das Bild der Spirale finden wirst mit einem Zettel auf der Rückseite, auf dem steht: *Das habe ich von einer Eidechse für dich gestohlen – D.* Du kannst nicht wissen, dass das Gemälde dir von Wohnung zu Wohnung folgen wird und irgendwann in ein Haus, oder wie stolz du Jahrzehnte später bist, dass Daisy immer noch deine beste Freundin ist, dass euer Wachstum in verschiedene Richtungen eure Beziehung noch inniger gemacht hat. Du weißt nicht, dass du studieren, einen Job finden, ein

Leben aufbauen wirst, das hin und wieder in sich zusammenfällt und neu entsteht.

Ich, Pronomen Singular, könnte ewig so weitermachen, wenn auch immer nur im Irrealis.

Doch von alledem weißt du nichts. Wir drücken seine Hand. Er drückt zurück. Ihr seht zusammen denselben Himmel. Nach einer Weile sagt er: *Ich muss gehen*. Und du sagst: *Mach's gut*. Und er sagt: *Mach's gut, Aza*. Aber man verabschiedet sich nicht, wenn man nicht vorhat, sich wiederzusehen.

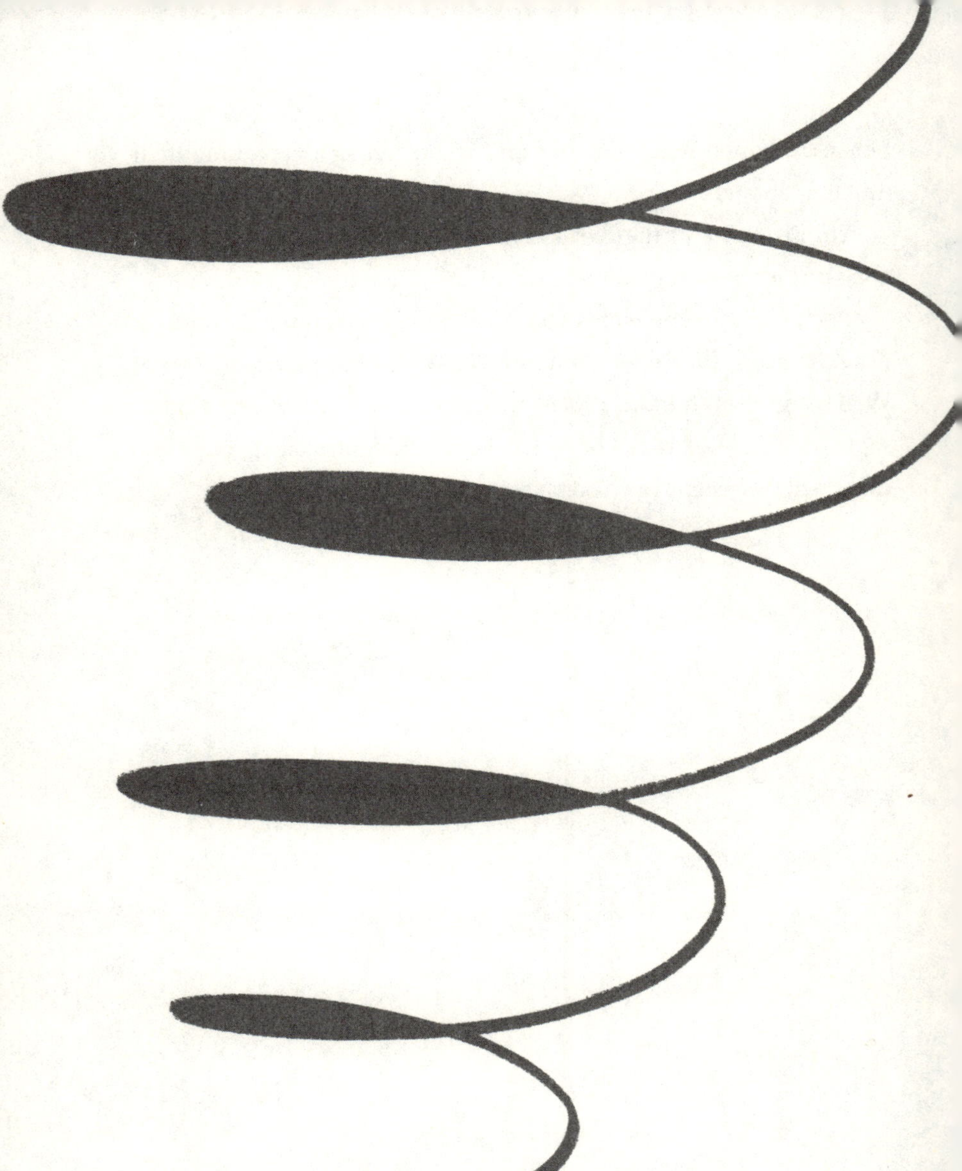

DANKSAGUNGEN

Zuerst möchte ich Sarah Urist Green danken, die mit unendlicher Aufmerksamkeit und Großzügigkeit viele, viele, viele Versionen dieser Geschichte gelesen hat. Danke auch an Chris und Marina Waters; an meinen Bruder Hank und meine Schwägerin Katherine; an meine Eltern Sidney und Mike Green; meine Schwiegereltern Connie und Marschall Urist; und an Henry und Alice Green.

Julie Strauss-Gabel ist seit über 15 Jahren meine Lektorin, und ich werde niemals in der Lage sein, ihr in angemessener Weise meinen Dank für ihre Weisheit und ihren Glauben auszudrücken, die sie mir während der sechs Jahre gezeigt hat, in denen wir an diesem Buch gearbeitet haben. Danke auch an Anne Haeusler für ihr wohlwollendes und strenges Lektorat, und dem ganzen Team bei Dutton, vor allem Anna Booth, Melissa Faulner, Rosanne Lauer, Steve Meltzer und Natalie Vielkind.

Ich stehe tief in der Schuld von Elyse Marshall, Freundin, Publizistin, Vertraute und Reisegefährtin, und den vielen Menschen bei Penguin Random House, die geholfen haben, meine Bücher zu machen und mit den Lesern zu teilen. Besonders möchte ich Jen Loja, Felicia Frazier, Jocelyn Schmidt, Adam Royce, Stephanie

Sabol, Emily Romero, Erin Berger, Helen Boomer, Leigh Butler, Kimberly Ryan, Deborah Kaplan und Lindsey Andrews danken. Außerdem Dank an Don Weisberg und die geniale Rosianna Halse Rojas, deren Erkenntnisse und Einfluss sich auf jeder Seite dieses Buchs niedergeschlagen haben.

Ariel Bissett, Meredith Danko, Hayley Hoover, Zulaiha Razak und Tara Covais Varsov haben frühere Versionen dieses Manuskripts mit großer Sorgfalt und Einsicht gelesen. Joanna Cardenas hat kostbares Feedback und Gedanken gespendet. Und für alle möglichen Arten der Hilfe danke ich Ilene Cooper, Bill Ott, Amy Krouse Rosenthal, Rainbow Rowell, Stan Muller und Marlene Reeder.

Jodi Reamer und Kassie Evashevski, meine unvergleichlichen Agentinnen, sind die besten Fürsprecherinnen, die sich ein Autor wünschen kann, und die geduldigsten. Danke an Phil Plait für die Nachhilfe in Astronomie und an E. K. Johnston für seine *Star-Wars*-Expertise; Ed Yong für sein Buch *I Contain Multitudes*; David Adam für sein Buch *The Man Who Couldn't Stop*; Elaine Scarry für ihr Buch *The Body in Pain*; Stuart Hyatt dafür, dass er mir Pogue's Run zeigte; und James Bell, Michaela Irons, Tim Riffle, Lea Shaver und Shannon James für ihren juristischen Rat. Dazu ist zu sagen, dass Geografie, Jura, Flussregulierer, der Nachthimmel und alles andere in diesem Roman frei erfunden und als Fiktion wiedergegeben sind und alle Fehler ganz und gar meine sind.

Zum Schluss: Dr. Joellen Hosler und Dr. Sunil Patel haben mein Leben unbeschreiblich viel besser gemacht, indem sie sich meiner psychischen Probleme angenommen haben. Meine Familie und ich sind ihnen sehr dankbar. Leider ist eine hochwertige medizinische Versorgung in den USA für viele immer noch unerreichbar. Wer unter psychischen Problemen leidet, soll sich unbedingt an die örtlichen Krisenanlaufstellen wenden, die in jeder Stadt zur Verfügung stehen. Manchmal ist es ein langer und beschwerlicher Weg, aber psychische Krankheiten sind behandelbar. Es gibt immer Hoffnung, selbst wenn einem die eigenen Gedanken vormachen, es gebe keine.